# 詩のトポス

## 人と場所をむすぶ漢詩の力

齋藤希史

平凡社

詩のトポス　人と場所をむすぶ漢詩の力◉**目次**

内蒙古自治区
遼寧省
河北省
北京
黄河
蓬萊
済南
山東省
青島
泰山
黄　海
大
運
河
開封
(汴州)
江蘇省
淮　河
金陵
〔南京〕
蘇州
長江
上海
太湖
安徽省
西湖
(杭州)
紹興(会稽・越州)
会稽山
黄鶴楼
九江(尋陽)
廬山
鄱陽湖
浙江省
温州
東シナ海
江西省
福建省
香港
江戸
〔東京〕
0
500km

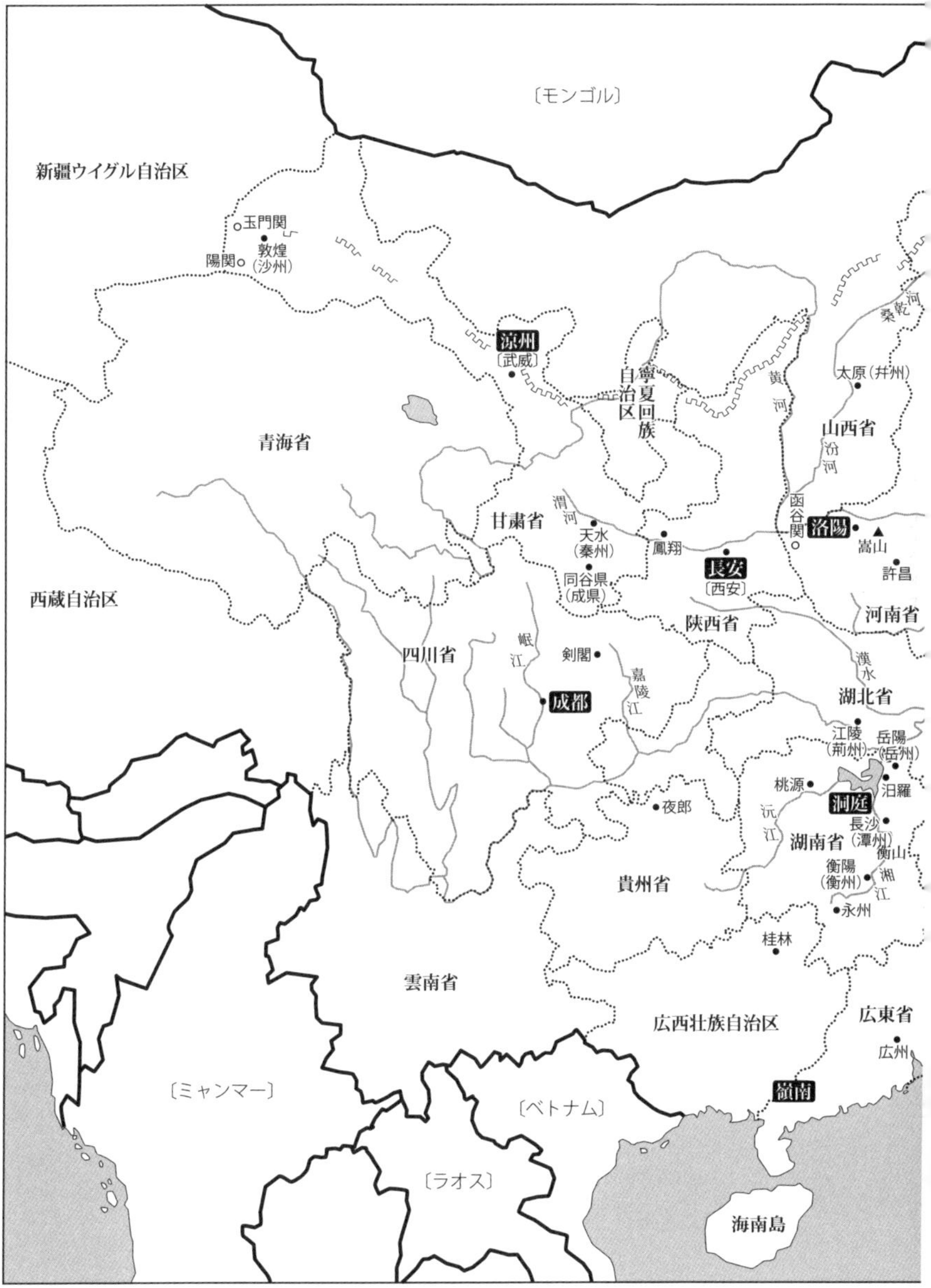
〔モンゴル〕
新疆ウイグル自治区
玉門関
敦煌
(沙州)
陽関
涼州
〔武威〕
寧夏回族自治区
太原(并州)
桑乾河
黄河
山西省
汾河
青海省
甘粛省
渭河
天水
(秦州)
鳳翔
函谷関
洛陽
嵩山
許昌
長安
〔西安〕
同谷県
(成県)
西蔵自治区
陝西省
河南省
四川省
岷江
剣閣
嘉陵江
漢水
成都
湖北省
江陵
(荊州)
岳陽
(岳州)
桃源
洞庭
汨羅
夜郎
沅江
長沙
(潭州)
湖南省
衡山
衡陽
(衡州)
湘江
貴州省
永州
桂林
雲南省
広西壮族自治区
広東省
広州
〔ミャンマー〕
嶺南
〔ベトナム〕
〔ラオス〕
海南島

装幀＝佐藤温志

# その一◉洛陽

洛陽《らくよう》は古都である。世に古都と称する街は多いけれども、洛陽は群を抜いて古い。紀元前十一世紀、周の副都として洛邑《らくゆう》（王城）と成周（下都）の二つの都城が洛水の北に建設され、紀元前七七〇年には西の鎬京《こうけい》から洛邑に遷都が行われた。いわゆる周の東遷である。

後漢では洛邑から二〇キロほど東の成周の地に洛陽城が置かれて首都となり、魏、西晋《せいしん》が継承し、北魏によって拡大された。隋の煬帝《ようだい》は洛邑と成周の間に新たに洛陽城を造営し、唐の武則天《ぶそくてん》（則天武后《そくてんぶこう》）の治世下では神都と称された。洛陽の名は、洛水の北に位置することに由来する。古来、陽は山岳の南、河川の北、陰は山岳の北、河川の南を意味した。たとえば漢の武将韓信《かんしん》の出身地として知られる淮陰《わいいん》は、淮水《わいすい》の南に位置する。

洛陽は、詩の揺籃《ようらん》の地でもある。もう少し正確に言えば、五言詩を育んだ都市である。中国における詩の歴史は、知られるように『詩経』にさかのぼる。経の字が付いたのは後代のことで、最初はただ「詩」と呼ばれた。ほかに詩はなかったのだから、たしかにそうとしか呼びようがない。その最初の詩は、四言《しごん》つまり四音節で一句を成すのが基本であった。「桃之夭夭、灼灼其華（桃《もも》の夭夭《ようよう》たる、灼灼《しゃくしゃく》たり其《そ》の華《はな》）」というたぐいである。一方、五言《ごごん》つまり五音節を一句とする詩型は、じつはかなり後になって生まれ、広まった。その集積地かつ発信地となったのが洛陽だった。

いま多くの人に愛唱される漢詩は、だいたい五言か七言である。「国破山河在、城春草木深（国破《くにやぶ》れて山河《さんが》在《あ》り、城春《しろはる》にして草木深《そうもくふか》し）」は五言、「年年歳歳花相似、歳歳年年人不同（年年歳歳《ねんねんさいさい》花相《はなあ》い似《に》たり、歳歳年年人同《さいさいねんねんひとおな》じからず）」は七言。けれども五言詩も七言詩も、詩型として整えられるのは漢代以降のこと、周の東遷以前からの歴史を誇る四言詩に比べれば、千年の開きがある。五言も七言も、おそらく誕生の時期にそれほど違いはないと思われるが、一つのジャンルとして、あるいは士人たちの文学として確立したのは、五言詩のほうが早い。

初期の五言詩は、誰の作かをほとんど明示しない。はやり歌のようなものとして宴席で唄われたり、即興的に歌詞が付されたりしたものが多く、誰が作者だとかいうようなものではなかった。もとは民歌であろう。

人は都市に集まる。二千年前の後漢であっても、それは変わらない。首都となった洛陽に、出世を求め、商利を求め、繁華を求めて人は集まった。今も昔も、都会には各地から藝能や音楽が流れこむ。もちろん朝廷も全国から献上を求める。中華王朝は音楽の収集に熱心だ。都会の活況のなかで、もともと民歌であった五言詩が士人たちにも愛好され、歌詞に工夫が凝らされ、詩としての体裁が整えられていく。それが漢から魏晋にかけて五言詩の大きな流れを形成した。洛陽が詩の揺籃の地だと述べたのは、そういうわけである。

後漢時代の五言詩のうち、典型的な作として後に伝えられたものが、「古詩十九首《こしじゅうきゅうしゅ》」と題して南朝梁《りょう》の昭明太子《しょうめいたいし》編『文選《もんぜん》』に載録される。その中には洛陽の印がはっきり捺《お》された詩もある。

青青陵上柏　磊磊澗中石
人生天地間　忽如遠行客
斗酒相娯楽　聊厚不為薄
駆車策駑馬　游戯宛与洛
洛中何鬱鬱　冠帯自相索
長衢羅夾巷　王侯多第宅
両宮遥相望　双闕百餘尺
極宴娯心意　戚戚何所迫

青青《せいせい》たる陵上《りょうじょう》の柏《はく》、磊磊《らいらい》たる澗中《かんちゅう》の石《いし》。人《ひと》の天地《てんち》の間《かん》に生《い》くるや、忽《こつ》として遠行《えんこう》の客《きゃく》の如《ごと》し。斗酒《としゅ》もて相《あ》い娯楽《ごらく》し、聊《いささ》か厚《あつ》くして薄《うす》きを為《な》さざらん。車《くるま》を駆《か》り駑馬《どば》に策《むちう》ちて、宛《えん》と洛《らく》とに游戯《ゆうぎ》せん。洛中《らくちゅう》 何《なん》ぞ鬱鬱《うつうつ》たる、冠帯《かんたい》 自《おのずか》ら相《あ》い索《もと》む。長衢《ちょうく》 夾巷《きょうこう》を羅《つら》ね、王侯《おうこう》 第《てい》宅多《たくおお》し。両宮《りょうきゅう》 遥《はる》かに相《あ》い望《のぞ》み、双闕《そうけつ》 百餘尺《ひゃくよしゃく》。宴《たの》しみを極《きわ》めて心意《しんい》を娯《たの》しましめば、戚《せき》戚《せき》として何《なん》の迫《せま》る所《ところ》ぞ。

最初の四句は全体のモチーフを提示し、前二句が長い生命をたもつ自然物、後二句がそれに対して人の生命の短さをうたう。ただ短さだけではなく、柏や石が山や谷のようにそれぞれふさわしい場所を得ているのに比べ、人がこの世に在るのはどこか遠くからやってきた旅人のよう、かりそめの姿にすぎないと愁う。なお、柏は広葉樹のカシワではなく、ヒノキ科に属するコノテガシワであり、松とともに常緑樹の代表とされる。

それに続く句は、酒を酌み交わして楽しもう、まあ仲よくやって薄情な真似はすまい、と厚薄を交情のこととする解釈が古くから行われているが、酒の厚薄（多寡）とする説もあり、その場合は、酒が少ないと文句は言うまい、ということになる（吉川幸次郎「推移の悲哀」、『吉川幸次郎全集』第六巻、筑摩書房、一九六八）。少し気になるのは斗酒という語で、「推移の悲哀」では「斗酒が微量の酒であることは、おなじく漢人の用例として、楊惲の「孫会宗に報《こと》うる書」に、農夫としての生活をのべ、「斗酒もて自ずから労《ねぎろ》う」というのによって明らかである」とするが、果たして「微量」かどうか、疑問を抱かないではない。楊惲《よううん》の手紙の原文を見れば「田家作苦、歳時伏臘、亨羊炰羔、斗酒自労（田家《でんか》 苦《く》を作《な》せども、歳時《さいじ》の伏臘《ふくろう》には、羊《ひつじ》を亨《に》て羔《こひつじ》を炰《あぶ》り、斗酒《としゅ》もて自《みずか》ら労《ねぎら》う）」（『漢書』公孫劉田王楊蔡陳鄭伝）とあり、貧しいながらも夏祭りや冬祭りの時に羊やら子羊やらを供えての宴なのであるから、いささかの酒とは言い得ても微量とするほどではないのである。一方、漢代の度量衡では一斗はおおむね二リットル、斗酒が一斗の酒ということならそれなりの量であり、一般にも斗酒は「多量の酒」（『日本国語大辞典』）と解されているが、この詩

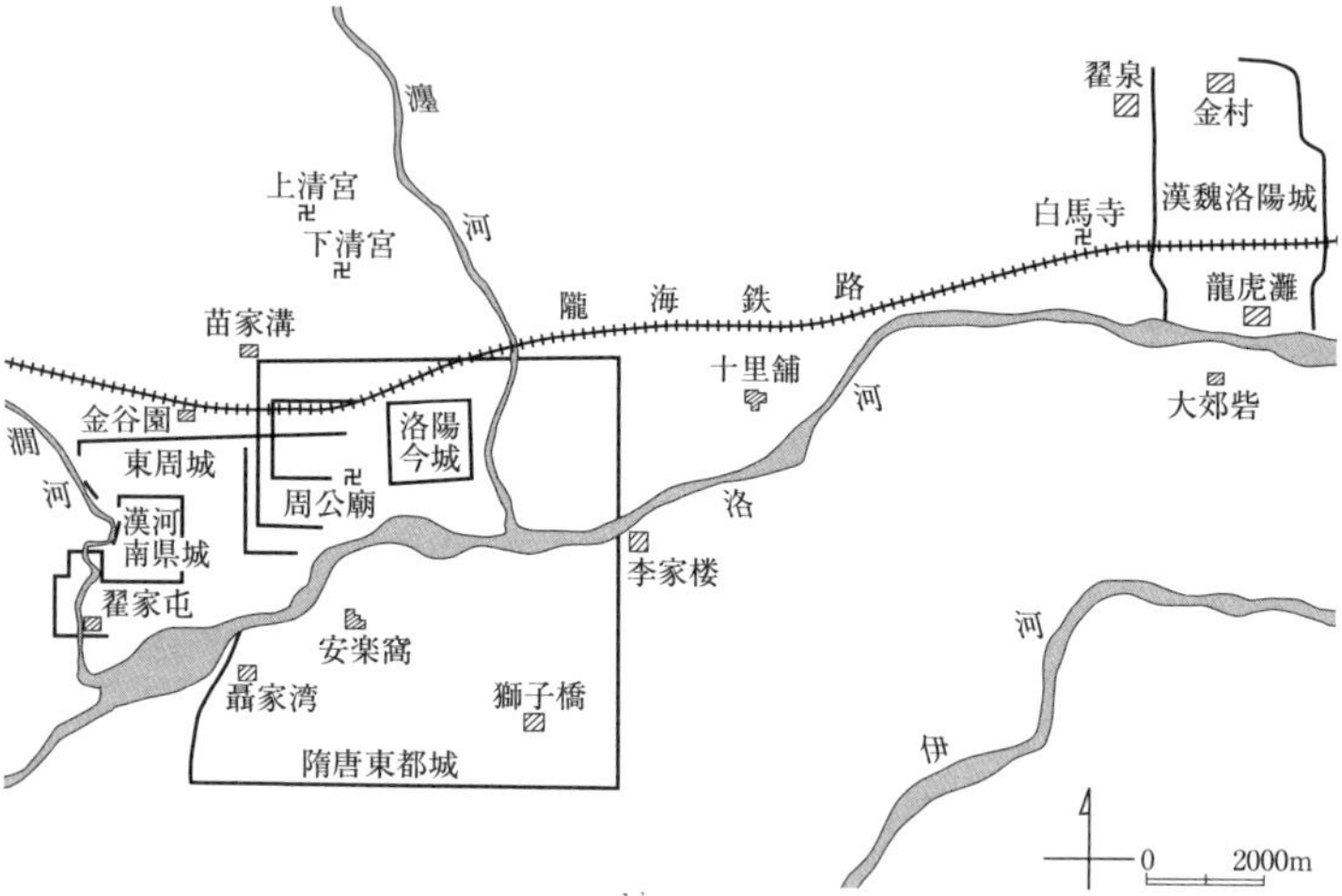


洛陽付近歴代都城変遷図（『唐両京城坊攷《こう》——長安と洛陽』平凡社東洋文庫）より

は酒量を誇るようなものでもない。なお考証が必要ではあるが、もとはただ酌み交わして飲むような酒のことを斗酒と言ったのではないかと推測する。(一)

娯楽は酒ばかりではない。車を走らせ駑馬に鞭《むち》うって、宛（南陽）や洛（洛陽）に遊ぼうではないか、と誘う。駑馬は、歩みの遅い馬。わざわざ駑馬と言うあたり、語り口は自嘲気味だ。南陽は、光武帝挙兵の地、後漢では南都や帝郷と称されて副都の扱い、洛陽と並んで繁華の都である。ただしここでは洛陽に添えて持ち出されたもののようで、以下は洛中の描写となる。

洛陽に来てみれば、なるほど栄華の都（鬱鬱は盛んなさま）、衣冠束帯の高官が互いに行ったり来たり、大通りを行けば、何本もの路地の入り口があらわれ、王侯貴族の邸宅もそこかしこに面している。「冠帯自相索」とは、高官の車馬の往来がひっきりなしのさまを言うのであろう。

両宮は北宮と南宮。後漢の洛陽には南北二つの宮城があり、その間に複道が設けられていた。双闕は城門左右の楼閣。皇帝権力の象徴とも言うべき壮大な建造物を目のあたりにして、詩は、楽しみを尽し心を満足させれば、くよくよすることなどない、と結ぶ。

結びの句については、いくつか異説もある。一つは、権門の連中は楽しみを尽しているようだが、じつは憂えているのだ、貧賤にして楽しきは富貴にして憂うるにまさる、と解するもの。末尾の「戚戚何所迫」を反語ではなく疑問の句ととって、なぜ憂えているのか、それは……、と敷衍《ふえん》するのである。あるいは、豪奢な宮殿を見ると、そこに及ばない自らの非力さに、楽しみを尽しても消えない憂いが生じる、という含意を読み取る解釈もある。こうした方向で理解するなら、訓読は「宴《たの》しみを極《きわ》めて心意《しんい》を娯《たの》しましめんとすれども、戚戚《せきせき》として何《なん》の迫《せま》る所《ところ》ぞ」とするのが妥当ということになる。

たしかに、主人公は貧しく身分も低く、洛陽の繁華とのコントラストははっきりしている。しかし、おそらくこの主人公はまだ若い。人生がはかないならば、はかないなりに、この都で出世を目ざし、ゆくゆくは冠帯の間に交わり第宅を構え、人生の楽しみを尽そうと考えて不思議はない。何より、この詩は個人の感慨を述べたものというよりは、当時の同じ階層の人々の集団的な感情をベースにしている。ここでは、短い人生であればこそ、いまこの都会の繁華に身を投じよう、何を憂えることがあろうか、と若者が唱《うた》い和する詩だと読んでおきたい。

## 花と娘

洛陽には富貴のみが、あるいはそれを求める欲望のみがあるのではない。梁《りょう》の徐陵《じょりょう》編『玉台新《ぎょくだいしん》詠《えい》』は後漢の宋子《そうし》侯《こう》の作として「董嬌嬈《とうきょうぎょう》」と題する詩を載せ、洛陽のもう一つのすがたをうかがわせる。

洛陽城東路　桃李生路傍
花花自相対　葉葉自相当
春風東北起　花葉正低昂
不知誰家子　提籠行採桑
纖手折其枝　花落何飄揚
請謝彼姝子　何為見損傷
高秋八九月　白露変為霜
終年会飄堕　安得久馨香
秋時自零落　春月復芬芳
何如盛年去　歓愛永相忘
吾欲竟此曲　此曲愁人腸

## 帰来酌美酒　挟瑟上高堂

洛陽城東《らくようじょうとう》の路《みち》、桃李《とうり》 路傍《ろぼう》に生《しょう》ず。花花《かか》 自《おのずか》ら相《あ》い対《たい》し、葉葉《ようよう》 自《おのずか》ら相《あ》い当《あ》たる。春風《しゅんぷう》 東《とう》北《ほく》より起《お》こり、花葉《かよう》 正《まさ》に低昂《ていこう》す。知《し》らず 誰《た》が家《いえ》の子《こ》ぞ、籠《かご》を提《さ》げて行《ゆくゆ》く桑《くわ》を採《と》る。纖手《せんしゅ》もて其《そ》の枝《えだ》を折《お》れば、花落《はなお》つること何《なん》ぞ飄揚《ひょうよう》たる。請《こ》う 彼《か》の姝子《しゅし》に謝《しゃ》せん、何為《なんす》れぞ損《そん》傷《しょう》せらるるやと。高秋八九月《こうしゅうはちくがつ》、白露《はくろ》変《へん》じて霜《しも》と為《な》る。終年《しゅうねん》 会《かなら》ず飄堕《ひょうだ》せん、安《いずく》んぞ久《ひさ》しく馨香《けいこう》あるを得《え》んと。秋時《しゅうじ》には自《おのずか》ら零落《れいらく》するも、春月《しゅんげつ》には復《ま》た芬芳《ふんぽう》あらんと。盛年去《せいねんさ》り、歓《かん》愛永《あいなが》く相《あ》い忘《わす》らるるに何如《いかん》と。吾《わ》れ此《こ》の曲《きょく》を竟《お》えんと欲《ほっ》するも、此《こ》の曲《きょく》は人《ひと》の腸《はらわた》を愁《うれ》えしむ。帰《かえ》り来《きた》りて美酒《びしゅ》を酌《く》み、瑟《しつ》を挟《さしはさ》んで高堂《こうどう》に上《のぼ》る。

詩題の董嬌嬈は、嬈が饒になっている伝本もあるが、嬌嬈でも嬌饒でも、美しい女性の形容であることは変わらず、となれば、これはおそらく作中の娘の名であろう。美しい桑摘み娘は民歌ではおなじみの登場人物、有名なところでは羅敷《らふ》がそうだ。宋子侯がどういう人物か、注釈書は未詳とするけれども、もしかしたら董嬌嬈のように、作中人物の名であったものかもしれない。こうした詩は、桑摘み娘の説話とともに伝えられたはずで、その説話に宋子侯なる人物が登場していたのが、詩の作者として名を留めたのではないかとも思われる。

それはさておき、この詩は始めからして先に読んだ詩の描く洛陽とは異なっている。都城の道を歩む目に映るのは第宅や双闕ではなく桃李。花咲き誇る都に春風が吹き、花も葉もゆらゆら揺れる。人もまた、冠帯の高官ではない。籠を提げた桑摘み娘が、ほっそりとした手で枝を折る。そこでその美人（姝子）に問いかける、どうして花を手折《たお》るのですか、と。

秋には露が霜となります、年のうちには花も散り失せましょう、香りもいつまで保てましょう。いやいや、秋にはもちろん花は落ちましょうが、春になればまた咲くではありませんか。花の話ではないのです、若い盛りを過ぎて、情愛が失われてしまうとなれば。

このやりとりは、「秋時自零落」から「歓愛永相忘」まで四句を男のことばとして、花はそれでも春にまた咲きますが、若い盛りは二度と来ませんよと自重を促すと解釈されるのが一般で、また、何如を何時とする伝本に拠《よ》って、人の若さはいつか失われます、とやはり男が娘に向かって諭《さと》すとするヴァリエーションもある（内田泉之助『玉台新詠』上、新釈漢文大系60、明治書院、一九七四）。しかしここでは敢えて、二句ずつに切って男女の掛け合いとしてみた。花の命の短さを嘆く娘に、春になればと慰めかけたことばの上にかぶせるように、それでも人はと娘が返す。そのほうが躍動感が出るように思うし、男が娘を諭すより娘が憂いを訴えているほうが聴き手の心にも響くのではないだろうか。

そしてここまでがじつは一つの歌であったことが、次の句で明らかになる。

ご披露しましたこの曲ですが、何ともやるせない思い、さて私は家に帰って美酒をいただき、瑟をかかえて奥座敷に。

これはどうやら歌い手が退場するときの定型句のように思われる。となると宋子侯は歌い手の名として記憶されたのかもしれない。もちろんその場合であっても、特定の個人の名というよりは代表名のようなものであろう。

そうしたさまざまな事柄も含めて、全体に藝能の雰囲気が濃い詩であり、それがまた桑摘み娘のあでやかさを髣髴《ほうふつ》とさせる。あるいは曲に合わせて舞う妓女がいたものか、と想像もふくらむ。誰か私を手折ってくれるよい人はいないのと誘いながら、男たちとは違ったことばで人生短促を嘆く。背景はいかにもそれにふさわしき桃李咲き乱れる都である。

この詩は、次に掲げる初唐の劉希夷《りゅうきい》の有名な「代悲白頭翁（白頭《はくとう》を悲《かな》しむ翁《おきな》に代《か》わる）」のもとづくところとなっている。

洛陽城東桃李花　飛来飛去落誰家
洛陽女児惜顔色　行逢落花長歎息
今年花落顔色改　明年花開復誰在
已見松柏摧為薪　更聞桑田変成海
古人無復洛城東　今人還対落花風

年年歳歳花相似　歳歳年年人不同
寄言全盛紅顔子　応憐半死白頭翁
此翁白頭真可憐　伊昔紅顔美少年
公子王孫芳樹下　清歌妙舞落花前
光禄池台開錦繍　将軍楼閣画神仙
一朝臥病無相識　三春行楽在誰辺
宛転蛾眉能幾時　須臾鶴髪乱如糸
但看古来歌舞地　惟有黄昏鳥雀悲

洛陽城東《らくようじょうとう》　桃李《とうり》の花《はな》、飛《と》び来《き》たり飛《と》び去《さ》り　誰《た》が家《いえ》にか落《お》ちん。洛陽《らくよう》の女児《じょじ》　顔色《がんしょく》を惜《お》しみ、行《ゆ》く落花《らっか》に逢《あ》いて長歎息《ちょうたんそく》す。今年《こんねん》　花落《はなお》ち顔色改《がんしょくあらた》まり、明年《みょうねん》　花開《はなひら》きて復《ま》た誰《たれ》か在《あ》らん。已《すで》に見《み》る　松柏摧《しょうはくくだ》かれて薪《たきぎ》と為《な》るを、更《さら》に聞《き》く　桑田変《そうでんへん》じて海《うみ》と成《な》るを。古人洛城《こじんらくじょう》の東《ひがし》に復《かえ》る無《な》く、今人還《きんじんま》た落花《らっか》の風《かぜ》に対《たい》す。年年歳歳《ねんねんさいさい》　花相《はなあ》い似《に》たり、歳歳年年《さいさいねんねん》　人同《ひとおな》じからず。言《げん》を寄《よ》す　全盛《ぜんせい》の紅顔子《こうがんし》、応《まさ》に憐《あわ》れむべし　半死《はんし》の白頭翁《はくとうおう》。此《こ》の翁《おう》　白頭《はくとう》　真《しん》に憐《あわ》れむ可《べ》し、伊《こ》れ昔《むかし》は紅顔《こうがん》の美少年《びしょうねん》。公子《こうし》王孫《おうそん》　芳樹《ほうじゅ》の下《した》、清歌《せいか》妙舞《みょうぶ》す　落花《らっか》の前《まえ》。光禄《こうろく》の池台《ちだい》　錦繍《きんしゅう》を開《ひら》き、将軍《しょうぐん》の楼閣《ろうかく》　神仙《しんせん》を画《えが》く。一朝病《いっちょうやまい》に臥《ふ》せば相識無《そうしきな》く、三春《さんしゅん》の行楽《こうらく》　誰《た》が辺《へん》にか在《あ》る。宛《えん》転《てん》たる蛾眉《がびよ》能く幾時《いくとき》ぞ、須臾《しゅゆ》にして鶴髪乱《かくはつみだ》れて糸《いと》の如《ごと》し。但《た》だ看《み》る　古来歌舞《こらいかぶ》の地《ち》、惟《た》だ黄昏《こうこん》に鳥雀《ちょうじゃく》の悲《かな》しむ有《あ》るのみ。

七言は五言よりも口にすれば軽やかで、ちょっとセンチメンタルな詩の内容とよく合う。もとづく詩があるとはいえ、いやだからこそ、年年歳歳の句は巧みだと思わせる。その句が死を予言したとか（劉粛《りゅうしゅく》『大唐新語《だいとうしんご》』巻八）、舅の宋之問《そうしもん》との間で詩句を譲れ譲らないの争いがあったとか（辛文房《しんぶんぼう》『唐才子伝《とうさいしでん》』巻二）の逸話が生まれたのも、やはり名句であればこそだ。

前半は訓読のままでも意味はとりやすいので、後半から大意を記してみよう。

公子王孫は、貴公子たち。白頭の翁も若いころはその仲間、落花の暗示に気づかぬまま歌舞音曲をともにしていた。光禄池台は、前漢の光禄勲であった王根《おうこん》が宮殿を模して池の中に楼台のある庭園を造ったことを指し、将軍楼閣は、後漢の大将軍梁冀《りょうき》が神仙を描いた豪奢な楼閣を建てたことを指す。栄達して楽しみを極めたのである。

ところがひとたび病に臥せば友人もなく、春の行楽はいったい誰のところで、と嘆くばかり。うるわしき眉もいまはなく、いつのまにか白髪乱れる老人、歌舞を楽しんだ土地もいまは夕暮れ、雀が悲しげに囀《さえず》るばかり。

花の都をベースにしつつ、古詩にあった富貴への欲望もそっくり取りこんで、さらにそのはかなさをうたう。前漢の故事も用いられているように、洛陽は、土地そのもののイメージだけではなく、いわば栄華の都の象徴となっている。

先に述べたように、唐代の洛陽は漢魏の洛陽とは別の場所に築かれている。すなわち、唐の洛陽に漢の宮殿や楼閣を幻視するのは、都市としての洛陽を象徴的に表現したものなのである。大望を抱いた若者、美貌を誇る娘、春の都会。もちろん春という季節は人生の春、青春と重なる。都会と人生のはかなさと華やかさを七言の歌行一篇に仕立て上げた劉希夷の人生は、それもまた、と言ってよいのかどうか、三十年に満たなかった。

## 天津橋

劉希夷には、「公子行」と題した詩もあって、洛陽の街を背景に公子と美女の恋をうたう。

天津橋下陽春水　天津橋上繁華子
馬声廻合青雲外　人影動揺緑波裏
緑波蕩漾玉為砂　青雲離披錦作霞
可憐楊柳傷心樹　可憐桃李断腸花
此日遨遊邀美女　此時歌舞入娼家
娼家美女鬱金香　飛来飛去公子傍
[…]
与君相向転相親　与君双棲共一身

願作貞松千歳古　誰論芳槿一朝新
百年同謝西山日　千秋万古北邙塵

天津橋下《てんしんきょうか》　陽春《ようしゅん》の水《みず》、天津橋上《てんしんきょうじょう》　繁華《はんか》の子《こ》。馬声廻合《ばせいかいごう》す　青雲《せいうん》の外《そと》、人影動揺《じんえいどうよう》す　緑波《りょくは》の裏《うち》。緑波蕩漾《りょくはとうよう》して玉《ぎょく》を砂《すな》と為《な》し、青雲離披《せいうんりひ》して錦《きん》を霞《か》と作《な》す。憐《あわれ》む可《べ》し　楊柳《ようりゅう》　傷心《しょうしん》の樹《じゅ》、憐《あわれ》む可《べ》し　桃李《とうり》　断腸《だんちょう》の花《はな》。此《こ》の日《ひ》　遨遊《ごうゆう》して美女《びじょ》を邀《むか》え、此《こ》の時《とき》　歌舞《かぶ》して娼家《しょうか》に入《い》る。娼家《しょうか》の美女《びじょ》　鬱金香《うつこんこう》、飛《と》び去《さ》り飛《と》び来《きた》る　公子《こうし》の傍《かたわら》。［…］君《きみ》と相《あ》い向《むか》いて転《うた》た相《あ》い親《した》しみ、君《きみ》と双棲《そうせい》して一身《いっしん》を共《とも》にせん。願《ねが》わくは貞松《ていしょう》と作《な》りて千歳《せんざい》に古《いにしえ》とならん、誰《たれ》か論《ろん》ぜん　芳《ほう》槿《きん》　一朝《いっちょう》に新《あら》たなるを。百年《ひゃくねん》　同《おな》じく謝《しゃ》す西山《せいざん》の日《ひ》、千秋万古《せんしゅうばんこ》　北邙《ほくぼう》の塵《ちり》。

紙幅の都合で中間を省略したが、それでも全体の甘やかな調子はうかがえる。季節はやはり春、橋を行き交う馬の嘶《いなな》きは雲の上まで響き、貴公子たちの影が川面に映る。たゆたう波に砂は玉、散り広がる雲に夕焼けは錦。春の洛陽がその喧騒も含めて浮かび上がるだろう。楊柳も桃李もここでは感傷を誘うばかりだ。

さて公子は今日美女を妓楼に迎えに行く。鬱金香の香りのする彼女はひらりひらりと彼のかたわら。そして誓うは永遠の愛、差し向かえば身も心も寄り添うもの、千年変わらぬ松のようでありたい、咲いては凋《しぼ》むむくげなど論外。

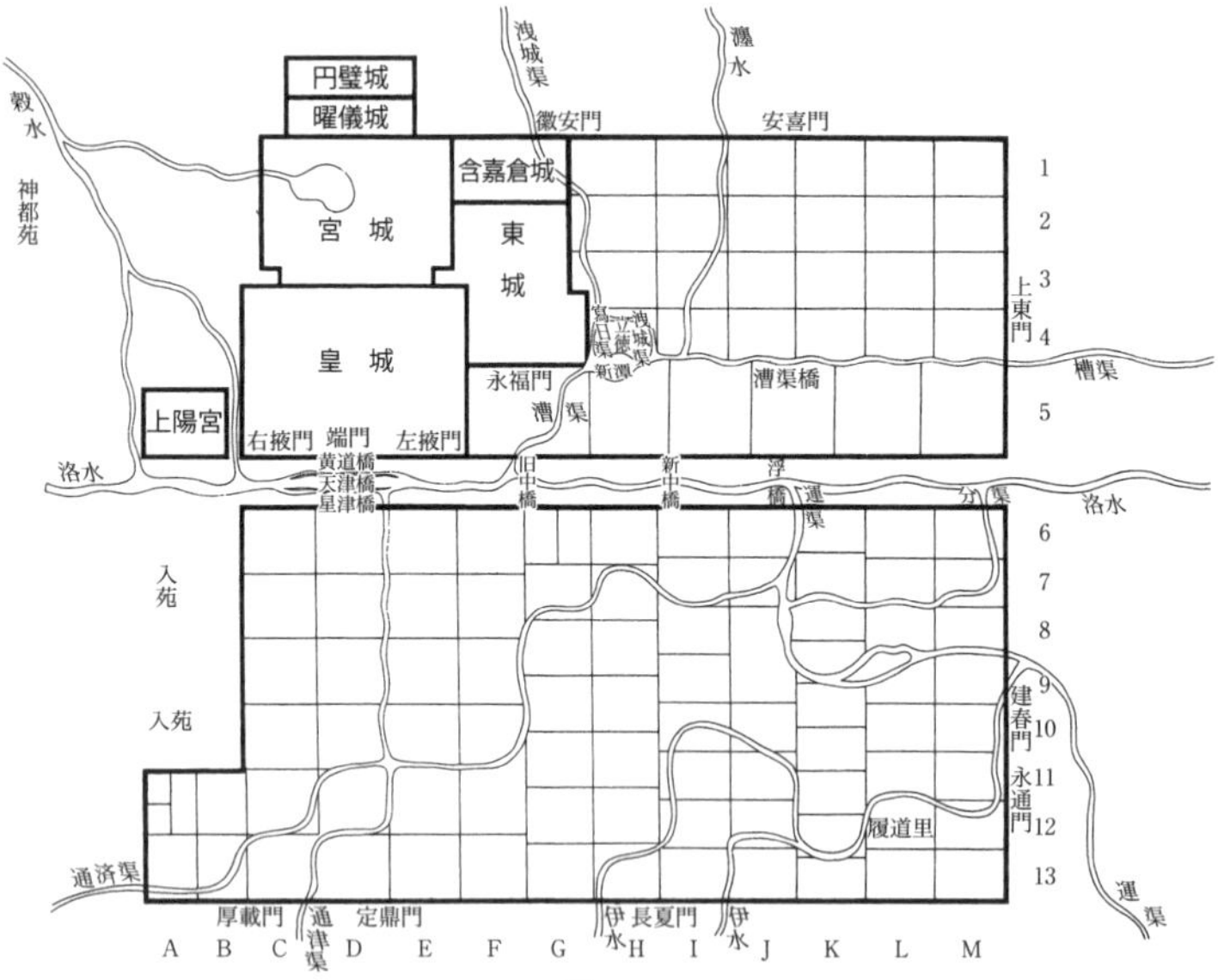


洛陽付近歴代都城変遷図（『唐両京城坊攷《こう》――長安と洛陽』平凡社東洋文庫）より

誓いのことばはかくあれど、人はみな夕日のように百年の人生を終え、とこしえに墓場の土となる、と結ぶのは定型でもあり、劉希夷の感慨でもあろう。恋の物語の幕が降りるときに舞台で合唱されるコーラスとも言えようか。北邙は山名で、古くから墓所とされた。

だが詩を読んで印象に刻まれるのは何と言っても冒頭の天津橋だ。図にあるように、隋唐の洛陽城は、西から東に流れる洛水をまたぐように建設されていた。周代も漢代も洛水の北側に都城が築かれたのだが、隋代の造営では、宮城とその南の皇城は洛水の北に位置したものの、西側が洪水に見舞われやすい地域だったこともあって、都城は宮城を西北に置いてそこから東と南に展開する形式となった。西の長安にも南の建康（南京）にも見られない独特の形状である。

北から南に流れる川をまたぐのはわが京都、東から西に流れる川をまたぐのは遠く西のパリだが、流れの向きだけでなく宮城との位置関係もかなり違う。京都の場合は、御所の東に鴨川が流れ、平安京のメインストリートであった朱雀《すざく》大路は南北の大通りだから鴨川と平行の関係にある。パリの場合、メインストリートをシャンゼリゼとするなら、これもセーヌ川と平行する（セーヌ川は大きく蛇行しているので、シャンゼリゼから凱旋門を抜けてまっすぐ西に進めばブローニュの森の向こうで渡ることにはなるけれども）。

洛陽は、中国の伝統にもとづいて宮城から正南の方向にメインストリートを走らせる。つまり洛水とは直交の関係になる。皇城からメインストリートである定鼎街《ていていがい》（天門街）に入るためには、あるいはその逆の場合も、必ず洛水を渡らねばならない。

皇城の南を流れる洛水には、中洲が二つあり、したがって橋は三つ要る。中洲と中洲を結ぶ中間の橋がもっとも長く、それが天津橋であった。洛水を天の川に見立てての名称である。ちなみに北は黄道橋、南は星津橋、ただし南の中洲はやがて河岸と陸続きになったため、星津橋は玄宗治世期に壊された。

「公子行」の冒頭にうたわれた天津橋のにぎやかさは、まさに洛陽の繁華の象徴であった。いささか乱暴な連想であることは承知の上で、江戸の日本橋を思い浮かべてもよい。橋は、川を渡るだけの機能にとどまらない魅力がある。東西を流れる洛水はもとより、天津橋があるとないとでは、唐の洛陽の魅力は大きく異なったものとなったことだろう。

天津橋をうたう詩人は多い。たとえば李白の「古風」其《その》十八は、こう始まっている。

天津三月時　千門桃与李
朝為断腸花　暮逐東流水
前水復後水　古今相続流
新人非旧人　年年橋上遊

天津《てんしん》三月《さんがつ》の時《とき》、千門《せんもん》桃《もも》と李《すもも》と。朝《あした》に断腸《だんちょう》の花《はな》と為《な》り、暮《くれ》に東流《とうりゅう》の水《みず》を逐《お》う。前水《ぜんすい》復《ま》た後水《こうすい》、古今《ここん》相《あ》い続《つ》いで流《なが》る。新人《しんじん》は旧人《きゅうじん》に非《あら》ず、年年橋上《ねんねんきょうじょう》に遊《あそ》ぶ。

これまで見てきた詩のモチーフを見事なほど忠実にふまえている。次の段は、出仕する士大夫たちの姿。

鶏鳴海色動　謁帝羅公侯
月落西上陽　餘輝半城楼

衣冠照雲日　朝下散皇州
鞍馬如飛龍　黄金絡馬頭

鶏鳴《とりな》けば海色《かいしょく》動《うご》き、帝《みかど》に謁《えつ》して公侯《こうこう》を羅《つら》ぬ。月《つき》は西上陽《せいじょうよう》に落《お》ち、餘《よ》輝《き》城楼《じょうろう》に半《なか》ばなり。
衣冠《いかん》雲日《うんじつ》を照《て》らし、朝《ちょう》より下《くだ》りて皇州《こうしゅう》に散《さん》ず。鞍馬《あんば》飛龍《ひりゅう》の如《ごと》く、黄金《おうごん》馬頭《ばとう》に絡《まと》う。

皇帝の政務は卯《う》の刻（午前六時前後）から始まるので、鶏が鳴けば出勤である。海色は、夜明けの空の色。西上陽は、宮城のさらに西の宮殿。そこに月が沈むなか、日の出の光を衣冠に耀《かがや》かせ、やがて士大夫たちは黄金の飾りをつけた馬を走らせ街に戻っていく。

右の引用に続いて、詩はさらに、彼らの意気揚々たるさま、楽しみを尽すさまを述べたてながら、結局は、功名を果たせば災禍が及ぶもの、役人になどならぬがまし、と結ぶ。いかにも李白らしいが、しかしもっと李白らしい天津橋もある。

憶昔洛陽董糟丘　為余天津橋南造酒楼
黄金白璧買歌笑　一酔累月軽王侯
海内賢豪青雲客　就中与君心莫逆

憶《おも》う昔《むかし》 洛陽《らくよう》の董糟丘《とうそうきゆう》、余《よ》が為《ため》に天津橋《てんしんきよう》の南《みなみ》に酒楼《しゆろう》を造《つく》りしことを。黄金白璧《おうごんはくへき》もて歌笑《かしよう》を買《か》い、一酔累月《いつすいるいげつ》 王侯《おうこう》を軽《かろ》んず。海内《かいだい》の賢豪《けんごう》 青雲《せいうん》の客《きやく》、就中《なかんずく》 君《きみ》と心《こころ》は莫逆《ばくげき》たり。

「憶旧遊寄譙郡元参軍（旧遊《きゆうゆう》を憶《おも》い、譙郡《しようぐん》の元参軍《げんさんぐん》に寄《よ》す）」の冒頭。思えば昔、洛陽の董糟丘は、わしのために天津橋の南に居酒屋を開いてくれたっけ。糟丘は酒粕の山、おそらく酒楼の主人の綽名《あだな》のようなもの。奇しくも桑摘み娘の董嬌嬈と同姓なのだが、美人ならぬ居酒屋の老爺《ろうや》のほうが李白にはありがたい。

元参軍は元演、二人が出会ったのは七三二年（開元二十）、李白三十二歳の時、ちょうど前年から玄宗が洛陽に行幸していて、李白もそれを追うように洛陽に来ていた。莫逆の友と酒を酌み交わしては延々と酔い続け、王侯など歯牙《しが》にもかけない勢い、公子たちが行き交う大通りの世界とは違う空気がここにはあるのだが、じつはこの詩が作られたのは、二人の出会いから十五年ないし二十年ほど後と推定される。天津橋はすでに追憶の地、董の老爺の店もあったかどうか。

唐代前半の洛陽は、武則天が神都とした時期を除いても、皇帝がしばしば行幸する都であった。李白が何度か洛陽に滞在したのも、東都として栄えていたことが背景にある。彼が住んだ期間は、すべてひっくるめてもそれほど長くはならないだろうが、元演との出会いのほかにも、七四四年には杜甫とも洛陽で出会うなど、李白にとって洛陽は人生の結び目のような街だった。人は都市に集まり、そこに出会いが生まれる。李白も杜甫もその中にいたのである。

しかしながら洛陽の栄華は、安史の乱の後、急速に衰える。皇帝の行幸も見られなくなる。とはいえ、城内を横切る洛水、縦横に流れる水路のおかげで、洛陽は緑豊かな静かな街として、長安の俗塵を避けんとする人々に愛好された。繁華はほかに譲って、洛陽は洛陽なりのよさへと舵《かじ》を切った。そこに魅かれたのが、白居易である。

## 履道里の閑居

白居易が洛陽城内東南隅の履道里《りどうり》（二二頁図中のL12）に邸宅を得たのは、八二四年、五十三歳の時だった。李白が天津橋で大酔していたころから百年近く後のことだ。その年の五月まで杭州刺史《しし》であった白居易は、翌年三月に蘇州刺史に任じられるまでの短い間、ここ洛陽に居を構えた。

履道坊西角　官河曲北頭
林園四隣好　風景一家秋
門閉深沈樹　池通浅沮溝
抜青松直上　鋪碧水平流
籬菊黄金合　窓筠緑玉稠

履《り》道坊《どうぼう》の西《にし》の角《かど》、官河《かんが》の曲《きょく》の北《きた》の頭《ほとり》。林園《りんえん》 四隣《しりん》好《よ》く、風景《ふうけい》 一家《いっか》秋《あき》なり。門《もん》は閉《と》ざす 深《しん》沈《ちん》の樹《じゅ》、池《いけ》は通《つう》ず 浅沮《せんしょ》の溝《こう》。青《あお》を抜《ぬ》きて松《まつ》は直《ただ》ちに上《のぼ》り、碧《みどり》を鋪《し》きて水《みず》は平《たい》らに流《なが》る。籬《まがき》の菊《きく》 黄金《おうごん》を合《あつ》め、窓《まど》の筠《たけ》 緑玉《りょくぎょく》稠《しげ》し。

「履道新居二十韻」の冒頭。官河は運河、先の図にあるように、履道里には伊水《いすい》に通じる運河が流れていた。四方も園林にかこまれ、邸宅全体が秋のおもむき、浅い流れが池に通じ、松が青さを誇り、まがきには菊、窓辺には竹。

都城にありながら、まるで隠者の棲みか、詩には次のような句も見える。

地与塵相遠　人将境共幽

地《ち》は塵《ちり》と相《あい》遠《とお》く、人《ひと》は境《きょう》と共《とも》に幽《ゆう》。

あるいは、

洛下招新隠　秦中忘旧遊

洛下《らくか》 新隠《しんいん》を招《まね》き、秦中《しんちゅう》 旧遊《きゅうゆう》を忘《わす》る。

秦中は、長安のこと。閑雅と繁華の対比が背景にはある。この洛陽で新たに知りあうのは世を避けた人々、長安の旧友とは疎遠にもなる。

白居易には、天津橋を渡る詩もある。当時の職は皇太子に仕える太子左庶子《さしょし》分司《ぶんし》東都《とうと》、橋を渡ったのは北城の東宮《とうぐう》（皇太子の居所）から南への帰途であろう。七律「早春晩帰（早春晩《そうしゅんくれ》に帰《かえ》る）」。

晩帰騎馬過天津　沙白橋紅返照新
草色連延多隙地　鼓声間緩少忙人
還如南国饒溝水　不似西京足路塵
金谷風光依旧在　無人管領石家春

晩《くれ》に帰《かえ》りて馬《うま》に騎《の》りて天津《てんしん》を過《わた》る、沙《すな》白《しろ》く橋《はし》紅《くれない》にして返照《へんしょう》新《あら》たなり。草色《そうしょく》連延《れんえん》として隙《げき》地《ち》多《おお》く、鼓声《こせい》間緩《かんかん》にして忙人《ぼうじん》少《すくな》し。還《ま》た南国《なんごく》の溝水《こうすい》 饒《ゆた》かなるが如《ごと》く、西京《せいけい》の路塵《ろじん》足《おお》きに似《に》ず。金谷《きんこく》の風光《ふうこう》 旧《きゅう》に依《よ》りて在《あ》り、人《ひと》の石家《せっか》の春《はる》を管領《かんりょう》する無《な》し。

西晋の石崇《せきすう》は洛陽郊外の金谷に豪奢な別荘を開き、名士たちを招いて宴を繰り広げた。だが栄華も束の間、政争の中で石崇は処刑され、愛人の緑珠《りょくしゅ》も金谷園の高楼から身を投げた。結びの二句は、その故事をふまえている。

それにしても、ここに描かれた天津橋の情景は、劉希夷や李白のものとずいぶん違う。夕日に橋は照り映え、草の生えた空き地が続き、暮れの太鼓の音も心なしかのんびりとして、そのせいか急ぐ人も少ない。江南の水郷にも似て、車塵の舞う長安のほうがむしろ遠い。そののびやかな春を占有する豪族もいまはない。まるで全体が一つの庭園であるかのように、この街に住む人々がひとしくその風光を享受しているのである。

一年あまりの蘇州刺史、さらに長安での秘書監《ひしょかん》、刑部侍郎《けいぶじろう》の任を経て、白居易がようやくまた洛陽に落ち着いたのは、八二九年であった。秦中の旧遊のほうでは白居易を忘れていなかったのだが、それでも足掛け三年で陰謀渦巻く長安から離れられたのは幸いであった。以来、七十五歳で亡くなる八四六年まで、白居易は履道里の閑居を楽しみ、多くの詩をのこす。

不愁陌上春光尽　亦任庭前日影斜
面黒眼昏頭雪白　老応無可更増加

愁《うれ》えず　陌上《はくじょう》に春光《しゅんこう》尽くるを、亦《ま》た任《まか》す　庭前《ていぜん》に日影斜《にちえいなな》めなるを。面《おもて》は黒《くろ》く眼《まなこ》は昏《くら》く頭《かしら》は雪《ゆき》のごとく白《しろ》きも、老《お》いは応《まさ》に更《さら》に増加《ぞうか》す可《べ》きこと無《な》かるべし。

「任老（老《お》いに任《まか》す）」と題された絶句。ここには老いへの恐れも、老いたことの悲しみもない。白髪どころか、顔は黒ずみ目はかすんでも、ただ身をまかせるだけ。陌（大通り）に春の光は尽きてもと詠《うた》うあたり、古詩以来の繁華な洛陽のイメージを意識しながら、街とともに老いていくことをよしとする風情があろう。

白居易には、「洛陽有愚叟（洛陽《らくよう》に愚叟《ぐそうあ》有り）」と題する詩もある。

洛陽有愚叟　白黒無分別
浪跡雖似狂　謀身亦不拙
点検盤中飯　非精亦非糲
点検身上衣　無餘亦無闕

洛陽《らくよう》に愚叟《ぐそうあ》有り、白黒《しろくろ》分別無《ふんべつな》し。浪跡《ろうせき》狂《きょう》に似《に》たりと雖《いえど》も、身《み》を謀《はか》ること亦《ま》た拙《せつ》ならず。盤中《ばんちゅう》の飯《はん》を点検《てんけん》すれば、精《せい》に非《あら》ず亦《ま》た糲《れい》に非《あら》ず。身上《しんじょう》の衣《い》を点検《てんけん》すれば、餘《あま》り無《な》きも亦《ま》た闕《か》くる無《な》し。

洛陽に愚かな翁あり、白と黒の見わけもつかぬ。あちこちさまよった経歴はまともじゃないが、出世はそれなりで悪くない。食べている飯を調べてみれば、高級な白米ではないが粗末な黒米でもない。着ている服を調べてみれば、余分はないが欠けてもいない。

こうして始まるこの詩は全二十四句を連ねて白居易の中庸を得た自適の生活を描き出す。彼の自画像たる「酔吟《すいぎん》先生伝」にも最後の八句が引かれているから、自身にとっても象徴的な詩だったとしてよい。

さらに、その詩が「洛陽有愚叟」と始められ、そのまま詩題とされるのも象徴的だ。楽しみを極めるのではなく、ほどほどの生活こそが最も幸福だとする白居易は、洛陽もまたそれにふさわしきほどほどの場所だと安んじている。「洛陽有愚叟」は、たんに自分が住んでいる場所を示しているのではなく、街と自分との幸福な一体感を詠いあげているのである。

そして詩はこう結ばれる。

不知天地内　更得幾年活
従此到終身　尽為閑日月

知《し》らず　天地《てんち》の内《うち》、更《さら》に幾年《いくとし》の活《い》くるを得《え》ん。此《こ》れ従《よ》り終身《しゅうしん》に到《いた》るまで、尽《ことごと》く閑日月《かんじつげつ》と為《な》さん。

あと何年生きられるかわからないが、この洛陽ののどかな暮らしのままに身を終えよう。白居易はそう宣言する。そしてそのことばのまま、十二年ののち、彼は履道里の邸宅で没する幸福を得た。

古詩から白居易まで、洛陽という場所がそこに集う人のありかたとどのようにかかわっているのかに目を向けながら、いくつかの詩を読んだ。詩には、人と場所とを結ぶ力がある。詩によって、人は、たとえその時間と空間から遠く離れていたとしても、場所を共にすることができる。場所を作り上げることさえできるだろう。ひとまず詩のトポスとして、その魅力を語りたい。

# その二◉成都

いまも四川省《しせん》の省都である成都《せいと》は、古くから蜀《しょく》の国都として栄えた。洛陽の紙価《しか》を貴《たか》めたという故事で知られる晋の左思《さし》「三都賦《さんとのふ》」は、蜀、呉、魏のそれぞれの都について、地勢、物産、人物、故事を網羅してうたいあげた雄篇だが、そこに描かれた蜀都こそ、成都である。賦に云う、「既麗且崇、実号成都（既《すで》に麗《れい》にして且《か》つ崇《たか》く、実《じつ》に成都《せいと》と号《ごう》す）」。

蜀の地は物産がゆたかで、天府《てんぷ》とも称された。「沃野千里、天府之土（沃野《よくや》千里《せんり》、天府《てんぷ》の土《ど》）」とは、蜀を根拠地とするよう劉備《りゅうび》に勧めた諸葛亮《しょかつりょう》の語である（『三国志』蜀書「諸葛亮伝」）。成都は一般には亜熱帯に属するとされ、気候は温暖で湿潤、それに加えて、紀元前三世紀、北から注ぐ岷江《みんこう》に築かれた都江堰《とこうえん》によって、もとは成都を経由せずに長江に注いでいた岷江が内江と外江に分水されて成都の水運と灌漑に大きく寄与したことが、その肥沃さを生み出した。

肥沃さばかりではない。成都から北へ三〇キロほどのところに位置する三星堆《さんせいたい》遺跡から出土した数々の青銅器は、黄河流域の文明とは異なる独自の古代文明がここにあったことを示している。異形の仮面や四メートルにも及ぶ扶桑樹、その造形の迫力は、一度でも見たら忘れられない。

蜀は、中国でありながら中国とは異なる場所、それ自体が一つの王国だと感じさせる場所だ。天然の要害に囲まれ、肥沃で広大な盆地を領し、古代文明の記憶を抱く。成都はその中心である。

曾城塡華屋　季冬樹木蒼
喧然名都会　吹簫間笙簧

曾城《そうじょう》華屋《かおく》を塡《うず》め、季冬《きとう》樹木《じゅもく》蒼《あお》し。喧然《けんぜん》たる名都会《めいとかい》、簫《しょう》を吹《ふ》きて笙簧《しょうこう》を間《まじ》う。

杜甫の五言古詩「成都府《せいとふ》」の句。曾城は層城とも書き、高い城壁を備えた都市。崑崙《こんろん》山にある仙郷の名として、不死の樹がその西にあるとの伝説もある。次の句ともあわせて二つが重ね合わされているのだろう。そこに華屋、はなやかな建物がびっしり並ぶ。季冬は旧暦十二月、温暖な気候で冬でも木々は青々と茂る。まるで不死の樹であるかのように。簫《しょう》はパンパイプ、つまり長短の管を並べた笛、笙《しょう》も長短の管を備えるが、簧《こう》（リード）で音を鳴らすところが異なる。世に聞こえた都では、笛の音もさまざまというわけだ。なるほど成都は名にし負う都だと、杜甫は視覚と聴覚でそのゆたかさを満喫しているのである。

## 罷官

けれども、じつはこの「成都府」はたんに成都を讃えるものではない。そもそも、なぜ杜甫は成都にやってきたのか。

杜甫が生まれたのは景雲三年（七一二）の元旦、洛陽のやや東に位置する鞏県《きょうけん》であった。ちょうどこの年の八月、睿宗《えいそう》は子の玄宗に位を譲る。杜甫の人生はほとんど玄宗の治世とともに始まったのだが、その恩恵を受けたとは言い難く、ようやく小さな官に就いたのは天宝十四載（七五五）、四十四歳のときであった。その年の暮れには安禄山の反乱によって洛陽は陥落し、長安にも危機が迫る。杜甫も難を免れることはできず、天宝十五載（七五六）からその翌年にかけて、反乱軍に捕えられて長安城内に軟禁された。「国破山河在、城春草木深（国破《くにやぶ》れて山河《さんが》在《あ》り、城春《じょうはる》にして草木深《そうもくふか》し）」と始まる「春望《しゅんぼう》」は、このとき書かれた。

ほどなく長安を脱出して粛宗《しゅくそう》の行在所《あんざいしょ》にたどりつき、側近の職である左拾遺《さしゅうい》を授けられ、やや曲折はあったものの、政治の混乱が収まるとともに杜甫も長安に戻り、中央官吏たる幸福を味わう。だがそれも長くは続かない。政争のあおりで華州《かしゅう》（長安の東）の属官として転出を命じられ、乾元二年（七五九）七月、ついに自らその官を辞して、長安から三〇〇キロも西に離れた秦州《しんしゅう》に、家族を連れて向かった。

官職を棄てた理由については、よくわからないところがある。長安を中心とする関中一帯が天候不順で飢饉に見舞われ、しかも戦乱はなお終息していなかったためだと説明されるが、それが直接の動機になったのかどうか、確証はない。

このときに作られた五言律詩「立秋後題（立秋《りっしゅう》の後《のち》に題《だい》す）」にも、それほど手がかりがあるわけではない。

日月不相饒　節序昨夜隔
玄蟬無停号　秋燕已如客
平生独往願　惆悵年半百
罷官亦由人　何事拘形役

日月《じつげつ》相《あ》い饒《ゆる》さず、節序《せつじょ》昨夜《さくや》隔《へだ》たる。玄蟬《げんせん》号《さけ》ぶを停《とど》むる無《な》く、秋燕《しゅうえん》已《すで》に客《きゃく》の如《ごと》し。平《へい》生《ぜい》独往《どくおう》の願《ねが》い、惆悵《ちゅうちょう》として年《とし》は百《ひゃく》に半《なか》ばす。官《かん》を罷《や》むるも亦《ま》た人《ひと》に由《よ》る、何事《なにごと》ぞ形役《けいえき》に拘《こう》せられん。

日月の句は、時節が人に容赦なく流れること。鮑照《ほうしょう》「擬行路難（行路《こうろ》難《なん》に擬《ぎ》す）」に「日月流邁不相饒（日月《じつげつ》流邁《りゅうまい》して相《あ》い饒《ゆる》さず）」とある。蟬が昼夜を問わず鳴き（蟬は秋のものとされる）、燕が南に帰ろうとする季節の到来をうたう。なお、この「相」は、お互いに、ということではなく、人に対して。王維「竹里《ちくり》館《かん》」の句「明月来相照（明月《めいげつ》来《きた》りて相《あ》い照《て》らす）」などが身近な例だろう。

後半四句は、帰隠の願いをうたう。独往は、あらゆる束縛を脱して自らの心のままに生きること。しばしば世を捨てる謂いにもなる。惆悵と形役は、陶淵明「帰去来辞（帰《き》去来《きょらい》の辞《じ》）」に「既自以心為形役、奚惆悵而独悲（既《すで》に自《みずか》ら心《こころ》を以《もっ》て形《かたち》の役《えき》と為《な》す、奚《なん》ぞ惆悵《ちゅうちょう》として独《ひと》り悲《かな》しまん）」とあるのを明らかにふまえる。

秋に帰隠を思うことについては、さらに先例がある。

晋の潘岳《はんがく》は、三十二歳のとき、白髪が生えたのに気づいて自らの官途を振り返り、あくせくと繁忙に身をまかせているよりは、自らの思いのままに官を辞めて隠棲を志さんとし、筆を執って「秋興賦《しゅうきょうのふ》」を書き上げた。「摂官承乏、猥厠朝列、夙興晏寝、匪遑底寧。譬猶池魚籠鳥、有江湖山藪之思。於是染翰操紙、慨然而賦。于時秋也、故以秋興命篇（官《かん》を摂《と》り乏《とぼ》しきを承《う》けて、猥《みだ》りに朝列《ちょうれつ》に厠《まじ》わり、夙《つと》に興《お》き晏《おそ》く寝《い》ねて、底《とど》まり寧《やす》むに遑匪《いとまあら》ず。譬《たと》えば猶《なお》池《ち》魚籠鳥《ぎょろうちょう》の江湖《こうこ》山藪《さんそう》の思《おも》い有《あ》るがごとし。是《ここ》に於《おい》て翰《ふで》を染《そ》め紙《かみ》を操《と》り、慨然《がいぜん》として賦《ふ》す。時《とき》に秋也《あきなり》、故《ゆえ》に秋興《しゅうきょう》を以《もっ》て篇《へん》に命《な》づく）」とは、その序のことばである。

「立秋後題」が、この系譜にあることはまちがいない。秋という季節、老いの自覚、意に染まない官吏生活。まして、三十二歳の潘岳とは異なって、杜甫はもう五十になろうとしているところ、世は戦乱と飢饉に覆われている。賦という形式で景と情を陳《の》べ綴る「秋興賦」の世界が、よりいっそうの切実さをともなって五言八句に凝縮されたと見ることもできる。

ただ、気になるのは「罷官亦由人」の句である。川合康三『杜甫』（岩波新書、二〇一二）では、この句について「解しがたい」としつつ、「自分なりの生き方を願っていたわたしが辞任するのも、人が理由だ、人に縛られるのを厭ってのことだ、の意としてとりあえず読んでおく」と言う。また、興膳宏『杜甫 憂愁の詩人を超えて』（岩波書店、二〇〇九）では、「役人をやめても人の世界で生きるのは同じ」と解する。

　二つの解釈は、辞任する理由として「人」を挙げるのと、辞任してもなお「人」の世に住まねばならないとするのとで、まったく方向を異にするように見えるが、「人」を「己」に対比してとらえること、もしくは「己」を含みつつも「己」とは一体とはなりえないものとしてとらえることでは共通する。世の人であり、人の世であり、つまりは「世」としての「人」である。

　一方で、「天」に対するものとして「人」をとらえることも可能であろう。「由人」の例としては、『詩』に「下民之孽、匪降自天。噂沓背憎、職競由人（下民《かみん》の孽《わざわい》は、天《てん》より降《くだ》るに匪《あら》ず。噂沓背《そんとうはい》憎《ぞう》（うわさ話や陰口）、職《た》だ競《すべ》て人《ひと》に由《よ》る）」（小雅「十月之交《じゅうがつしこう》」）とあるのが古く、たしかに「人」の句だけ見ればここは世間の人なのだが、前後の文脈に注意するなら、「天」ではなくて「人」だというところが重要だとわかる。あるいは『春秋左氏伝』には「吉凶由人（吉凶《きつきょう》人《ひと》に由《よ》る）」（僖《き》公《こう》十六年）とあるが、これもまた「天」ではなくて、である。

　となれば、杜甫が「罷官亦由人」と言うのも、官を辞めるのは運命ではなく人の意志で行うことなのだとの意として理解することができる。その背景には、官に就くのは運次第だという苦い記憶があるのかもしれない。飢饉や戦乱も何がしか天のもたらしたものだとの感覚もあろう。しかし官を棄てる決断は、ただ自分の意志によりさえすればよいことだ。深読みすれば、「亦」の字は、世の面倒ごとも人によって起こるものだが、そこから離れることもまた人の決断でいかようにもなるということを示す字として効いている。そういう決断のことばとしてこの句を読むならば、「何事拘形役」という昂《たか》ぶりも自然なものとなるし、何よりも、馴染んだ関中の土地を遠く離れて放浪の途に出るにあたっての詩としてふさわしいように思う。じつのところ、杜甫が選んだのは隠棲ではなく、家族を連れての流浪である。故郷は長安から東、杜甫が向かったのはまるで正反対の方向だ。「秋興賦」はもとより「帰去来辞」とも重ねることのできない決心が、ここには含まれている。

## 秦州

さて、はるばる秦州にやってきたのは、甥の杜佐《とさ》が住んでいたのを頼ってのことでもあったが、その風土はそれまで目にしてきたものとはずいぶんと異なっていた。

一県葡萄熟　秋山苜蓿多
関雲常帯雨　塞水不成河
羌女軽烽燧　胡児制駱駝
自傷遅暮眼　喪乱飽経過

一県《いっけん》 葡《ぶ》萄熟《どうじゅく》し、秋山《しゅうざん》 苜蓿《もくしゅく》多《おお》し。関雲《かんうん》は常《つね》に雨《あめ》を帯《お》び、塞水《さいすい》は河《かわ》を成《な》さず。羌女《きょうじょ》は烽燧《ほうすい》を軽《かろ》んじ、胡児《こじ》は駱駝《らくだ》を制《せい》す。自《みずか》ら傷《いた》む 遅暮《ちぼ》の眼《め》の、喪乱《そうらん》 経過《けいか》に飽《あ》くるを。

苜蓿は、ウマゴヤシ。葡萄とあわせ、西域の植物が目に入る。関をなす山の上の雲はいつも雨の気配、それなのに塞の外を流れる川に水はちょろちょろ流れるだけ。羌族の娘はいくさののろしなど意に解さず、胡族の少年は器用に駱駝を操っている。あわれなことよ、失意のうちに老いるわがまなこは、喪乱をいやというほど目にするばかり。

「寓目《ぐうもく》」と題されたこの詩で描かれるのは、西域の風物であり、それを不安の目で見つめる自身の姿である。こうしたトーンは、「秦州雑詩《しんしゅうざつし》」として二十首書かれた連作の五言律詩からもくみとることができる。

水落魚龍夜　山空鳥鼠秋
西征問烽火　心折此淹留

水《みず》は落《お》つ　魚龍《ぎょりゅう》の夜《よる》、山《やま》は空《むな》し　鳥鼠《ちょうそ》の秋《あき》。西《にし》に征《ゆ》きて烽火《ほうか》を問《と》い、心折《こころくじ》けて此《ここ》に淹留《えんりゅう》す。

其《その》一の後半。魚龍は川の名、鳥鼠は山の名。前者は五色の魚が龍になるとの、後者は鳥と鼠がつがいとなって棲むとの伝説がある。やはり人外の境にあることを地名によって醸し出そうというのだろう。しかもその川に水はなく、山もひっそりと静まり返っている。魚龍と鳥鼠は、名のみ残されて姿の見えない亡霊のようですらある。そうした土地にあって、戦乱の不安につねに襲われながら、心くじけてここに留まる。

月明垂葉露　雲逐渡渓風
清渭無情極　愁時独向東

月《つき》は葉《は》に垂《た》るる露《つゆ》に明《あき》らかに、雲《くも》は渓《たに》を渡《わた》る風《かぜ》を逐《お》う。清渭《せいい》は無情《むじょう》の極《きわ》み、愁時《しゅうじ》独《ひと》り東《ひがし》に向《むか》う。

其《その》二の後半。葉に垂れる露の中の月の光に目を奪われながら、風の音にふりあおげば谷風を追うように流れる雲。清らかな渭水《いすい》の流れは、わたしが愁えているその間にも、故郷のある東へと流れていく。

ここに描かれた自然は、魚龍や鳥鼠のような異様さはないけれども、杜甫とはまったくべつの秩序で存在している。月と露、雲と風、それぞれがそれぞれに結びついているのだが、人はそれをただ見るだけだ。渭水などはさらに無情、わたしを載せることなくひとり東へと流れる。自然への感覚が繊細なだけに、それと切り離されてあるという意識も鋭い。

抱葉寒蟬静　帰山独鳥遅
万方声一概　吾道竟何之

葉《は》を抱《いだ》きて寒蟬《かんせん》は静《しず》かに、山《やま》に帰《かえ》りて独鳥《どくちょう》は遅《おそ》し。万方《ばんぽう》 声《こえ》は一概《いちがい》、吾《わ》が道《みち》 竟《つい》に何《いず》くに之《ゆ》かん。

其《その》四の後半。孤独な詩人の表象として、寒蟬や独鳥は受けとりやすい。この詩の前半では、軍隊の太鼓や角笛《つのぶえ》の音が地をどよもしておこるさまが描かれるが、それとの対比で鳴かない蟬やのろのろと飛ぶ鳥がうたわれるとなれば、たしかに蟬も鳥も杜甫の側にいる。

しかし、彼らは声をひそめ、動きを遅くしてなお、葉を抱き、山に帰る。それに対して杜甫は、ただいくさの声のみが天地を覆うなか、わたしはどこへ行けばよいのかと問う。この問いは蟬や鳥にはない。

もし蟬や鳥が杜甫自身の象徴だとするなら、それは死の不安を示すものとして現れているのではないか。抱葉も帰山も、ねぐらに安んじることではなく、死の時間を迎えようとしているということではないか。とすれば、「吾道竟何之」の問いが蟬や鳥にないのは、それらがいま死を受け入れつつあるからであり、杜甫はそこから身をはがそうとしつつ、その姿を凝視せざるを得ないのである。すなわち、自らの表象となりかねないものを、そこから身をはがすために描いている。あるいは、それを描くことでそこから身をはがすのだと言ってもよい。
一方で、これまで読んできたものとは異なる、おだやかな詩もある。

東柯好崖谷　不与衆峰群
落日邀双鳥　晴天巻片雲
野人矜険絶　水竹会平分
采薬吾将老　児童未遣聞

東柯《とうか》は好《よ》き崖谷《がいこく》にして、衆峰《しゅうほう》と群《ぐん》せず。落日《らくじつ》に双鳥《そうちょう》を邀《むか》え、晴天《せいてん》に片雲《へんうん》巻《ま》く。野人《やじん》は険絶《けんぜつ》を矜《ほこ》るも、水竹《すいちく》は会《よ》く平分《へいぶん》す。薬《くすり》を采《と》りて吾《わ》れ将《まさ》に老《お》いんとす、児童《じどう》には未《いま》だ聞《き》かしめず。

其《その》十六。東柯は、秦州の街から東南の郊外の村、東柯谷。甥の杜佐はここに住んでいたとされる。他の山々から離れたよき谷、日暮れともなればつがいの鳥が帰り、晴天には雲が高く懸かるところ。土地の人はけわしさを誇るけれども、居をかまえる空間はあるはず。古《いにし》えの賢者のように薬草を採って余生を送ることとしよう、子どもたちにはまだ聞かせていないがね。
杜甫はこの東柯谷の村を気に入っていたようで、其《その》十三には「痩地翻宜粟、陽坡可種瓜（痩地《そうち》は翻《かえ》って粟《あわ》に宜《よろ》しく、陽坡《ようは》は瓜《うり》を種《う》う可《べ》し）」と具体的な農地のイメージも示している。故郷ではないものの、隠棲の望みはここならば達成できたように思える。だが杜甫は秦州での暮らしを三か月で切り上げ、乾元二年（七五九）の十月、南へ一二〇キロばかりの同谷《どうこく》県に向かう。十月ともなれば年の暮れも近く、寒さと飢えが気がかりだ。「天長関塞寒、歳暮飢凍逼（天長《てんなが》ければ関塞《かんさい》寒《さむ》からん、歳暮《さいぼ》なれば飢凍《きとう》逼《せま》らん）」とは、秦州で世話になった賛上人《さんしょうにん》との別れの詩「別賛上人（賛《さん》上人《しょうにん》に別《わか》る）」の句である。さらに「発秦州（秦州《しんしゅう》を発《はっ》す）」二十首の其《その》一では、南の土地への期待が、「充腸多薯蕷（腸《ちょう》を充《み》たすに薯蕷《やまいも》多《おお》く）」「密竹復冬筍（密竹《みっちく》には復《ま》た冬筍《とうじゅん》あり）」などと、身も蓋もないほどである。

### 浣花草堂

残念ながら、同谷では期待はかなえられず、杜甫は一か月もたたぬうちにまた移住先を探すことになった。目指すはさらに南の成都、家族を連れて、名だたる難所、蜀の桟道《さんどう》も越えねばならない。

そして一か月近い旅ののち、杜甫はようやく成都に着いた。

翳翳桑楡日　照我征衣裳
我行山川異　忽在天一方
但逢新人民　未卜見故郷

大江東流去　游子去日長
曾城塡華屋　季冬樹木蒼
喧然名都会　吹簫間笙簧
信美無与適　側身望川梁
鳥雀夜各帰　中原杳茫茫
初月出不高　衆星尚争光
自古有羈旅　我何苦哀傷

翳翳《えいえい》たり 桑楡《そうゆ》の日《ひ》、我《わ》が征衣裳《せいいしょう》を照《て》らす。我行《われい》きて山川異《さんせんこと》なり、忽《たちま》ち天《てん》の一方《いっぽう》に在《あ》り。但《た》だ逢《あ》う 新人民《しんじんみん》、未《いま》だ卜《ぼく》さず 故郷《こきょう》を見《み》るを。大江東《たいこうひがし》に流《なが》れ去《さ》り、游子《ゆうし》去《さ》ること日《ひ》に長《なが》し。曾城《そうじょう》 華屋《かおく》を塡《うず》め、季冬《きとう》 樹木蒼《じゅもくあお》し。喧然《けんぜん》たる名都《めいと》会《かい》、簫《しょう》を吹《ふ》きて笙簧《しょうこう》を間《まじ》う。信《まこと》に美《び》なるも与《とも》に適《かな》う無《な》く、身《み》を側《そば》だてて川梁《せんりょう》を望《のぞ》む。鳥雀《ちょうじゃく》 夜《よる》に各《おの》おの帰《かえ》り、中原《ちゅうげん》 杳《よう》として茫《ぼう》茫《ぼう》たり。初月《しょげつ》 出《い》でて高《たか》からず、衆星《しゅうせい》 尚《な》お光《ひかり》を争《あらそ》う。古《いにし》え自《よ》り羈旅《きりょ》有《あ》り、我何《われなん》ぞ苦《くる》しみて哀傷《あいしょう》せん。

すでに中間の句を引いた五言古詩「成都府」。杜甫は同谷から成都までの旅の間、紀行詩十二篇を書いている。「発同谷県（同谷県を発す）」に始まり、「木皮嶺」「白沙渡」「水会渡」「飛仙閣」

「五盤」「龍門閣」「石櫃閣」「桔柏渡」「剣門」「鹿頭山」と経て、「成都府」である。

　翳翳は、かげりゆくさま、桑楡日は西日を言うから、最初の二句は、かげりゆく夕日がわたしの旅装を照らし出す。また桑楡は日の没するところに生える木であり、成都が西方の都会であることもふまえられる。

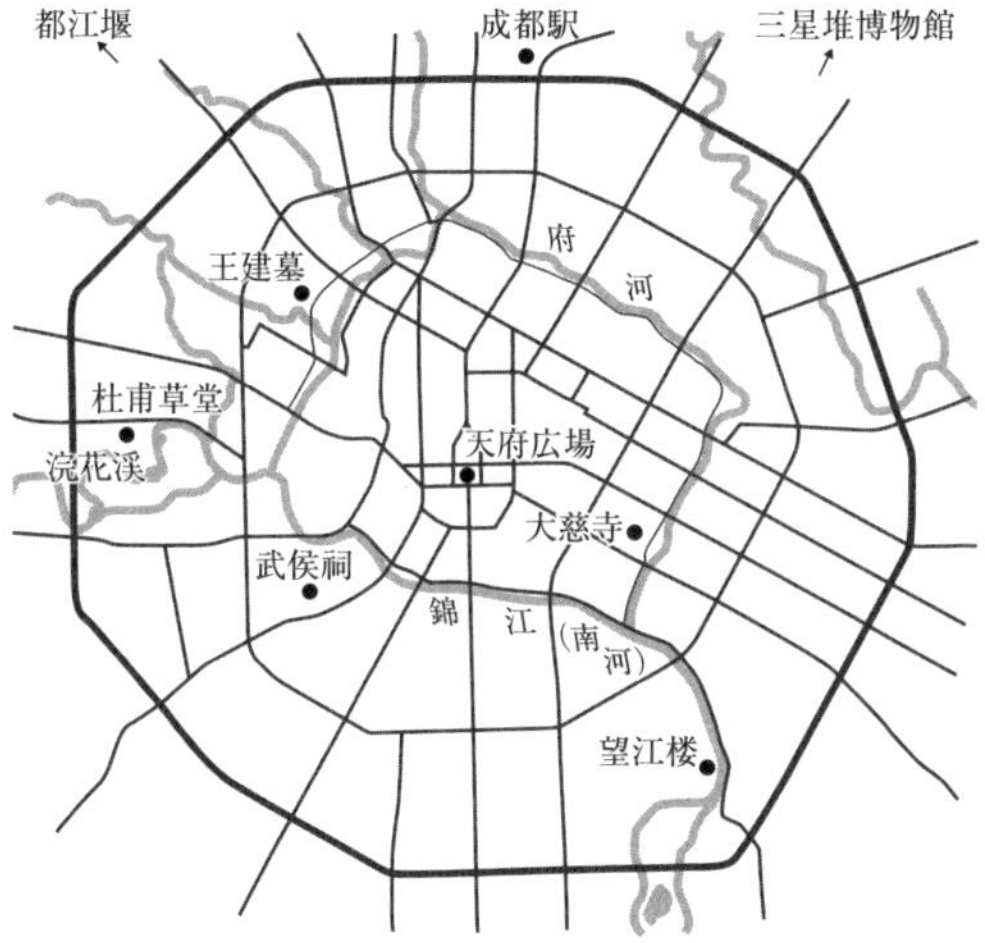


　旅につれて山川は姿を変え、いつのまにか天の果てまでやってきた。出会うのは見慣れぬ人々ばかり、故郷に帰る日もあてがない。大江は東に流れ、旅暮らしももう長い。高い城壁のなかは豪華な建物、十二月だというのに木々は青い。名にし負う大都会、笛の音もさまざま聞こえる。
　信美の句は、魏の王粲《おうさん》「登楼賦《とうろうのふ》」に「雖信美而非吾土兮、曾何足以少留（信《まこと》に美《び》なりと雖《いえど》も吾《わ》が土《ど》に非《あら》ず、曾《すなわ》ち何《なん》ぞ以《もつ》て少《すこ》しく留《とど》まるに足《た》らん）」とあるのをふまえる。文人として名高い王粲は、後漢末の戦乱で荒廃した長安を離れ、長江中流の荊《けい》州《しゅう》を根拠地としていた劉表《りゅうひょう》に身を寄せた。賦は、高楼に登って四方を見渡しながら、その光景に触発された孤独と不遇のおもいを強く訴える。

杜甫もまた、成都のすばらしさをうたいながら、「与に適う無く」、心にかなうものは見いだせず、不安に身を固くしながら川の橋を眺めやる。鳥たちはねぐらに帰るが、わが中原ははるか彼方。上りはじめたばかりの月の光は弱く、星たちが光を争っている。いや、昔から旅のつらさはあるものだ、わたしだけではないのだ。

秦州とは異なって、成都は目にも耳にも心地よい都会ではあるのだが、しかしそこはわが土地ではない。杜甫の不安はその一点に集中している。

とはいえ、成都のゆたかさは杜甫の心を次第にほぐし、年が明けると、それまでの仮住まいから、自らの居をかまえる機会を得るに至る。

浣花渓水水西頭　主人為卜林塘幽
已知出郭少塵事　更有澄江銷客愁
無数蜻蜓斉上下　一双鸂鶒対沈浮
東行万里堪乗興　須向山陰上小舟

浣花渓水《かんかけいすい》 水《みず》の西頭《せいとう》、主人為《しゆじんため》に卜《ぼく》す 林塘《りんとう》の幽《ゆう》なるを。已《すで》に知《し》る 郭《かく》を出《い》でて塵事《じんじ》の少《まれ》なるを、更《さら》に有《あ》り 澄江《ちようこう》の客愁《かくしゆう》を銷《け》すを。無数《むすう》の蜻蜓《せいてい》 斉《ひと》しく上下《じようげ》し、一双《いつそう》の鸂鶒《けいせき》 対《むか》いて沈浮《ちんぷ》す。

東行万里《とうこうばんり》　興《きょう》に乗《じょう》ずるに堪《た》ゆ　須《すべか》らく山陰《さんいん》に向《む》いて小舟《しょうしゅう》に上《のぼ》るべし。

「卜居（居《きょ》を卜《ぼく》す）」。浣花渓の流れの西側、木の茂る土手に住まいを定める。成都の街の外なので俗事もまぬかれるし、澄んだ水が旅の憂いを消してくれる。とんぼが群れをなして飛び交い、つがいのおしどりが水に潜ったり浮かんだり。興に乗れば、かの王徽之《おうきし》のごとく、小舟に乗って山陰の地まで行けるはずだ。

秦州の詩では、声なき寒蟬、遅く飛ぶ独鳥がうたわれていたのに対し、ここ成都では、無数のとんぼとつがいのおしどりが杜甫の目を楽しませる。隠棲の願いもここでなら達せられそうだ。結びの句は、『世《せ》説新語《せつしんご》』任誕篇《にんたんへん》に見える故事にもとづく。山陰、すなわちいまの浙江省《せっこうしょう》紹興《しょうこう》にいた王徽之は、大雪の晩にふと剡渓《せんけい》に住む戴逵《たいき》に会いたくなり、小舟に乗って出かけたものの、その門前まできたところで、会わずに帰った。なぜかと聞かれ、興に乗じて行ったまでで、興が尽きたので帰っただけだと答えた。つまりはここ浣花渓でもそうした気ままな暮らしをしたいものだということになる。

今日では浣花渓は広く知られた川の名で、杜甫がここに建てた草堂もしばしば浣花草堂と称されるのだけれども、じつはその地名を杜甫以前の文献に見いだすことは難しい（一）。また、この詩の冒頭四字には「浣花流水」「浣花之水」といった異文もあり、そうだとすれば浣花は川の名であるというよりは、その形容ということになる。

もともと蜀は錦の名産地、成都にはかつてその錦を管理する役所（錦官《きんかん》）があり、錦織の作業場を集めて城壁で保護した錦官城が設けられていた。成都の南を流れる川を錦江《きんこう》と称するのは、その錦官城で作られた錦を川の水で洗ったからだと言う。先にあげた「三都賦」でも「貝錦斐成、濯色江波（貝錦《ばいきん》〔美しい模様の錦〕斐成《あやな》れば、色《いろ》を江波《こうは》に濯《すす》ぐ）」と描かれ、その注には「成都織錦、既成濯於江水。其文分明、勝於初成。他水濯之、不如江水也（成都《せいと》にては錦《にしき》を織《お》りて、既《すで》に成《な》れば江水《こうすい》に濯《すす》ぐ。其《そ》の文《あや》は分明《ぶんめい》にして、初《はじ》めて成《な》るに勝《まさ》れり。他水《たすい》もて之《これ》を濯《すす》げば、江水《こうすい》に如《し》かざる也《なり》）」と説明する地誌が引かれる。成都を流れる川を錦江と称するのは、そこで錦を洗うからだ。役所としての錦官は唐代にはすでになかったが、錦が蜀の名産であることにかわりはなく、錦官城あるいは錦城は成都の異名ともなった。

杜甫の五言律詩「春夜喜雨（春夜《しゅんや》 雨《あめ》を喜《よろこ》ぶ）」は、錦官城の名で結ばれる。

暁看紅湿処　花重錦官城

暁《あかつき》に紅《くれない》の湿《しめ》れる処《ところ》を看《み》れば、花《はな》は錦官城《きんかんじょう》に重《おも》からん。

ここには、生産物としての錦というよりも、街全体が錦であるかのようなイメージがある。雨に濡れた春の花によって綾なされた街。水で洗われた錦さながらの美しさをうたう。

となると、浣花の語も、そうした成都のイメージと結びついて選ばれたものかもしれない。草堂がかまえられたのは錦江の上流、かつての錦官城から少しさかのぼったところである。濯錦（錦を濯ぐ）の縁語として浣花（花を浣《あら》う）はつりあう。もちろん、杜甫がこの地に住む以前から、浣花渓の称があった可能性を否定できるものではないが、少なくとも詩にそれを登場させたのは、杜甫が最初である。

草堂をめぐる杜甫の詩には、「浣花村」「浣花橋」「浣花竹」などの語も見える。杜甫は自分の住もうとする土地を浣花と呼びなすことで、成都という街のかたわらに安逸の世界を作ろうとしたのだろう。「卜居」の冒頭も、「花を浣う渓の水」と読んだほうが、杜甫の意にはかなうかもしれない。

## 草堂のモザイク

草堂での杜甫は、のびやかな時間を家族と過ごし、それを詩に描く。

清江一曲抱村流　長夏江村事事幽
自去自来梁上燕　相親相近水中鷗
老妻画紙為棋局　稚子敲針作釣鉤
多病所須唯薬物　微軀此外更何求

清江《せいこう》　一曲《いつきよく》　村《むら》を抱《いだ》いて流《なが》れ、長夏《ちようか》　江村《こうそん》　事事《じじ》幽《ひそ》かなり。自《おのずか》ら去《さ》り自《おのずか》ら来《きた》る梁上《りようじよう》の燕《つばめ》、相《あ》い親《した》しみ相《あ》い近《ちか》づく水中《すいちゆう》の鷗《かもめ》。老妻《ろうさい》は紙《かみ》に画《えが》いて棋局《ききよく》を為《つく》り、稚子《ちし》は針《はり》を敲《たた》いて釣鉤《つりばり》を作《つく》る。多病《たへい》　須《ま》つ所《ところ》は唯《た》だ薬物《やくもつ》、微軀《びく》　此《こ》の外《ほか》に更《さら》に何《なに》をか求《もと》めん。

「江村《こうそん》」。上元元年（七六〇）、草堂を建てた年の夏の作。

川はぐるりと村をめぐって流れる。夏の長い日の静かな村。杜甫が草堂のある場所を気に入っていたのは、まるで堀がめぐるように、川が村を囲んで流れていたこともあったのではと想像する。翌年に書かれた七言律詩「客至（客至《きやくいた》る）」は「舎南舎北皆春水《しやなんしやほくみなしゆんすい》」と始められ、草堂の地はたしかに川の湾曲部の内側にあった。外界とはつながりつつも、そこは一つの独立した空間であり、草堂だけではなく村全体が、隠棲の場だったのである。

そうした空間で、いま目の前にあるのは、巣との往復に忙しい燕、川で群れながら泳いでいる鷗。小さな集団の平和な営み。

草堂の内へと目をやれば、妻は紙に線を引いて碁盤を作り、子どもは針をたたいて釣りばりを作る。碁も釣りも隠者らしい営みではあるが、その道具を作る手伝いを家族がしているという描写は、杜甫ならではのものだ。たぶんそれはリアリズムとかそういうことではない。むしろ、戯画的なおもむきがここには感じられ、七言のリズムもそれを助けている。妻や子にありあわせの材料で隠者暮らしを手伝わせているんですよ、まあ、わたしなどはそんなところです、隠者のまねごとですな。

そう読めば、結びの尾聯《びれん》もまた、自然な感慨として受け取れる。病気がちのこの身、薬があればそれでけっこう、ほかに何かを求めようとて、そりゃ無理だとわかってますよ。

人によっては、ほんとうの自足とはそういうものではないと言うかもしれない。すべてに不満はなく、まるで悟りを開いたかのように、何があっても心を波立たせない精神こそが自足だと。しかし草堂の杜甫の自足は、そうではないところに意味があるし、そうではないからこそ、人々に読みつがれている。もとより安閑ではないが、諦念とも少し違う。むしろモザイクのように、小さな感情のかけらがあちこちに埋めこまれているような、そんな感覚に誘われる。

坦腹江亭暖　長吟野望時
水流心不競　雲在意倶遅
寂寂春将晩　欣欣物自私
故林帰未得　排悶強裁詩

坦腹《たんぷく》して江亭《こうてい》は暖《あたた》か、長吟《ちょうぎん》野《や》望《ぼう》の時《とき》。水流《みずなが》れて心《こころ》は競《きそ》わず、雲在《くもあ》りて意《い》は倶《とも》に遅《おそ》し。寂《せき》寂《せき》として春《はる》は将《まさ》に晩《く》れんとし、欣欣《きんきん》として物《もの》は自《みずか》ら私《わたくし》す。故林《こりん》帰《かえ》るを未《いま》だ得《え》ず、悶《もだ》えを排《はい》して強《し》いて詩《し》を裁《つく》る。

「江亭」。上元二年（七六一）の作。草堂の敷地内に亭（あずまや）があったとされる。大の字に寝そべれば、川べりのあずまやは暖かく、詩を吟じて野を見渡すのにうってつけ。川の流れに心が揺れることもなく、のんびり浮かぶ雲に気持ちはよりそう。静かに春は暮れてゆき、万物はそれぞれに生を営む。わたしは故郷に帰ることいまだかなわず、憂悶《ゆうもん》をしりぞけてむりに詩を作る。

「強裁詩」というその詩は、この詩そのもの、少なくともこの詩を含むはずであり、ということは「心不競」も「意倶遅」もむりに示された境地であるかのように読みとられかねないが、そうではなく、そうした境地をほんの一時でも確保する場所として詩が作られているのだと解すべきだろう。詩句を並べるうちに感情の傾きが生じ、何とか詩の体裁をつけたのだとしても。

杜甫が草堂で暮らしていた時期は、意外に短い。この詩が書かれた四年後、すなわち永泰元年（七六五）には、岷江を船で下り、蜀を去る。その間には、成都に生じた混乱を恐れて、梓州《ししゅう》へ一年ほど避難している。あれこれ足し算すれば、杜甫が落ち着いて草堂で暮らしたのは三年半といったところだろうか。そこで書かれ、今にのこされた詩は二百首あまり。その多寡《たか》よりも、草堂にモザイクを埋めていくような詩のありかたが、そのすみかを詩によって縁どろうとした杜甫の意思を感じさせる。

草堂の杜甫の詩は自然描写においてすぐれる、もしくは画期をなすと説明されることが多い。たしかに、ここで取り上げた数首からだけでも、類型的な表象を脱した観察眼のするどさとあたたかさは感得される。しかしそれもまた、草堂をめぐる空間であればこそ、仔細に描かれ、そこにそうあるものとして置かれる。そこにそうあるものであることを示すためには、そのありかたを微細に描写するのがもっとも適切であり、そしてそれを善くする条件を杜甫はそなえていた。杜甫の才能というだけではない。たんなる安逸の空間では、おそらくこうした描写は生まれなかった。

その意味では、妻も子も、そして杜甫自身も、そこにそうあるものとして区別はない。

南京久客耕南畝　北望傷神坐北窓
昼引老妻乗小艇　晴看稚子浴清江
倶飛蛺蝶元相逐　並蔕芙蓉本自双
茗飲蔗漿携所有　瓷罌無謝玉為缸

南京《なんけい》の久客《きゆうかく》 南畝《なんぽ》を耕《たがや》し、北望《ほくぼう》して神《こころ》を傷《いた》め北窓《ほくそう》に坐《ざ》す。昼《ひる》は老妻《ろうさい》を引《ひ》いて小艇《しょうてい》に乗《の》り、晴《はれ》には稚子《ちし》の清江《せいこう》に浴《よく》するを看《み》る。倶《とも》に飛《と》ぶ蛺蝶《たては》は元《もと》と相《あ》い逐《お》い、蔕《へた》を並《なら》ぶ芙蓉《ふよう》は本《もと》と自《おのずか》ら双《なら》ぶ。茗飲《めいいん》 蔗《しょう》 漿《しょう》 有《あ》る所《ところ》を携《たずさ》えれば、瓷罌《しおう》は玉《ぎょく》を缸《かめ》と為《な》すに謝《しゃ》する無《な》し。

「進艇（艇《てい》を進《すす》む）」。「江亭」と同じくやはり上元二年（七六一）の作、季節は夏。

南京は、成都のこと。北望は、はるかかなたの中原《ちゅうげん》を望んで。南畝と北窓は、農地と書斎の対比にもなっており、ただ故郷を思うだけではなく、士大夫としての意識が心を傷ましめているのだと知れる。そうした生活の中で、妻と小舟に乗り、子どもは水浴びをするのが夏の楽しみ。蝶々も蓮の花も、もとからそうであったそのままに、つがいで飛び、つがいで咲く。お茶やらさとうきびの汁やら、家にあるものを携えれば、土瓶のかめでも玉に劣りはしない。

愁いは愁いとして、楽しみは楽しみとして、蝶や蓮を見ながら、自分たち家族もまたあるがままに生きていることを記そうとしている。「江村」とは、中間の妻子と自然の句の配置がちょうど反対になっているけれども、平仄《ひょうそく》を整えてのことである以上に、よりいっそう、人事と自然の交錯が印象づけられる結果となっていよう。繰り返しになるが、どちらかがどちらかの表象というのではない。人事も自然も、そこにそうあるものとして並べられているのである。

先に述べたように、七六五年、杜甫は草堂を後にする。浣花の流れは錦江となり、さらに岷江、長江と続く。かつて「東行万里堪乗興　須向山陰上小舟」とうたった川の流れは、気ままな興ではなく情勢の不安と人生の焦燥に迫られて東へ向かう杜甫を載せた。

そしてわずか五年後の大暦五年（七七〇）、長江から南の湘江《しょうこう》へと川をさかのぼって耒陽《らいよう》にまで至ったところで、杜甫は病のために舟中で死を迎える。

草堂に居をかまえて以来、その生活をぐるりとめぐり、家族のいこいの場でもあった浣花の流れに、杜甫は深い愛着を示した。故郷の河南とは肌合いの違う長江上流の川のおもむきに魅了されたのかもしれない。その死について、魅了のままに川に身をゆだねたのだと言いなしてしまえば、感傷に過ぎるきらいはあるけれども。

トポスとしての浣花草堂は、人々が杜甫を憶《おも》うよすがとなっている。杜甫自身が「久客」と言うように、大きく見れば旅の途中でありながら、そこに生活を組み立て、人生を営もうとしている詩人のすがたは、故郷に帰って自足する隠者よりも、かえって心に響く。成都が浣花草堂を得たのは、錦官城にまさるものであったとせねばなるまい。

# その二◉金陵

南京と称されるようになったのは明《みん》代以降のことで、二二九年に呉《ご》の孫権《そんけん》がここに都を定めたときは、建業《けんぎょう》と名づけた。その後、西晋《せいしん》最後の皇帝となった愍帝司馬鄴《びんていしばぎょう》の諱《いみな》を避けて建康《けんこう》と改称され、中原《ちゅうげん》の地が北方民族によって征服されると、東晋《とうしん》・宋《そう》・斉《せい》・梁《りょう》・陳《ちん》と続いた南朝の都として栄えた。六朝《りくちょう》とは、狭義にはここを都とした呉以来の六代の王朝を指すが、秦漢と隋唐の統一帝国に挟まれた転変と分裂の時代の汎称としても用いられる。長江流域の都市が中国史上初めて政治と文化の中心となったことを意識してである。

金陵《きんりょう》という雅称は、戦国時代に楚《そ》が越《えつ》を滅ぼして呉の地を領有したさい、長江に面してそびえる石頭《せきとう》山上に城を築き、金陵邑《ゆう》と号したことに由来する。秦はここに秣陵《まつりょう》県を置いた。始皇帝がこの地には王者の気が上っているとの言を受けて、金陵を改めて秣陵としたためだという（『宋書』符瑞志上）。金《こがね》を秣《まぐさ》に変えたのである。だが五百年後、半壁の天下とはいえ王者の地となり、金陵はその名を高らかにうたうに至った。

江南佳麗地　金陵帝王州
逶迤帯淥水　迢逓起朱楼

飛甍夾馳道　垂楊蔭御溝
凝笳翼高蓋　畳鼓送華輈
献納雲台表　功名良可収

江南《こうなん》は佳麗《かれい》の地《ち》、金陵《きんりょう》は帝王《ていおう》の州《しゅう》。逶迤《いい》として淥水《りょくすい》を帯《お》び、迢遞《ちょうてい》として朱楼《しゅろう》を起《お》こす。飛《ひ》甍《ぼう》 馳《ち》道《どう》を夾《はさ》み、垂楊《すいよう》 御溝《ぎょこう》を蔭《おお》う。凝笳《ぎょうか》 高蓋《こうがい》を翼《たす》け、畳鼓《じょうこ》 華輈《かちゅう》を送《おく》る。雲台《うんだい》の表《うえ》に献納《けんのう》し、功名《こうみょう》 良《まこと》に収《おさ》む可《べ》し。

斉の謝朓《しゃちょう》による「入朝曲《にゅうちょうきょく》」。『文選《もんぜん》』巻二八には「鼓吹曲《こすいきょく》」の名で録され、もとは「鼓吹曲」という軍楽のうちの一つとして作られたものであった。永明《えいめい》九年（四九一）、随郡《ずいぐん》王蕭子隆《しょうしりゅう》の臣下として荊州《けいしゅう》に赴く途上の作。司馬睿《しばえい》が元帝《げんてい》として晋を江左《こうさ》に嗣《つ》いだのが三一八年、すでに百七十年も経てば、もとからここが都であったような錯覚さえ起こさせるほどの繁栄ぶりである。

自然に恵まれた江南の地、帝王の居所たる金陵。逶迤は長く続くさま、迢遞は高くそびえるさま。次頁の地図にも見られるように、建康には青渓《せいけい》や秦淮河《しんわいが》など、都邑をぐるりととりまくように水が流れて長江に注いでいた。飛甍は高楼、馳道は大通り、御溝は宮殿の堀。水平と垂直とのスケールが交互に重ねられ、大都会の麗容が髣髴《ほうふつ》とする。

そのなかを随車が進み、むせぶような葦笛の音や打ち鳴らされる太鼓がそれを送る。そして藩

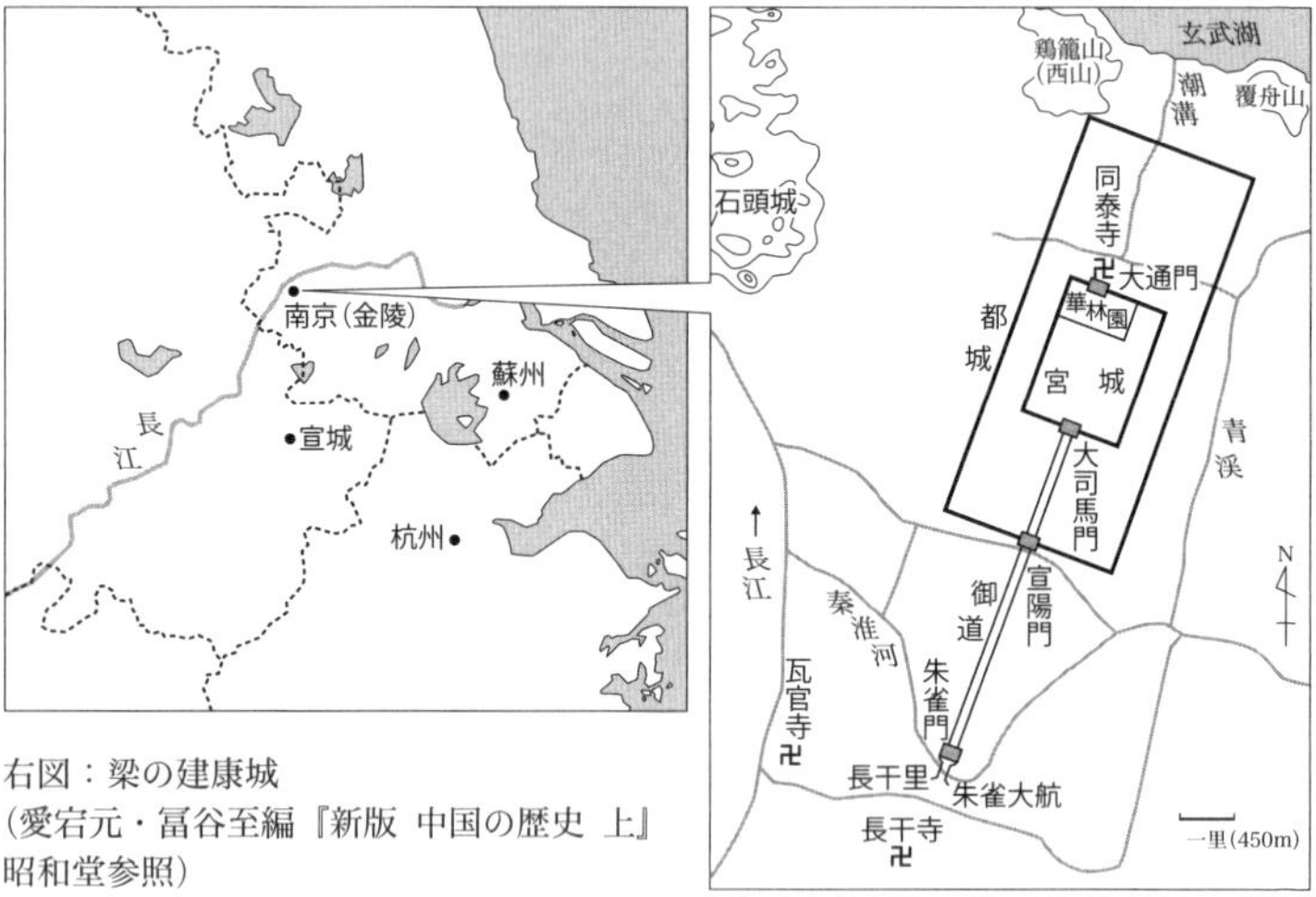


右図：梁の建康城
（愛宕元・冨谷至編『新版　中国の歴史　上』昭和堂参照）

王は高き台の上へと登って善言をささげ、皇帝より褒賞を賜る。

精緻で繊細な自然描写で知られる謝脁の手腕は、この詩では対句構成の巧みさに発揮されている。詩の目的はもとより主君たる随郡王の功業を予祝することに尽きるが、それもまた詩の名手としては喜ばしき務めであった。

唐の李白には、この詩に模擬した作「鼓《こ》吹《すい》入《にゅう》朝曲《ちょうきょく》」がある。

金陵控海浦　渌水帯呉京
鐃歌列騎吹　颯沓引公卿
槌鐘速厳妝　伐鼓啓重城
天子憑玉案　剣履若雲行
日出照万戸　簪裾爛明星
朝罷沐浴閑　遨遊閬風亭
済済双闕下　歓娯楽恩栄

金陵《きんりょう》は海浦《かいほ》を控え、淥水《りょくすい》は呉京《ごけい》を帯《お》ぶ。鐃歌《どうか》は騎吹《きすい》を列《れつ》し、颯沓《さっとう》として公卿《こうけい》を引《ひ》く。鐘《しょう》を槌《つ》いて厳妝《げんしょう》を速《すみ》やかにし、鼓《こ》を伐《う》って重城《ちょうじょう》を啓《ひら》く。天子《てんし》は玉案《ぎょくあん》に憑《よ》り、剣履《けんり》雲《くも》の行《ゆ》くが若《ごと》し。日《ひ》は出《い》でて万戸《ばんこ》を照《て》らし、簪裾《しんきょ》明星《めいせい》よりも爛《らん》たり。朝罷《ちょうおわ》れば沐浴《もくよく》の閑《かん》あり、遨遊《こうゆう》す　閬風《ろうふう》の亭《てい》。済済《せいせい》たる双闕《そうけつ》の下《もと》、歓娯《かんご》して恩栄《おんえい》を楽《たの》しむ。

海の入り江にもほど近い金陵の地、清らかな流れがとりまく呉の都。鐃歌は軍楽、それを馬上で奏でるのが騎吹である。颯沓は盛んなさま、高官たちが鼓吹曲を背に続々と入朝する。鐘を合図に身なりを整え、太鼓を合図に九重の城門が開き、天子は玉几《ぎょくき》に倚《よ》り、剣を帯びて履《くつ》を穿《は》いた功臣が行き交う。日が昇って都を照らせば、高官の笄《こうがい》や衣は明星よりも耀《かがや》く。朝政が終わればくつろぎの時間、かの崑崙《こんろん》の仙山、閬風の名を冠した山亭にゆったりとでかけよう。みごとな二つの大門のもと、天子の恵みを喜び楽しむのだ。

謝朓との違いを言えば、李白の入朝曲はあくまでも六朝の栄華を再現して描いたもの、まるで絵巻のようだが、どこか憧れめいた非現実感が否めない。時間の経過は謝朓詩よりも明確でありながら、躍動感はむしろ薄い。俯瞰に過ぎるためであろうか。

俯瞰とはいえ、視点は恩沢を受ける臣下のがわにある。とりわけ印象的なのが、高官たちの優雅な餘閑。李白は、たんに謝朓の詩を模擬したのではなく、謝朓たち六朝貴族たちのすがたをも模擬のうちに映しこもうとした。模擬されているのは、一つの時代であり、その背景には懐古の情がある。そして謝朓は李白が最も慕った詩人であった。

## 謝宣城

謝朓、字《あざな》は玄暉《げんき》、宋の大明《たいめい》八年（四六四）、名族である陳《ちん》郡陽夏《ようか》の謝氏の家系に生まれた。西晋末の乱によって謝裒《ほう》が一族をあげて江南にわたって以来、謝氏は南朝で重きをなし、裒の子の安《あん》（三二〇〜三八五）は東晋の宰相となり、安の甥である玄《げん》（三四三〜三八八）とともに、北朝の苻《ふ》堅《けん》の軍を大破した。詩文で名高い謝霊運《れいうん》（三八五〜四三三）は玄の孫である。謝朓は、裒の子である拠《きょ》の血筋で、そこには謝安や謝玄の家ほど目立った人物は出ていないが、祖父の述《じゅつ》（拠の孫）は清廉誠実な人柄で知られて宋の高祖武帝や太祖文帝にも重んじられ、声望も高かった。だが、その子の綜《そう》と約《やく》は、彭城王劉義康《ほうじょうおうりゅうぎこう》の謀反に加担した罪で死罪となり、彼らの弟の緯《い》のみ、宋の文帝の五女である長城公主を娶《めと》り、約と不仲であったことから、死を免ぜられて広州に流罪となった。この謝緯が建康に戻ってきて生まれたのが朓である。

父の緯は、官位こそ高くはなかったものの、人品の高雅さは謝述を受けるものがあったとされる。朓もまた、若くして学を好んで美名があり、文章は清麗との評を得ていた。

謝朓が出仕したのは、宋から斉に代わってのちの永明元年（四八三）、二十歳であった。やがて竟陵王蕭子良《きょうりょうおうしょうしりょう》が宮城の西北に位置する鶏籠山《けいろうざん》にかまえた西邸に出入りして詩文の集いに加わり、蕭衍《しょうえん》（のちの梁の武帝）や沈約《しんやく》らとともに竟陵八友《はちゆう》と呼ばれ、後世に永明体《えいめいたい》とされる宮廷文学の中心的人物となった。

このころ作られたと思われる詩に、次のようなものがある。

積雪皓陰池　北風鳴細枝
九逵密如繡　何為遠別離

積雪《せきせつ》 陰池《いんち》を皓《しろ》くし、北風《ほくふう》 細枝《さいし》を鳴《な》らす。九逵《きゅうき》 密《みつ》なること繡《ぬいとり》の如《ごと》きに、何為《なんす》れぞ遠《とお》く別《べつ》離《り》するや。

「阻雪（雪《ゆき》に阻《はば》まる）」という題のもとに、謝朓、江革《こうかく》、王融《おうゆう》、王僧孺《おうそうじゅ》、謝異、劉絵《りゅうかい》、沈約の七人が同韻で四句ずつを作った聯句《れんく》。蕭子良の西邸ではしばしばこうした遊びが行われた。参考のために王融の句も挙げておく。

珠霙条間響　玉霤檐下垂
杯酒不相接　寸心良共知

珠霙《しゆえい》 条間《じようかん》に響《ひび》き、玉霤《ぎよくりゆう》 檐下《えんか》に垂《た》る。杯酒《はいしゆ》 相《あ》い接《せつ》せざるも、寸心《すんしん》 良《まこと》に共《とも》に知《し》る。

謝朓の句は、池に積もった雪と細い枝を鳴らす北風との組み合わせで視覚と聴覚から冬の雪を形容し、後半では、都大路（九逵）が縦横に通っているのに、雪に阻まれて遠く離れ離れになっているかのようだと結ぶ。王融は、それを受けて、いっそう微細に、真珠のような霙《あられ》が枝の間で響き、玉のような霤《つらら》が檐《のき》の下に垂れていると詠じ、酒杯を酌み交わせなくとも、私の真心はみながよく知っているとうたう。

他の五人の句も、同様のモチーフを連関させながら、それぞれに修辞を凝らしているのがいかにも六朝貴族の宴の作らしい。こうした集いの中から、詩の音律の美が探られ、定型がかたちづくられていった。四句ごとの区切りは唐以降の絶句にも通じ、律詩のベースともなる。また、近体詩の規則である偶数字の平仄《ひようそく》交替が行われている句も多い。謝朓の詩を例にとれば、「雪」（仄）「陰」（平）、「風」（平）「細」（仄）、「逵」（平）「如」（平、ただし前後の字が仄声である「挟み平」であり、仄として扱いうる）、「為」（平）「別」（仄）となる。そもそも漢語に平上去入《ひようじようきよにゆう》の四声があることを明確にしたのは、彼らのグループであり、その代表が沈約であった。

さて、先にも述べたように、永明九年（四九一）に謝朓は随郡王に従って荊州に赴き、翌々年の秋に建康に戻る。建武二年（四九五）には建康から道のりで一五〇キロほど南の宣城《せんじよう》郡に太守として着任、その地の山水を賞して多くの詩をのこした。謝朓がしばしば謝宣城と称されるのはここに由来する。

餘雪映青山　寒霧開白日
曖曖江村見　離離海樹出
披衣就清盥　憑軒方秉筆
列俎帰単味　連駕止容膝
空為大国憂　紛詭諒非一
安得掃蓬径　銷吾愁与疾

餘雪《よせつ》 青山《せいざん》に映《えい》じ、寒霧《かんむ》 白日《はくじつ》を開《ひら》く。曖曖《あいあい》として江村見《こうそんあら》われ、離離《りり》として海樹出《かいじゅい》ず。衣《ころも》を披《き》て清盥《せいかん》に就《つ》き、軒《けん》に憑《よ》りて方《まさ》に筆《ふで》を秉《と》る。俎《そ》を列《つら》ぬるも単味《たんみ》に帰《き》し、駕《が》を連《つら》ぬるも容膝《ようしつ》に止《とど》まる。空《むな》しく大国《たいこく》の為《ため》に憂《うれ》うるも、紛詭《ふんき》 諒《まこと》に一《いつ》に非《あら》ず。安《いずく》んぞ蓬径《ほうけい》を掃《はら》うを得《え》て、吾《わ》が愁《うれい》と疾《やまい》とを銷《け》さん。

「高斎視事（高斎《こうさい》にて事《こと》を視《み》る）」。郡の役所での明け方の執務が主題である。最初の四句は、役所から外を見渡した景色を整った対句で示す。曖曖はぼんやりしたさま、離離は生い茂ったさま。海樹は水辺の木。次の二句は、太守の一日の始まりである。上衣を着て手を清め、窓辺で執務にとりかかる。清冽な朝の空気が伝わってくるようだ。

　そうした前半に対して、後半はトーンが異なってくる。謝朓は明帝蕭鸞《しょうらん》の覚えめでたく、若いながらも太守となったのだが、とはいえ出世に意があるわけではないとうたうのが第七・八句である。ごちそうを載せた高脚の膳をいくら並べても、好みの味は結局は一つ、車を何台も連ねたところで、必要なのは膝が入る空間だけ。これは楚の大臣にと聘《へい》せられた北郭《ほっかく》先生に妻が「今如結駟列騎、所安不過容膝、食方丈於前、所甘不過一肉。以容膝之安、一肉之味、而殉楚国之憂、其可乎（今《いま》如《も》し駟《し》を結《むす》び騎《き》を列《つら》ぬるも、安《やす》んずる所《ところ》は膝《ひざ》を容《い》るるに過《す》ぎず、食《しょく》は前《まえ》に方丈《ほうじょう》なるも、甘《うま》しとする所《ところ》は一肉《いちにく》に過《す》ぎず。容膝《ようしつ》の安《あん》、一肉《いちにく》の味《あじ》を以《もっ》て楚国《そこく》の憂《ゆう》に殉《じゅん》ずるは、其《そ》れ可《か》ならんか）」と言って思いとどまらせたという故事（『韓詩外伝』巻九）を踏まえている。と来れば、あとは隠逸への願望がうたわれるのは詩の流れとして当然だろう。役にも立てないのに国政に心をわずらわせているが、面倒なことは少なくない。草の生い茂った道をはらってもとの棲み家に帰り、憂いと病とをいやしたいものだ。

　第十句の紛詭が何を意味するのか、具体的には示されていない。たんに太守としての政務のごたごたを指すのか、あるいは、斉の武帝が亡くなって以降の政争を指すのか。

　宣城太守時代の詩（「落日悵望《らくじつちょうぼう》」）に「昧旦多紛喧、日晏未遑舎（昧旦《まいたん》より紛喧《ふんけん》多《おお》く、日晏《ひく》るるも未《いま》だ舎《いこ》うに遑《いとま》あらず）」とあることからすれば、前者と考えるのが穏当ではあろうが、推測を許して謝朓の人生を読みこんでしまうのなら、後者となろう。いま謝朓が仕えている明帝は、自らが帝位に就くために、かつて謝朓を引き立てた蕭子隆を誅殺したその人であり、朝廷にも火種はまだくすぶっていたのである。隠棲の望みはすでに詩のクリシェでもあるが、六朝の文人たちの伝記を詩と併せて読んでみれば、クリシェにとどまらない声も聞こえてくる。

宣城太守としての在任は短く、一年あまりで都に帰ったのだが、その翌年、すなわち永泰《えいたい》元年（四九八）四月、大司馬《だいしば》・会稽《かいけい》太守であった王敬則《おうけいそく》が謀反を起こし、その情報が謝朓に伝わると、彼はそれを明帝に奏聞《そうもん》した。もちろん明帝の信任厚い臣下であれば何の不思議もない行動だ。しかし王敬則は謝朓の妻の父、つまり岳父である。謀反を防いだ明帝が謝朓の功を多として尚書吏《しょうしょり》部郎《ぶろう》に抜擢したにもかかわらず謝朓が三たび辞退したのも、後ろめたさがあったからに違いない。妻は刀を隠し持って夫に復讐しようとし、そのため謝朓は妻と顔を合わせないようにしたと史書は伝える。

その年のうちに明帝は歿し、第二子の東昏侯蕭宝巻《とうこんこうしょうほうかん》が帝位に就いた。だが蕭宝巻は皇帝としての人徳も能力もそなえてはおらず、たちまち朝廷は不穏な空気に包まれる。翌年、始安王蕭遥光《しあんおうしょうようこう》（明帝の甥）が帝位簒奪《さんだつ》を図り、それに巻き込まれて謝朓は捕えられ、獄死した。永元《えいげん》元年（四九九）五月、三十六歳。隠棲の望みは、やはりかなえられなかった。

## 今古　一に相い接す

李白が愛したのは、謝朓詩の清澄である。

金陵夜寂涼風発　独上高楼望呉越
白雲映水揺空城　白露垂珠滴秋月
月下沈吟久不帰　古来相接眼中稀
解道澄江浄如練　令人長憶謝玄暉

金陵《きんりょう》夜《よる》は寂《せき》として涼風《りょうふう》発《はっ》し、独《ひと》り高楼《こうろう》に上《のぼ》りて呉越《ごえつ》を望《のぞ》む。白雲《はくうん》水《みず》に映《えい》じて空城《くうじょう》を揺《うご》かし、白露《はくろ》珠《たま》を垂《た》れて秋月《しゅうげつ》に滴《したた》る。月下《げっか》に沈吟《ちんぎん》して久《ひさ》しく帰《かえ》らず、古来《こらい》相《あい》接《せっ》するは眼《がん》中《ちゅう》に稀《まれ》なり。道《い》い解《え》たり澄江《ちょうこう》浄《きよ》きこと練《ねりぎぬ》の如《ごと》しと、人《ひと》をして長《とこし》えに謝玄暉《しゃげんき》を憶《おも》わしむ。

「金陵城《きんりょうじょう》 西楼《のせいろう》 月下吟《げっかのぎん》」と題した詩。一見、七言八句の律詩に見えるが、前半と後半とでは韻を換えているなど、詩型としては古体である。

西、金、白、いずれも五行では秋と同じ範疇、すなわち金陵という地名も含めて、前半四句はこれでもかというほどに秋夜の清冷さが重ねられる。白雲が主のいない旧城をめぐる水に映じてゆれうごくさま、珠をなす露が月の光をうけて滴るさま。李白もまた対句の名手であった。

後半は景から情へと移る。第六句「古来相接眼中稀」は、時を超えて心を交わしあえることはなかなか少ないものだ、とひとまず解しておこう。先に引いた王融の「杯酒不相接、寸心良共知」

の句を連想してもよい。その稀有な例が、わが謝玄暉である。はるかに広がる長江の流れ、それを「澄江浄如練」とみごとに言い得たかの人こそ、いつまでも偲ばれる。

引かれている謝朓の句は、『文選』巻二七にも収められる「晩登三山還望京邑（晩《くれ》に三山《さんざん》に登《のぼ》り京邑《けいゆう》を還望《かんぼう》す）」である。

灞涘望長安　河陽視京県
白日麗飛甍　参差皆可見
餘霞散成綺　澄江静如練
喧鳥覆春洲　雑英満芳甸
去矣方滞淫　懐哉罷歓宴
佳期悵何許　涙下如流霰
有情知望郷　誰能縝不変

灞《は》の涘《きし》より長安《ちょうあん》を望《のぞ》み、河陽《かよう》より京県《けいけん》を視《み》る。白日《はくじつ》は飛甍《ひぼう》を麗《てら》し、参差《しんし》として皆《み》な見《み》るべし。餘《よ》霞《か》散《さん》じて綺《あやぎぬ》を成《な》し、澄江《ちょうこう》静《しず》かにして練《ねりぎぬ》の如《ごと》し。喧鳥《けんちょう》春洲《しゅんしゅう》を覆《おお》い、雑英《ざつえい》 芳甸《ほうでん》に満《み》つ。去《ゆ》かん 方《まさ》に滞淫《たいいん》せり、懐《おも》う哉《かな》 歓宴《かんえん》を罷《や》めん。佳期《かき》 悵《ちょう》として何許《いずこ》ぞ、涙下《なみだくだ》ること流霰《りゅうせん》の如《ごと》し。情有《じょうあ》れば郷《きょう》を望《のぞ》むを知《し》る、誰《たれ》か能《よ》く縝《くろかみ》の変《へん》ぜざらん。

三山は、建康の南郊、長江沿いに並ぶ山。夕暮れにそこに登って都を眺めてうたう。しかし始まりは北方の地名、いずれも先人の句、すなわち魏の王粲《おうさん》「七哀《しちあい》詩」其《その》一（『文選』巻二三）に「南登灞陵岸、迴首望長安（南《みなみ》のかた灞陵《はりょう》の岸《きし》に登《のぼ》り、首《こうべ》を迴《めぐ》らして長安《ちょうあん》を望《のぞ》む）」、晋の潘岳《はんがく》「河陽県作（河陽県《かようけん》にて作《つく》る）」其《その》二（『文選』巻二六）に「引領望京室、南路在伐柯（領《くび》を引《の》ばして京室《けいしつ》を望《のぞ》めば、南路《なんろ》は伐柯《ばっか》に在《あ》り）」にもとづく（「在伐柯」は『詩』豳風《ひんぷう》「伐柯《ばっか》」に「伐柯伐柯、其則不遠（柯《か》を伐《き》る柯《か》を伐《き》る、其《そ》れ則《すなわ》ち遠《とお》からず）」とあるのをふまえ、近くにあるという意）。かつて長安や洛陽を眺めやった王粲や潘岳と同じように、建康の都を眺めるというのである。

王粲は、後漢末の戦乱のさなか長安を去ろうとし、潘岳は、河陽県の県令の身で洛陽をなつかしげに振り返っている。そこから推せば、この詩は謝朓が宣城に赴任する途上で作られたと考えられなくはない。ちなみに謝朓の郷里は特定はできないものの建康近辺と推測される。

とはいえ謝朓詩の特徴は、そうした一時の状況がそのまま詩に織りこまれるというよりも、奥底に流れるような感情が詩景に触発されて表面に噴き出してくるところにある。この詩でいえば、都を眺めやるというかまえが、王粲や潘岳の詩を引きだし、いくつものすぐれた描写を生みながら、最後には望郷の情へと高まっていく。

第三句の白日は夕日、それがかなたに浮かぶ高楼を照らし、高く低く並ぶさまがくっきりと見える。夕焼けのなごりが散らされて空は綺《あやぎぬ》のよう、長江は静かに澄みきって練《ねりぎぬ》のよう。この句、李白では「澄江浄如練」とし、空海の編んだ『文鏡秘府論』に引く句でも同じであるから、唐代にはそのように作る伝本もあったかに思われる（二）。春の夕暮れには静がふさわしく、秋の月夜には浄がふさわしいであろう。

第七・八句は、一転して春のざわめきが押し寄せる。さえずる鳥たちが春の中洲に集い、色とりどりの花がかぐわしき郊野に満ちている。

そのなかで、詩人は心をたかぶらせる。さあ行こう、ぐずぐずしすぎたようだ。故郷を思えば、歓楽の宴も楽しめない。滞淫は、王粲「七哀詩」其《その》二に「荊蛮非我郷、何為久滞淫（荊蛮《けいばん》は我《わ》が郷《きょう》に非《あら》ず、何為《なんす》れぞ久《ひさ》しく滞淫《たいいん》せん）」とあるのをふまえ、懐哉は、『詩』王風《おうふう》「揚之水《ようしすい》」に「懐哉懐哉、曷月予還帰哉（懐《おも》う哉《かな》懐《おも》う哉《かな》、曷《いず》れの月《つき》か　予《よ》は還帰《かんき》せん哉《や》）」とあるのにもとづく。帰郷の思いを示す詩語を続けて用いるのである。

罷歓宴の三字については、「罷《や》めて歓宴《かんえん》せん」と訓読し、役人生活をやめて故郷の人と楽しみくつろぎたいと解するもの（内田泉之助・網祐次『文選（詩篇）』下、新釈漢文大系15、明治書院、一九六四）、「歓《よろこば》しき宴《うたげ》を罷《や》めたるを」と訓読し、「今はもう停止してしまったあの都でのたのしい宴会の数数」を「懐哉」の対象とするもの（入谷仙介『古詩選』下、中国古典選24、朝日新聞社、一九七八）など、解釈は一定していないが、魏《ぎ》の陳琳《ちんりん》の詩に「高会時不娯、羈客難為心。慇懐従中発、悲感激清音。投觴罷歓坐、逍遥歩長林（高会《こうかい》　時《とき》に娯《たの》しまず、羈客《きかく》　心《こころ》を為《な》し難《がた》し。慇懐《いんかい》　中《うち》従《よ》り発《はつ》し、悲感《ひかん》　清音《せいおん》を激《はげ》しくす。觴《さかずき》を投《な》げて歓坐《かんざ》を罷《や》め、逍遥《しょうよう》して長林《ちょうりん》を歩《あゆ》む）」（『藝文類聚《げいもんるいじゅう》』巻二八）とあることなども参考にすれば、故郷を思う気持ちがこみあげてしまい、いまここで行われている宴をやめる、もしくは後にすることだと理解したい。

佳期は、よき人との出会いの約束、いったいそれはいつのことになるのか歎かれるほどに、涙が霰《あられ》のようにぽろぽろ落ちる。情があれば望郷の思いはわかろう、悲しみで白髪にならぬ者などいないのだ。

「澄江静（浄）如練」は、それだけ読めば、繊細で澄明な秀句である。しかしこうしてそれが置かれた謝朓の詩を全体として読めば、その秀句に見合うだけの情感が背後に畳まれていることがわかる。李白はそのことをよく知っていた。清澄の句を愛したのは、抜き難い憂愁がそこにあることを感じとっていたからである。憂愁が清澄さをもってあらわれることに強く魅かれたと言ってもよい。

宣城郡の郊外に謝朓が建てたとされる亭を訪ねた李白は、次のような詩を作っている。

謝亭離別処　風景毎生愁
客散青天月　山空碧水流
池花春映日　窓竹夜鳴秋
今古一相接　長歌懐旧遊

謝亭《しやてい》 離別《りべつ》の処《ところ》、風景《ふうけい》 毎《つね》に愁《うれ》いを生《しよう》ず。客《きやく》は散《さん》じて青天《せいてん》の月《つき》、山《やま》は空《むな》しくして碧水《へきすい》流《なが》る。
池花《ちか》 春《はる》に日《ひ》に映《えい》じ、窓竹《そうちく》 夜《よる》に秋《あき》に鳴《な》く。今古《きんこ》 一《いつ》に相《あ》い接《せつ》す、長歌《ちようか》して旧遊《きゆうゆう》を懐《おも》う。

謝亭、すなわち謝公亭は、この詩の題にもなっているところ。そこはかつて謝朓が友人の范雲《はんうん》を送別した場所であった。李白のころも、送別の宴を催す亭として使われていたであろう。ちなみに范雲もまた竟陵八友の一人、詩名も高い。

この別れの場所に来れば、風と光がいつも憂いをもたらす。風景は目に見える景色ではなく、その場をつつむ風と光。もちろん今日の意味での風景にもそうした含意はあるが、よりいっそう、その場にいる人の体感にうったえる風と光である。

集いは散じて雲のない空に月はかかり、がらんとした山中に碧《あお》い水は流れる。池の花は春の日の光をうけて明るく、窓辺の竹は夜の秋風に音を立てる。昔と今と、ここに心は通いあい、いつまでも吟じて謝公たちの交遊を懐う。

李白もまたここで送別の宴をしたものか、あるいはただ謝朓と范雲とを偲んだものか、この詩からだけでは判然としないが、客が散じたのは遠い昔であったかに思われる。いずれにしても、「今古一相接」の句が示すように、過去の人々と時空をともにする場所として李白はここを訪れている。うつろいゆく風と光の中、古人の詩を吟じ、また自ら詩を詠じ、その風と光とをともにする。「金陵城西楼月下吟」の「月下沈吟久不帰、古来相接眼中稀」もまた、この詩の結びと同じ感興をうたっているとしてよい。北宋に編まれた『文苑英華《ぶんえんえいか》』では「月下長吟久不帰、古今相接眼中稀」とするから、なおいっそう距離は近い。

李白が謝公亭で吟じていたであろう詩こそ、謝朓が范雲を送別したときの詩、「新亭渚別范零陵（新亭《しんてい》の渚《なぎさ》にて范零陵《はんれいりょう》に別《わか》る）」（『文選』巻二〇）であった。その詩は送別の悲しみをうたうだけではない。さかんに故事を引いて范雲と自身の境遇を修辞したのち、こう結ばれる。

心事倶已矣　江上徒離憂

心《こころ》と事《こと》と倶《とも》に已《や》みぬ、江上徒《こうじょういたず》らに憂《うれ》いに離《かか》る。

心は、自らあるがままに生きたいという願い、事は、世において果たさねばならない務め。六朝文人の多くは、治政に参与せねばならないという儒家的な義務と、混乱した世で抱え続ける生の不安との葛藤に苦しめられた。もちろん功名の欲望もあり、その空しさもわかっている。「心事倶已矣」とは、そうした葛藤のなかで、願いも務めも遂げられないことを嘆き憂える句だ。

詩仙と称される李白が、じつは世事への関与を強く望んでいたことは、新しい李白像を示した金文京『李白――漂泊の詩人　その夢と現実』（岩波書店、二〇一二）でも強調されているが、さらに付け加えるなら、それゆえに生じる憂いがあってこそ、李白は詩によって古人と繫がろうとし、仙界ではなく地上において自らの位置を見いだそうとしたのである。その点においても、李白は六朝の詩に親近する。宣城において李白が作った詩をもう一首掲げておこう。「宣州謝朓楼餞別校書叔雲（宣州謝朓楼《せんしゅうしゃちょうろう》にて校書叔雲《こうしょしゅくうん》に餞別《せんべつ》す）」。

棄我去者昨日之日不可留
乱我心者今日之日多煩憂
長風万里送秋雁　対此可以酣高楼
蓬莱文章建安骨　中間小謝又清発
倶懐逸興壮思飛　欲上青天覧日月
抽刀断水水更流　挙杯銷愁愁更愁
人生在世不称意　明朝散髪弄扁舟

我《われ》を棄《す》てて去《さ》る者《もの》は昨日《きのう》の日《ひ》にして留《とど》む可《べ》からず。我《わ》が心《こころ》を乱《みだ》す者《もの》は今日《きょう》の日《ひ》にして煩《はん》憂《ゆう》多《おお》し。長風万里《ちょうふうばんり》 秋雁《しゅうがん》を送《おく》る、此《これ》に対《たい》し以《もっ》て高楼《こうろう》に酣《たけなわ》なる可《べ》し。蓬莱《ほうらい》の文章《ぶんしょう》 建安《けんあん》の骨《こつ》、中間《ちゅうかん》の小謝《しょうしゃ》 又清発《またせいはつ》。倶《とも》に逸興《いっきょう》を懐《いだ》きて壮思《そうし》を飛《と》ばし、青天《せいてん》に上《のぼ》りて日月《じつげつ》を覧《と》らんと欲《ほっ》す。刀《かたな》を抽《ひ》きて水《みず》を断《た》たんとすれども水《みず》は更《さら》に流《なが》れ、杯《さかずき》を挙《あ》げて愁《うれ》いを銷《け》さんとすれども愁《うれ》いは更《さら》に愁《うれ》う。人《ひと》生《い》きて世《よ》に在《あ》りて意《い》に称《かな》わず、明朝《みょうちょう》 髪《かみ》を散《さん》じて扁舟《へんしゅう》を弄《ろう》せん。

謝朓楼は謝朓が建てたとされる高楼、謝公亭とは異なる。校書叔雲は族叔《ぞくしゅく》の李雲であるとするのが通説。

蓬萊文章は、漢代の文章、建安骨は、曹操《そうそう》父子や建安七子らによる詩風、中間小謝は、謝朓。詩作の状況や解釈には諸説あるけれども（松浦友久編『校注 唐詩解釈辞典』大修館書店、一九八七）、全体として、詩文を綴る者たちの系譜に、その憂いとともに加わろうとする李白の強い志向があらわれていることは間違いない。

文によって統治は行われ、皇帝の権威は高められ、永き世に伝えられる。同時に、人のこまやかな情感や自然のうつりゆくすがたを写すのも文である。詩文を事とする者は、そのどちらにも責務をもつ。そのどちらにも力を発揮することが彼らの理想である。修辞に意を注いだとされる六朝の文人たちであっても例外ではないこと、謝朓の事績を見るだけでもわかる。そしてそこに避け難い憂いが生じることも。

李白は、そのような者たちの系譜に自らを置こうとした。「謫仙人《たくせんにん》」と呼ばれて喜んでいても（「対酒憶賀監（酒《さけ》に対《むか》いて賀監《がかん》を憶《おも》う）」）、ほんとうの仙人なら詩は作るまい。地上に生きる苦しみがそこにはあろう。

なお、史実からすると、謝朓が范雲を送ったのは宣城ではなく建康の新亭だと比定される。どこかで伝承のずれが生まれ、李白もまたそれを信じたということになる。謝朓にまつわるさまざまな伝承が宣城の地に結びつけられる過程で、こうした事態も起こった。その意味では、李白の詩は無から有を生じせしめたのだと言えなくもないが、その史実によっても「今古一相接」の感興が減じないのは、やはり詩の力である。

## 金陵の夢

鳳凰台上鳳凰遊　鳳去台空江自流
呉宮花草埋幽径　晋代衣冠成古丘
三山半落青天外　一水中分白鷺洲
総為浮雲能蔽日　長安不見使人愁

鳳凰台上《ほうおうだいじょう》　鳳凰遊《ほうおうあそ》び、鳳《ほう》去《さ》り台空《だいむな》しくして江自《こうおのずか》ら流《なが》る。呉宮《ごきゅう》の花草《かそう》　幽径《ゆうけい》に埋《うず》もれ、晋代《しんだい》の衣冠《いかん》　古丘《こきゅう》を成《な》す。三山《さんざん》　半《なか》ば落《お》つ　青天《せいてん》の外《そと》、一水中分《いっすいちゅうぶん》す　白鷺洲《はくろしゅう》。総《すべ》て浮雲《ふうん》の能《よ》く日《ひ》を蔽《おお》うが為《ため》に、長安《ちょうあん》　見《み》えず　人《ひと》をして愁《うれ》えしむ。

李白が金陵をうたった詩のうちで、もっとも人口に膾炙《かいしゃ》したものと言われれば、やはりこの「登金陵鳳凰台（金陵《きんりょう》の鳳凰台《ほうおうだい》に登《のぼ》る）」になろうか。

鳳凰台は、元嘉《げんか》十六年（四三九）、建康西南、瓦官寺《がかんじ》のある丘に孔雀に似た五色の鳥が三羽飛来し、ハーモニーも美しく鳴き交わすと、衆鳥も群がり集まったことから、そこに台を築いて鳳凰台と名づけたことに由来する。宋の文帝の治世を讃える瑞兆とされたのである。つまり、「鳳凰台上鳳凰遊」とは六朝の繁栄を表現した句であり、それがいまは失われてただ長江が変わらず流れるのみとするのが次句、「謝公亭」の「山空碧水流」のスケールが大きくなったものと言えばよいだろうか。

呉の宮殿を飾った花や草もいまは雑草の茂る細い道に埋もれ、晋の世の高官たちも歿して丘の土となった。李白が金陵をうたった詩には、「金陵」其《その》二に「亡国生春草、離宮没古丘（亡国《ぼうこく》 春《しゆん》草生《そうしよう》じ、離宮《りきゆう》 古丘《こきゆう》に没《ぼつ》す）」、同じく其《その》三に「古殿呉花草、深宮晋綺羅（古殿《こでん》 呉《ご》の花草《かそう》、深宮《しんきゆう》 晋《しん》の綺羅《きら》）」、また「金陵《きんりようの》 白楊《はくよう》十字巷《じゆうじこう》」に「不見呉時人、空生唐年草（呉時《ごじ》の人《ひと》を見《み》ず、空《むな》しく唐年《とうねん》の草《くさ》を生《しよう》ず）」「六帝餘古丘、樵蘇泣遺老（六帝《りくてい》 古丘《こきゆう》を餘《あま》し、樵蘇《しようそ》 遺老《いろう》を泣《な》く）」など、類似表現は多い。同類の修辞をためらうことなく繰り返しながら傑作にたどりつくというのが、じつは李白の手法であった。通俗と評されることがあるのも、ゆえがないわけではない。

なお、花草の語、李白の「越中覧古《えつちゆうらんこ》」に「宮女如花満春殿、只今惟有鷓鴣飛（宮女《きゆうじよ》 花《はな》の如《ごと》く春《しゆん》殿《でん》に満《み》つるも、只今惟《ただいまた》だ鷓鴣《しやこ》の飛《と》ぶ有《あ》るのみ）」とあることからすれば、衣冠束帯の高官と対比させて、宮女たちのことと解してもよい。

三山は、謝眺が都を眺めた三山。それがここ鳳凰台から見ると、空の向こうに落ちかかっているように遠くに見えるというのである。一水は、『唐詩選』などは「二水」とするが、覆北宋刊本の『李太白文集』などが「一水」とするのに従う。この句は、長江が中洲の白鷺洲によって分かたれるさまを描く（松浦友久『詩語の諸相――唐詩ノート』研文出版、一九八一）。

　結びの聯は、まずまっさきに「古詩十九首《こしじゅうきゅうしゅ》」（『文選』巻二九）其《その》一に「浮雲蔽白日、遊子不顧反（浮雲《ふうん》白日《はくじつ》を蔽《おお》い、遊子《ゆうし》顧反《こはん》せず）」、浮雲が太陽を隠し、旅人は帰ろうとしない、とあるのを思い起こすべきだろう。もちろんこの場合の浮雲は何らかの障碍《しょうがい》を表象したものである。しかしそれが何なのかは明らかにされない。それが何であるかより、そのために旅人が帰ってこないということが重要である。「登金陵鳳凰台」の場合、「長安不見使人愁」とあるように、旅人のがわからそれを詠じている。帰ろうにも帰るべき長安が見えない、というのである。

　多くの注釈では、浮雲は邪臣であり、日は玄宗であり、李白が讒言《ざんげん》のために朝廷から追われたことを指すとする。しかしそうであれば、それによって生じる愁いの底が浅くなりはしないか。

　あえて解釈を拡張すれば、この場合の浮雲とは、李白の愛する青天にいつのまにかあらわれて日月を隠してしまうような、人生の望みを邪魔するような、なぜこうもうまくいかないのだろうと思わせるような、あるときには世の悪意とすら思えるような、そうしたものの象徴であったとは言えないだろうか。運命と言い換えることもできるかもしれないが、それよりはもう少し具体的な、しかし何か特定の一つに帰することはできないような、人の生につきものの妨げとでも言うべきもの。

　そしてそれは李白だけのものではない。これが六朝を懐古しての詩であるように、歴史のきまぐれな流れに個々の生を翻弄されざるを得ない人に共通する思いであるに違いない。李白が金陵を好んで詠じたのも、それゆえだったように思える。

金陵に魅入られた李白は、その晩年に人生の賭けに出て、みごとに失敗した。永王李璘《えいおうりりん》の軍に加わり、逆賊の汚名を被ったのである。

李璘は、玄宗の第十六子、開元《かいげん》十三年（七二五）に永王に封じられた。天宝《てんぽう》十四載（七五五）、安禄山《あんろくざん》の乱が起き、翌年には長安が占領され、玄宗らは蜀へと逃亡した。皇太子であった李亨《りこう》が即位して粛宗《しゅくそう》となり、玄宗が追認して自らは上皇となった。玄宗は諸王を各地の節度使に任命して国土の保全を図ろうとし、永王は山南東道・江南西道など四道の節度使と江陵郡大都督に任じられた。永王は蜀から長江を下って江南に赴き、至徳《しとく》二載（七五七）、廬山《ろざん》にいた李白も請を受けて軍に加わった。

李白が永王の軍に加わるより前、江陵で独立の動きを見せた永王を警戒した粛宗によって、永王には蜀への帰還命令が出たが、永王はそれに従わず、ついに粛宗による討伐が始まった。しかしどうやら李白はそれを知らなかったらしく、反乱を鎮める軍だと思いこみ、勇躍として永王の幕下に入ったのである。そして謝朓が随郡王のために鼓吹曲を作ったのをなぞるかのように、李白も永王のために「東巡歌《とうじゅんか》」十一首を作った。いま其《その》二・四・十一を示そう。

三川北虜乱如麻　四海南奔似永嘉

但用東山謝安石　為君談笑静胡沙

三川《さんせん》の北虜《ほくりょ》乱《みだ》れて麻《あさ》の如《ごと》し、四海《しかい》は南奔《なんぽん》して永嘉《えいか》に似《に》たり。但《た》だ東山《とうざん》の謝安石《しゃあんせき》を用《もち》うれば、君《きみ》が為《ため》に談笑《だんしょう》して胡沙《こさ》を静《しず》めん。

龍蟠虎踞帝王州　帝子金陵訪古丘
春風試暖昭陽殿　明月還過鳷鵲楼

龍蟠虎踞《りゅうばんこきょ》す　帝王《ていおう》の州《しゅう》、帝子《ていし》　金陵《きんりょう》に古丘《こきゅう》を訪《と》う。春風《しゅんぷう》　暖《だん》を試《こころ》む　昭陽殿《しょうようでん》、明月《めいげつ》　還《ま》た過《す》ぐ鳷鵲楼《しじゃくろう》。

試借君王玉馬鞭　指麾戎虜坐瓊筵
南風一掃胡塵静　西入長安到日辺

試《こころ》みに君王《くんおう》の玉馬《ぎょくば》の鞭《むち》を借《か》り、戎虜《じゅうりょ》を指麾《しき》して瓊筵《けいえん》に坐《ざ》す。南風一掃《なんぷういっそう》して胡塵《こじん》静《しず》かに、西《にし》のかた長安《ちょうあん》に入《い》りて日辺《にっぺん》に到《いた》らん。

三川は、伊水・洛水・黄河、すなわち洛陽付近。北虜は、北方の蕃族。洛陽が安禄山らによって陥落すると、まるで東晋が南渡したように天下の人々が江南にやってきた。東山に隠棲している謝安（安石は字《あざな》）を召しだせば、王のために笑って胡軍を破るだろう。

龍蟠虎踞と言われたこの金陵の地、皇帝の御子が旧城に入った。春風は昭陽殿を暖め、明月はまた鳷鵲楼の上を渡る。昭陽殿も鳷鵲楼も宮殿の建物。

君王から玉の鞭をちょっと拝借して、蕃族を指揮して謝安のように玉の敷物に座ってみよう。南からの風がさっと吹けばえびすの軍など静まるもの、西のかた長安に入って天子のおそばに参ろう。日辺は、天子のそばを指す。

鳳凰が去った金陵にふたたび鳳凰があらわれたかのような高揚が伝わってくるだろう。北攻して天下を回復することのついになかった六朝の夢が、まさにかなえられようとしている。金陵はいまやかつての建康をもしのぐ拠点だ。懐古の情が反転して、自らを謝安になぞらえることのできる喜びが満ちあふれている。

しかし永王の軍はあっけなく瓦解し、李白も逃亡を余儀なくされ、ついに捕えられて獄に繋がれるが、さいわい江淮宣慰使《こうわいせんいし》の崔渙《さいかん》や江南西道採訪使兼宣城太守《こうなんせいどうさいほうし》として派遣されてきた御史中丞《ぎょしちゅうじょう》の宋若思《そうじゃくし》の尽力によって出獄を果たし、宋の幕下に加わる。やがて罪を問われて夜郎《やろう》に流されることが決まるのだけれども。

獄から出たあと、李白は「為宋中丞請都金陵表（宋中丞《そうちゅうじょう》の為《ため》に金陵《きんりょう》に都《みやこ》するを請《こ》う表《ひょう》）」、すなわち宋若思に代わって金陵への遷都を訴えるという文章を書いている。性懲りもなくと言うべきか、李白は金陵の夢をまだ棄てていない。たしかにこの文章が書かれたと思われる至徳二載の夏ごろは、まだ長安と洛陽は奪回されていないから、江南を根拠地にしようという議論がまったく成り立たないわけではない。だが、永王が討伐され、自らもその軍に加わっておきながら、なおも金陵への遷都を訴えるのは、北方では両京回復が目前であったという状況を知らなかったとしても、政治に疎いとしか言いようがない。それでもおそらく李白は、次のような一段を彼なりの忠誠心をもって書くことに躊躇はなかった。

臣伏見金陵旧都、地称天険、龍盤虎踞、関扃自然。六代皇居、五福斯在。雄図覇跡、隠軫猶存。咽喉控帯、縈錯如繡。天下衣冠士庶、避地東呉、永嘉南遷、未盛於此。

臣《しん》伏《ふ》して見《み》るに、金陵《きんりょう》の旧都《きゅうと》、地《ち》は天険《てんけん》を称《しょう》し、龍盤虎踞《りゅうばんこきょ》、関扃《かんけい》自《おのず》ら然《しか》り。六代《りくだい》の皇《こう》居《きょ》、五福《ごふく》斯《ここ》に在《あ》り。雄図覇跡《ゆうとはせき》、隠軫《いんしん》として猶《な》お存《そん》す。咽喉《いんこう》の控帯《こうたい》、縈錯《えいさく》して繡《しゅう》の如《ごと》し。天《てん》下《か》の衣冠士庶《いかんししょ》、地《ち》を東呉《とうご》に避《さ》く、永嘉《えいか》の南遷《なんせん》、未《いま》だ此《これ》より盛《さか》んなるはなし。

関扃自然は、地形として鎖されていること、隠軫は、殷賑と同じく盛んなさま、咽喉の控帯は、要害となる水路や河川、縈錯は、繞《めぐ》り交わること。

安旗主編『李白全集編年注釈』(巴蜀書社、一九九〇)は、諸説を斥けて、謝朓に模擬した「鼓吹入朝曲」もこの遷都の表と同時期の作だとする。天子が金陵に遷都して臣民が歓娯するさまをあらかじめ描いたのだと言うのだ。たしかに謝朓の作を模擬するにしても、何らかのきっかけはあったかもしれない。二つを重ね合わせて読むことで、李白が金陵に抱いた夢のありかがくっきりと浮かぶ。

だが、果たしてそれがこの時になって初めて李白の脳裏に現れた情景なのかどうかということになれば、そうではなかろう。金陵を懐古するのは、六朝の清麗な修辞に心を奪われたというだけではなく、乱世にあってなお生の証《あかし》を立てようとする人々への共鳴があるからで、つかの間の夢の世界を自らもその一員として想い描くことそのものは、彼が永王の軍に加わるより以前からあったに違いない、もしくは、だからこそ加わったのである。

そうしたすべてを含めて、李白は、金陵をうたう詩人として随一である。

# その四◉洞庭

江戸の寛政年間に刊行された長久保《ながくぼ》赤水《せきすい》『唐土《とうど》歴代《れきだい》州郡《しゅうぐん》沿革《えんかく》地図《ちず》』は、彩色された中国歴史地図帳として好評を博し、世に広く行われた。その人気ぶりは、体裁はもとより地図そのものも踏襲した多くの模倣版があることからも証明される。当時の人々が中国の地理を知ろうとするときに開く代表的な地図帳だったと言ってよいだろう。

模倣版の一つである『唐土歴代州郡沿革図』（安政四年刊）を開くと、大陸のほぼ中央に洞庭《どうてい》湖が広がるのが目に入る（図1「大清国道程図《だいしんこくどうていず》」）。西から東へと流れる長江のちょうど中流あたり、南にぶらさがる格好だ。その位置と大きさは、この地図帳に収められた戦国時代の地図であっても（「戦国七雄図《せんごくしちゆうず》」）、唐代の地図であっても（「唐十道図《とうじゅうどうず》」）、ほとんど変わらない。太古の昔からゆたかな湖水をたたえているのである。

ところが現代の歴史地理学の成果をもってすると、様子はだいぶ違うらしい。まず、元《げん》代の復元図（図2 湖南省国土資源庁編著『洞庭湖歴史変遷地図集』湖南地図出版社、二〇一一年による。以下同）を見てみよう。大きな湖が地図の中央に見え、いかにもこれが洞庭湖だとわかる。この大きさは明清を通じてほぼ同じで、『唐土歴代州郡沿革図』に描かれた洞庭湖はこれに近い。

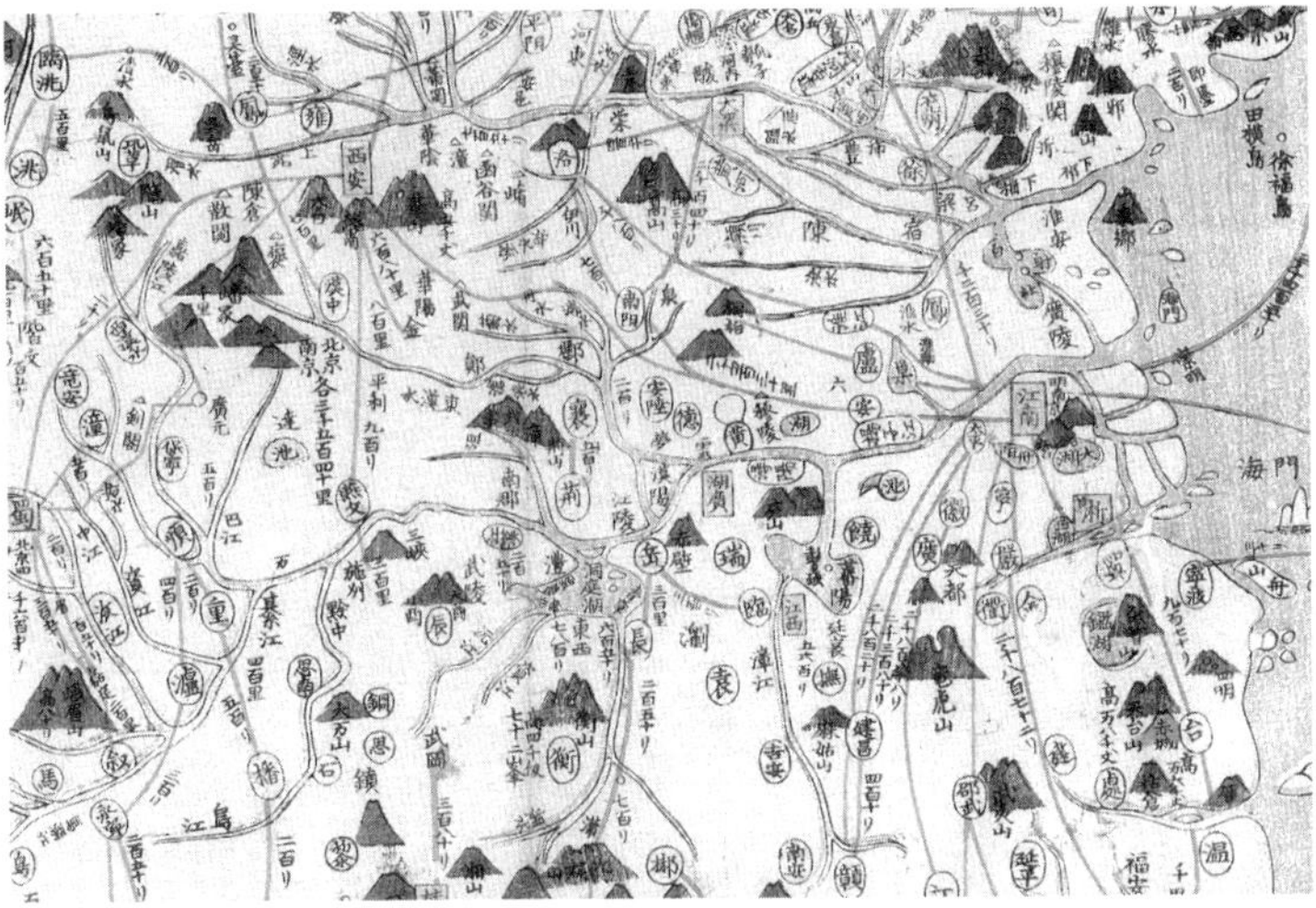

図1　「大清国道程図」部分（『唐土歴代州郡沿革図』より）

次は唐代（図3）。一つの大きな湖というよりは、いくつかの湖が幅の広い河道によって連結されているようにも見える。湿地帯が多く、洪水のときは一つの大きな湖にもなるのだろうが、それにしても近世の洞庭湖のありさまとはかなり異なる。

さらに戦国時代（図4）。湖面はさらに狭く、湖というよりは、西南から流れてくる沅水《げんすい》と南から流れてくる湘水《しょうすい》とが合流するあたりで川幅がふくらんだという感じだ。つまり、近世の人々がイメージしたのとは異なって、洞庭湖はもとから広大無辺の湖であったわけではなく、次第に成長して大きくなったのである。その大きさは元明清にかけてが最盛期で、近代以降は干拓が進み、湖の面積はまた縮小していった。現在では元代はおろか唐代よりも湖面は狭い。

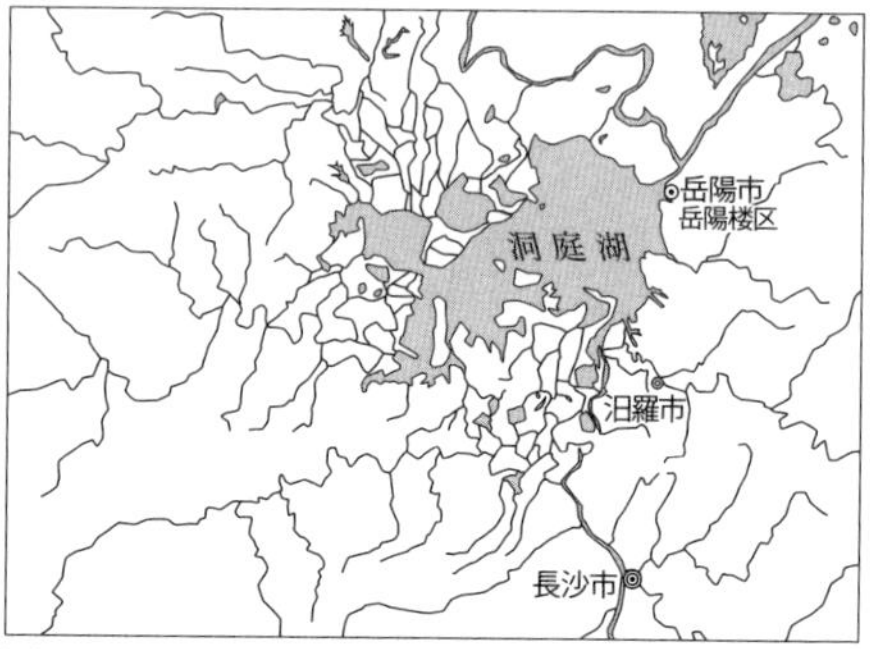

図2　元代

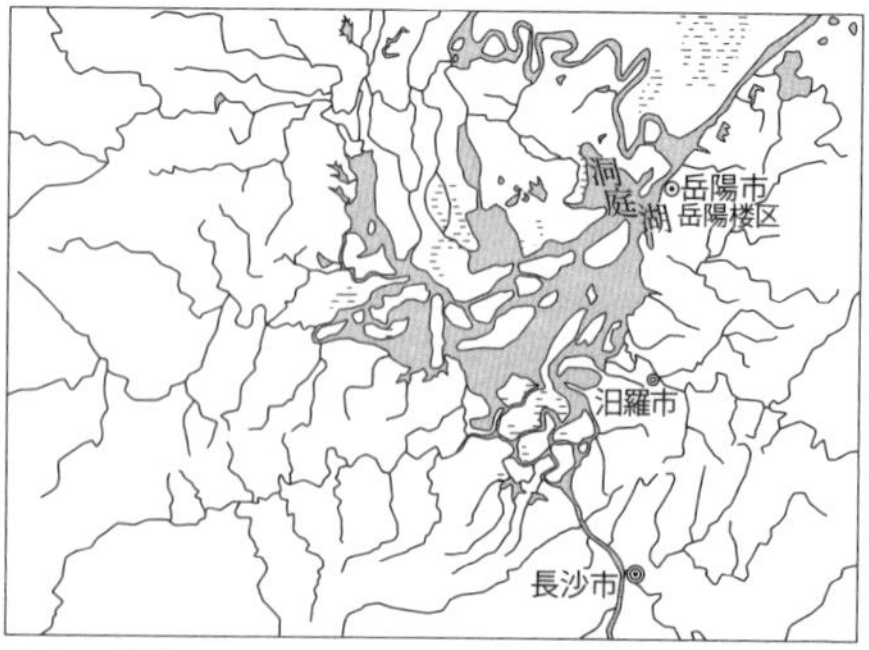

図3　唐代

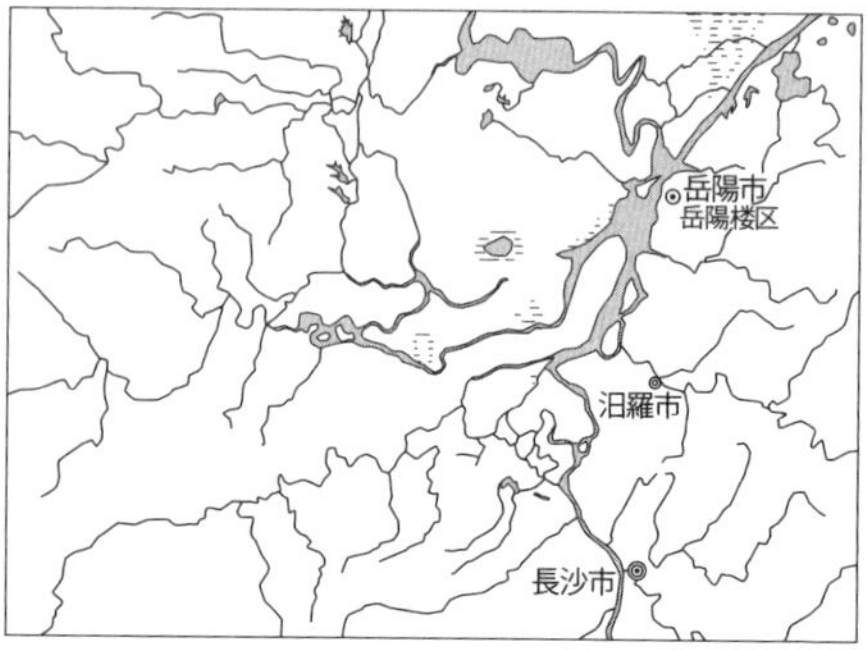

図4　戦国時代

## 洞庭之野

洞庭という名称自体は古い。たとえば『荘子《そうし》』天運《てんうん》篇には、こんな一段がある。

北門成問於黄帝曰、帝張咸池之楽於洞庭之野。吾始聞之、懼。復聞之、怠。卒聞之而惑。蕩蕩默默、乃不自得。

北門成《ほくもんせい》 黄帝《こうてい》に問《と》うて曰《いわ》く、帝《てい》 咸池《かんち》の楽《がく》を洞庭《どうてい》の野《や》に張《は》れり。吾始《われはじ》めて之《これ》を聞《き》きしとき、懼《おそ》る。復《ふたた》び之《これ》を聞《き》きしとき、怠《おこた》る。卒《おわ》りに之《これ》を聞《き》きて惑《まど》う。蕩蕩默默《とうとうもくもく》として、乃《すなわ》ち自得《じとく》せず。

咸池の楽は、黄帝が作った音楽。それを洞庭の野で演奏したのを聞いた北門成（姓を北門、名を成とする架空の人物）が、最初の演奏では恐れ、次の演奏では力が抜け、最後の演奏ではぼんやりしてしまったと訴える。唐の成玄英《せいげんえい》は、「洞庭之野、天地之間、非太湖之洞庭也（洞庭《どうてい》の野《や》、天地《てんち》の間《かん》にあり、太湖《たいこ》の洞庭《どうてい》に非《あら》ざる也《なり》）」と注釈し、洞庭は湖のことではないとするが、わざわざそう説明するのは、唐代では洞庭がもっぱら洞庭湖のことだと受け取られていたためだ。日本でも、平安時代の菅原文時《すがわらのふみとき》が「洞庭詩」に「黄軒古楽寄湖声（黄軒《こうけん》の古楽《こがく》は湖《みずうみ》に寄《よ》する声《こえ》）」（黄軒は黄帝のこと）と作った句を、大江維時《おおえのこれとき》が成玄英の注釈を引いて非難したという話がある（『江談抄《ごうだんしょう》』巻四）。

たしかに『荘子』天運篇の「洞庭之野」は、固有の地名というよりは、神話的な空間でもある広大な原野ということなのだろう。咸池の楽が洞庭の野で演奏されたことについては、同じく『荘子』の至楽《しらく》篇にも「咸池九韶之楽、張之洞庭之野、鳥聞之而飛、獣聞之而走、魚聞之而下入、人卒聞之、相与還而観之（咸池《かんち》九韶《きゅうしょう》の楽《がく》、之《これ》を洞庭《どうてい》の野《や》に張《は》れば、鳥《とり》は之《これ》を聞《き》いて飛《と》び、獣《けもの》は之《これ》を聞《き》いて走《はし》り、魚《うお》は之《これ》を聞《き》いて下《くだ》り入《い》るも、人卒《じんそつ》は之《これ》を聞《き》き、相《あ》い与《とも》に還《めぐ》りて之《これ》を観《み》る)」とあり、ただ広大であるだけの原野というよりも、人の耳に心地よい天上の楽を響かせるのにふさわしい空間であったことが予想される。「洞」と「庭」は古代では音節の最初の子音が同じで、また音節の最後がともに鼻にかかる音であることから、「洞庭」はもともとオノマトペ的な性格をもつ語でもあった。その音声の特徴から、音の響きやすい、すり鉢状の広い盆地を想像することもできなくはない。

一方で、沅水や湘水が長江に注ぐあたりを洞庭と称することも、古くからある。

楚天下之彊国也。王天下之賢王也。西有黔中巫郡、東有夏州海陽、南有洞庭蒼梧、北有陘塞郇陽、地方五千餘里、帯甲百万、車千乗、騎万匹、粟支十年。此覇王之資也。

楚《そ》は天下《てんか》の彊国《きょうこく》なり。王《おう》は天下《てんか》の賢王《けんおう》なり。西《にし》に黔中《けんちゅう》・巫郡《ふぐん》を有《ゆう》し、東《ひがし》に夏州《かしゅう》・海陽《かいよう》を有《ゆう》し、南《みなみ》に洞庭《どうてい》・蒼梧《そうご》を有《ゆう》し、北《きた》に陘塞《けいさい》・郇陽《じゅんよう》を有《ゆう》し、地《ち》は方五《ほうご》千餘里《せんより》、帯甲百万《たいこうひゃくまん》、車千《くません》乗《じょう》、騎万匹《きばんひつ》、粟《ぞく》は十年《じゅうねん》を支《ささ》う。此《こ》れ覇王《はおう》の資《し》なり。

楚の威王《いおう》に蘇秦《そしん》が進言したことばとして『史記』蘇秦列伝に記されるもの。楚の南の領地として洞庭と蒼梧が挙げられるが、蒼梧は湘水をさらに南にさかのぼったあたり、『史記』五帝本紀に「（舜）践帝位三十九年、南巡狩、崩於蒼梧之野（帝位《ていい》を践《ふ》みて三十九年《さんじゆうくねん》、南《みなみ》に巡狩《じゅんしゅ》し、蒼梧《そうご》の野《や》に崩《ほう》ず）」とあるように、古代の聖王舜《しゅん》の亡くなった土地とされる。やはり神話的な空間である。『史記』孫子《そんし》呉起《ごき》列伝は、呉起が魏の武侯《ぶこう》に述べたことばを以下のように記す。

昔三苗氏左洞庭、右彭蠡、徳義不修、禹滅之。

昔《むかし》三苗氏《さんびょうし》は洞庭《どうてい》を左《ひだり》にし、彭蠡《ほうれい》を右《みぎ》にするも、徳義《とくぎ》を修《おさ》めざれば、禹《う》は之《これ》を滅《ほろ》ぼす。

彭蠡は、洞庭よりもさらに長江を下ったところにある沼沢地。武侯が魏の山河の守りの固いことを誇ったのに対して、国の守りは山河の険阻にあるのではなく徳にあるのだと呉起が説く流れでこの例がもちだされていることからしても、ここの洞庭は原野ではなく、敵の攻撃を防ぐ役割を果たす沼沢としてよいだろう。『戦国策』魏策では、より詳しいことばが記される。

昔者、三苗之居、左有彭蠡之波、右有洞庭之水、汶山在其南、而衡山在其北。恃此険也、為政不善、而禹放逐之。

昔者《むかし》、三苗《さんびょう》の居《きょ》は、左《ひだり》に彭蠡《ほうれい》の波《なみ》を有《ゆう》し、右《みぎ》に洞庭《どうてい》の水《みず》を有《ゆう》し、汶山《ぶんざん》は其《そ》の南《みなみ》に在《あ》りて、衡山《こうざん》は其《そ》の北《きた》に在《あ》り。此《こ》の険《けん》を恃《たの》めるも、政《まつりごと》を為《な》すこと善《よ》からずして、禹《う》は之《これ》を放逐《ほうちく》す。

こちらの例では、「洞庭之水」とはっきり書かれている。つまり、野でもあり水でもある広大な湿地だったということだろう。もちろんそうした沼沢地は、周囲から川が流れこむ盆地でもある。また、そこがもともと三苗の支配する土地だったことも見落とせない。三苗が現在の苗《ミャオ》族とどのような関係があるかははっきりしないものの、少なくも漢民族とは異なる習俗をもつ部族集団であったことは間違いない。「五帝本紀」には、三苗が長江流域でしばしば反乱を起こし、堯《ぎょう》や舜がその鎮圧を図ったことが記される。洞庭は異民族の割拠する土地だったのである。

## 洞庭之山

洞庭が神話的空間であることを示す例として、『山海経《せんがいきょう》』中山経《ちゅうざんけい》の記述にも目を向けておきたい。

又東南一百二十里、曰洞庭之山。其上多黄金、其下多銀鉄、其木多柤梨橘櫾、其草多葌蘪蕪芍薬芎藭。帝之二女居之、是常遊于江淵、澧沅之風、交瀟湘之淵。是在九江之間、出入必以飄風暴雨。是多怪神、状如人而載蛇、左右手操蛇。多怪鳥。

又東南《またとうなん》すること一百二十里《いっぴゃくにじゅうり》、洞庭《どうてい》の山《やま》と曰《い》う。其《そ》の上《うえ》に黄金多《おうごんおお》く、其《そ》の下《した》に銀鉄多《ぎんてつおお》く、其《そ》の木《き》に柤梨《そり》・橘櫾《きつゆう》多《おお》く、其《そ》の草《くさ》に葌《かん》・蘪蕪《びぶ》・芍薬《しやくやく》・芎藭《きゆうきゆう》多《おお》し。帝《てい》の二女《にじよ》之《これ》に居《お》り、是《こ》れ常《つね》に江淵《こうえん》に遊《あそ》び、澧沅《れいげん》の風《かぜ》もて、瀟湘《しようしよう》の淵《ふち》に交《まじ》わる。是《こ》れ九江《きゆうこう》の間《かん》に在《あ》り、出入《しゆつにゆう》するに必《かなら》ず飄風暴雨《ひようふうぼうう》を以《もつ》てす。是《こ》れ怪神《かいしん》多《おお》く、状《すがた》は人《ひと》にして蛇《へび》を載《の》するが如《ごと》く、左右《さゆう》の手《て》に蛇《へび》を操《と》る。怪鳥《かいちよう》多《おお》し。

洞庭の山には天帝の二人の娘が住み、西から流れる澧水と沅水が南から流れる瀟水と湘水に交わるあたりに遊ぶのが常であった。山から川に出たり、また山に帰ったりするときには、晴れた日でもつむじ風とにわか雨が起きた。

ここにはただ「帝之二女」とされるだけで、その帝が誰であるかは明示されないが、のちの注釈では堯帝を指すとするものが多い。堯には娥皇《がこう》と女英《じよえい》という二人の娘があり、ともに舜に嫁《とつ》いだが、舜が蒼梧で亡くなると、二人は嘆き悲しんで湘水に身を投げ、湘水の神となったとされる。

そしてその湘水の神とは、『楚辞』九歌にうたわれる湘君《しようくん》と湘夫人《しようふじん》のことだとする説も古くからある。

望夫君兮未来　吹参差兮誰思
駕飛龍兮北征　邅吾道兮洞庭

夫《か》の君《きみ》を望《のぞ》みて未《いま》だ来《きた》らず、参差《しんし》を吹《ふ》きて誰《たれ》をか思《おも》う。飛龍《ひりゅう》に駕《が》して北に征《ゆ》き、吾《わ》が道《みち》を洞庭《どうてい》に邅《めぐ》らす。

「湘君」の一節。湘君を求めるシャーマンが簫《しょう》の笛を吹き、また飛龍の舟に駕して洞庭へと向かうことをうたう。北へと進むのは、湘水を上流から下流へと向かうということなのだろう。また、「湘夫人」の冒頭。

帝子降兮北渚　目眇眇兮愁予
嫋嫋兮秋風　洞庭波兮木葉下

帝子《ていし》北渚《ほくしょ》に降《くだ》る、目《め》は眇眇《びょうびょう》として予《われ》を愁《うれ》えしむ。嫋嫋《じょうじょう》たる秋風《しゅうふう》、洞庭波《どうていなみ》だちて木葉下《もくようくだ》る。

天帝の娘が北の渚に降られたが、目もかすむほどの彼方、私の心を悲しませる。細く長く吹く秋風に、洞庭の水は波立ち、山の木の葉も落ちる。やはり、神のすみかとしての洞庭である。

ここにうたわれる湘君や湘夫人は、明らかに楚のシャーマニズムの信仰対象たる神々である。こうした地域の伝承が大きな神話や正統化された歴史に統合されていくのはほとんど法則と言ってもよいほどで、娥皇と女英との合一についてもその法則が働いているに違いない。この一帯に水神信仰があり、それが洞庭の山や湘水と結びつくものであったことは了解されよう。

洞庭の山には蛇を頭に載せたり手に持ったりする怪神がいるという記述も、やはり水神信仰とかかわりがある。蛇はその形態からしても、生息地からしても、川の神として祀《まつ》られることが多い。神であるからには、災いを為すこともある。それが洞庭の怪神として現れているのだろう。例えば、『淮南子《えなんじ》』本経訓《ほんけいくん》に伝えられる十個の太陽の伝説にも、その痕跡が留められている。

堯のときに十個の太陽が並び出て、穀物も草木も焼け、民は食べるものもなくなった。その機に乗じて、怪物や妖怪が民を苦しめた。舜は羿《げい》に命じて、化け物を退治させるとともに、太陽を射落とさせ、万民はみな喜んだ。

伝説のあらましはこのようなものだが、現れたいくつかの怪物のうちに「脩蛇《しゅうだ》」、すなわち象を三年も飲みこんでから骨を出すほどの長くて大きい蛇がいて、それを羿が洞庭で断ち殺したと記されるのは、この怪蛇が人々を苦しめる洪水の象徴であったことを示唆し、『山海経』の怪神もまたそのようなものであったことが知れる。

水神は、蛇としても現れ、女神としても現れる。そして彼らの住む洞庭の山には祠《ほこら》が備えられ、人々の信仰を集めた。『史記』始皇本紀には、次のような記事がある。


始皇還、過彭城、斎戒禱祠、欲出周鼎泗水。使千人没水求之、弗得。乃西南渡淮水、之衡山南郡。浮江、至湘山祠。逢大風、幾不得渡。上問博士曰、湘君何神。博士対曰、聞之、堯女、舜之妻、而葬此。於是始皇大怒、使刑徒三千人皆伐湘山樹、赭其山。

始皇《しこう》還《かえ》り、彭城《ほうじょう》に過《よぎ》り、斎戒禱祠《さいかいとうし》して、周鼎《しゅうてい》を泗水《しすい》に出《いだ》さんと欲す。千人《せんにん》をして水《みず》に没《ぼっ》して之《これ》を求《もと》めしむるも、得《え》ず。乃《すなわ》ち西南《せいなん》して淮水《わいすい》を渡《わた》り、衡山《こうざん》・南郡《なんぐん》に之《ゆ》く。江《こう》に浮《う》かび、湘山《しょうざん》の祠《し》に至《いた》る。大風《たいふう》に逢《あ》い、幾《ほと》んど渡《わた》るを得《え》ず。上《しょう》博士《はくし》に問《と》いて曰《いわ》く、湘君《しょうくん》は何《なん》の神《かみ》ぞ、と。博士《はくし》対《こた》えて曰《いわ》く、之《これ》を聞《き》けり、堯《ぎょう》の女《むすめ》、舜《しゅん》の妻《つま》にして、此《ここ》に葬《ほうむ》らる、と。是《ここ》に於《お》いて始皇《しこう》大《おお》いに怒《いか》り、刑徒三千人《けいとさんぜんにん》をして皆《みな》湘山《しょうざん》の樹《き》を伐《き》らしめ、其《そ》の山《やま》を赭《あか》くす。

秦に滅ぼされた楚が、再び始皇帝によってその神山までも赤裸にされたのであるが、この記事には始皇帝の非道ぶりへの非難が含意されているし、それはまた秦と楚の抗争を背景にしていよう（小南一郎『楚辞』筑摩書房、一九七三）。そしてこの湘山こそ、のちに洞庭湖中の島としてランドマークとなる君山であった。

## 左遷の地

漢魏を経て湖面は次第に広がり、洞庭は野や水であるよりも大きな湖として意識されるようになる。北魏の酈道元《れきどうげん》による『水経注《すいけいちゅう》』に引く『湘中記《しょうちゅうき》』は、こう記す。

湘水之出於陽朔、則觴為之舟。至洞庭、日月若出入於其中也。

湘水《しょうすい》の陽朔《ようさく》を出《い》ずるや、則《すなわ》ち觴《さかずき》もて之《これ》が舟《ふね》と為《な》す。洞庭《どうてい》に至《いた》れば、日月《じつげつ》の其《そ》の中《なか》に出入《しゅつにゅう》するが若《ごと》き也《なり》。

陽朔は、湘水の源流の地。流れは細く、盃を舟にするくらいがちょうどいい。ところが洞庭にまで至ると、太陽も月もその中から出てその中に沈むかのような広さとなる。つとに曹操《そうそう》の楽府《がふ》「歩出夏門行（歩《あゆ》みて夏門《かもん》を出《い》ずる行《うた》）」は、大海を描いて「日月之行、若出其中（日月《じつげつ》の行《ゆ》くや、其《そ》の中《うち》に出《い》ずるが若《ごと》し）」と詠じた。洞庭湖は、大海原にも比すべき湖となっていたのである。

大きな湖面を得た洞庭湖は、新たな詩のトポスとなる。初唐の宮廷詩人宋之問《そうしもん》（六五六頃〜七一二）による五言古詩「洞庭湖」から何句か挙げよう。まずその冒頭から。

地尽天水合　朝及洞庭湖
初日当中涌　莫辨東西隅
晶耀目何在　瀅熒心欲無

地《ち》は尽《つ》きて天《てん》は水《みず》と合《がっ》し、朝《あした》に洞庭湖《どうていこ》に及《およ》ぶ。初日《しょじつ》　当中《とうちゅう》に涌《わ》き、東西《とうざい》の隅《ぐう》を辨《べん》ずる莫《な》し。

晶耀《しょうよう》として目《め》は何《いず》くに在《あ》る、瀅熒《えいけい》として心《こころ》は無《な》からんと欲《ほっ》す。

初日は、出たばかりの太陽。当中は、その中に、その中から、ということ。渺茫《びょうぼう》たる湖面は、日が昇る東と日が沈む西の目印がつけられないほどの広さ。それが朝日に輝いてまばゆいばかり、心も失うほどだ。

眼前の景観ばかりでなく、洞庭の伝承をうたう句もある。

張楽軒皇至　征苗夏禹徂
楚臣悲落葉　堯女泣蒼梧

楽《がく》を張《は》らんと軒皇至《けんこういた》り、苗《びょう》を征《せい》せんと夏禹《かう》は徂《ゆ》く。楚《そ》の臣《しん》は落葉《らくよう》を悲《かな》しみ、堯《ぎょう》の女《むすめ》は蒼梧《そうご》に泣《な》く。

軒皇は黄帝、夏禹は舜の次の聖王の禹。黄帝が楽を張った洞庭は考証家によれば洞庭湖ではないはずだが、神話的な空間である洞庭に連続するものとしてこの湖をとらえるならば、その限りではない。詩は、むしろその連続こそが重要だ。

しかしこの詩では、神話はただの故事として置かれるにとどまっている。浩蕩たる景観が詩人の手によって神話的空間に変じているかと言えば、そうではないのである。

宋之問より一回りほど年少の張説《ちょうえつ》（六六七〜七三〇）は、則天武后《そくてんぶこう》から玄宗《げんそう》にかけての治世下で手腕を発揮した政治家であり、また初唐から盛唐への詩の転換を導いた文人であった。宰相を筆頭として枢要の職を歴任したが、能力と人望の高さは左遷の引き金ともなる。玄宗が帝位に就くと、かねてより玄宗に忠義を尽していた張説は中書令《ちゅうしょれい》に任じられ、燕国公《えんこくこう》の爵位を賜るが、一年にも満たぬうちに、姚崇《ようすう》によって左遷され、相州《しょうしゅう》刺史、そして岳州《がくしゅう》刺史に転出させられる。開元《かいげん》四年（七一六）ごろのことである。岳州はまさに洞庭湖の東岸の地、すなわち岳陽。その心境は、たとえば次のような句に表れている。

夜夢雲闕間　従容簪履列
朝遊洞庭上　緬望京華絶

夜《よる》に夢《ゆめ》む　雲闕《うんけつ》の間《かん》、従容《しょうよう》として簪履《しんり》列《れつ》す。朝《あした》に洞庭《どうてい》の上《ほとり》に遊《あそ》び、緬《とお》く京華《けいか》の絶《はる》かなるを望《のぞ》む。

五言古詩「岳州作（岳州《がくしゅう》にて作《つく》る）」の冒頭。[一] 雲闕は宮殿、簪履は高官。朝廷に高官たちが参列している夢を夜に見て、朝には洞庭のほとりから彼方の都をはるか望む。

かつて仕えた朝政の場面を夢にまで見るとは、流謫《るたく》の身であることをひしひしと感じさせる表現だろう。この詩の結びにはこうある。

冠剣日苔蘚　琴書坐廃撤
唯有報恩字　刻意長不滅

冠剣《かんけん》 日《ひ》ごと苔蘚《たいせん》し、琴書《きんしょ》 坐《そぞ》ろに廃撤《はいてつ》す。唯《た》だ報恩《ほうおん》の字《じ》の、意《い》を刻《こく》して長《とこし》えに滅《めつ》せざる有《あ》り。

官吏としての正装に必要な冠と剣は苔むすありさま、文人の営みである琴や書も手にする気になれない。ただ報恩の心だけは永遠に失わない。

張説が左遷されたのは、則天武后の佞臣《ねいしん》たちに従うことを潔しとしなかったからであるが、この句もまた、正義がまっとうされない口惜しさとそれでも消えない忠義の心を示そうとしていることがよくわかる。

『新唐書』張説伝は彼の詩文について次のように述べる。

為文属思精壮、長於碑誌、世所不逮。既謫岳州、而詩益悽婉、人謂得江山助云。

文《ぶん》を為《つく》るに思《おも》いを属《つづ》ること精壮《せいそう》、碑誌《ひし》に長《ちょう》じ、世《よ》の逮《およ》ばざる所《ところ》なり。既《すで》に岳州《がくしゅう》に謫《たく》せられてより、詩《し》は益《ます》ます凄婉《せいえん》、人《ひと》は謂《い》えらく江山《こうざん》の助《たす》けを得《え》たりと。

岳州に左遷されてから、張説の詩はその自然の助けを得て、さらに痛切かつ美しきものとなったのだと言う。張説にとってのみならず、洞庭周辺の景物を詠じる詩としても、この時期の彼の作は質量ともに画期をなすと言ってよい。例えば『唐詩選』にも収められる七言絶句「送梁六（梁六《りょうろく》を送《おく》る）」。

巴陵一望洞庭秋　日見孤峰水上浮
聞道神仙不可接　心随湖水共悠悠

巴陵一望《はりょういちぼう》 洞庭《どうてい》の秋《あき》、日《ひ》ごと見《み》る 孤峰《こほう》の水上《すいじょう》に浮《う》かぶを。聞道《きくな》らく神仙《しんせん》は接《せっ》す可《べ》からずとも、心《こころ》は湖水《こすい》に随《したが》いて共《とも》に悠悠《ゆうゆう》たり。

梁六は、南宋・計有功《けいゆうこう》『唐詩紀事《とうしきじ》』によれば、梁知微《りょうちび》のこと。嗣聖《しせい》年間（六八四～七〇四）初めに進士に及第、岳州から湘水をさかのぼった潭州《たんしゅう》（長沙）の地方官であったことから、張説の知己となった。張説には他に五言古詩「岳州別梁六入朝（岳州《がくしゅう》にて梁六《りょうろく》の入朝《にゅうちょう》するに別《わか》る）」があり、梁知微に五言古詩「奉別燕公（燕公《えんこう》に別《わか》れ奉《たてまつ》る）」（二）があるが、いずれも岳陽で別れの宴を催したときの作とされる。右の七言絶句も時を同じくするものと考えるべきだろう。

巴陵は、岳陽の西南にある山。また岳州のこと。孤峰は、かの湘山（君山）。張説のころには湖に浮かぶ孤島となっていた。梁知微の「奉別燕公」にも「孤嶼早煙薄（孤嶼《こしょ》 早煙《そうえん》薄《うす》し）」、孤島に朝靄《あさもや》がうっすら、とある。転句に神仙を言うのは湘山の女神を踏まえてのこと。さらに、その神仙と交際することはできないと聞くが、とするのは、これから長安に向かう友人を神仙に喩え、交際も難しくなるだろうとの思いを漏らすと解することもできなくはないのだが、むしろ、神仙には出会えないとしても、ここ洞庭湖で湘山を見る私の心は、島へと続く湖水のようにはるばるとしている、そのように、君への心も果てしなく続くのだ、としておきたい。

ちなみに梁知微の別れの詩は、こう結ばれている。

辛勤方遠騖　勝賞屢難幷
迴瞻洞庭浦　日暮愁雲生

辛勤《しんきん》して方《まさ》に遠《とお》く騖《は》せんとす、勝賞《しょうしょう》 屢《しば》しば幷《あわ》せ難《がた》し。洞庭《どうてい》の浦《ほ》を迴《かえ》り瞻《み》れば、日暮《ひく》れて
愁雲生《しゅううんしょう》ず。

辛い思いで遠くへと旅立つこの日、素晴らしい景色（勝）とそれを共に賞する人（賞）とを並びに得るのは難しいもの。洞庭の水辺を振り返り見れば、日は暮れて愁いの雲が浮かび出る。同時の作であるならば、張説の絶句はこの梁の詩に答えたものかもしれない。日ごとに湘山が見えるというのも、相手をいつも思うことの暗喩になる。風光と心情とが一体となって、都へと向かう友を送る。

張説が岳州で詩の新しい境地を開いたのが、ただ一人で山や湖に向かい合っていたからではないことに留意したい。宮中にいたころから張説に贈答の詩は多いが、左遷の地であっても、詩を交わす者は少なくない。梁知微もその一人であった。江山の助けのみではないのである。

張説より十歳下の趙冬曦《ちょうとうぎ》もまた、罪を得て流され、同じ時期に岳州にいた。張説に「岳陽早霽南楼（岳陽《がくよう》の早《つと》に霽《は》れたる南楼《なんろう》）」があり、趙冬曦に「奉和張燕公早霽南楼（張燕公《ちょうえんこう》の早《つと》に霽《は》れたる南楼《なんろう》に和《わ》し奉《たてまつ》る）」がある。両者の冒頭を順に並べてみよう。

山水佳新霽　南楼玩初旭
夜来枝半紅　雨後洲全緑

山水《さんすい》　新霽《しんせい》に佳《よ》く、南楼《なんろう》　初旭《しょぎょく》を玩《もてあそ》ぶ。夜来《やらい》　枝《えだ》は半《なか》ば紅《くれない》、雨後《うご》　洲《しま》は全《すべ》て緑《みどり》。

方曙躋南楼　凭軒肆遐矚
物華蕩暄気　春景媚晴旭

曙《よあけ》に方《あた》りて南楼《なんろう》に躋《のぼ》り、軒《けん》に凭《よ》りて遐《とお》き矚《ながめ》を肆《ほしいまま》にす。物華《ぶつか》暄気《けんき》に蕩《うご》き、春景《しゅんけい》晴旭《せいきょく》に媚《うるわ》し。

「南楼」は岳州の城壁の上に建てられた楼。のちに岳陽楼と呼ばれるが、張説のころはただ南楼と称されていた。春のあけぼのを楽しもうと、士人たちが連れ立って楼に登り、景色を詠じた。北宋の地理書『太平寰宇《たいへいかんう》記《き》』巻一一三の岳州の項には、「岳陽楼、唐開元四年、張説自中書令為岳州刺史、常与才士登此楼、有詩百餘篇列於楼壁（岳陽楼《がくようろう》、唐《とう》の開元四《かいげんよ》年《ねん》、張説《ちょうえつ》中書令《ちゅうしょれい》自り岳州《がくしゅう》刺史《しし》と為《な》り、常《つね》に才士《さいし》とともに此《こ》の楼《ろう》に登《のぼ》り、詩百餘篇《しひゃくよへん》の楼壁《ろうへき》に列《つら》ぬる有《あ》り）」と記す。詩はほとんどが失われてしまい、いまに伝わらず、ここに引いたのはその数少ない生き残りということになるが、往時をしのぶよすがとはなろう。

張説が岳州で作った詩には、最初に引いた「岳州作」のように、左遷の悲しみや長安もしくは故郷の洛陽への思いを吐露するものが少なくない。古くは前漢の賈誼《かぎ》が長沙に流されて「鵩鳥賦《ふくちょうのふ》」を詠じたように、また、さらにさかのぼれば、屈原《くつげん》もまた讒言《ざんげん》によって放逐されたのであってみれば、楚の地は流謫の文学にとって伝統的なトポスである。

しかし一方で、「送梁六」のような詩も生まれたのは、古人が見わたしたことのない広大な湖面を洞庭が有するようになったからだと言えるかもしれない。たとえば次の絶句もそうしたものではないか。

平湖一望上連天　林景千尋下洞泉
忽驚水上光華満　疑是乗舟到日辺

平湖《へいこ》一望《いちぼう》 上《うえ》は天《てん》に連《つら》なり、林景千尋《りんけいせんじん》 下《した》は泉《せん》に洞《とお》る。忽《たちま》ち驚《おどろ》く 水上《すいじょう》に光華《こうか》満《み》つるを、疑《うたが》うらくは是《こ》れ舟《ふね》に乗《の》りて日辺《にっぺん》に到《いた》るかと。

「和尹従事懋泛洞庭（尹従事懋《いんじゅうじぼう》の洞庭《どうてい》に泛《うか》ぶに和《わ》す）」。尹懋は張説の属官で、やはり岳州で詩宴をともにしていた。洞泉の語は、地下世界に通じる深い穴がこのあたりにはあると信じられていたことによる（洞庭には地穴という意味もある）。天地の間にたゆたう感覚のうちに、まばゆい光が身を包み、まるで太陽のそばにきたかのような錯覚。

楼の上からの眺望となると、湖面に舟を浮かべての詩に描かれる感覚とはまた異なったものとなる。「岳州西城（岳州《がくしゅう》の西城《せいじょう》）」の前半。

水国何遼曠　風波遂極天
西江三紀合　南浦二湖連
危堞臨清境　煩憂暫豁然
九囲観掌内　万象閲眸前

水国《すいこく》 何《なん》ぞ遼曠《りょうこう》たる、風波《ふうは》 遂《つい》に天《てん》を極《きわ》む。西江《せいこう》 三紀《さんき》合《がっ》し、南浦《なんほ》 二湖《にこ》連《つら》なる。危堞《きちょう》 清境《せいきょう》に臨《のぞ》めば、煩憂《はんゆう》 暫《しば》し豁然《かつぜん》たり。九囲《きゅうい》を掌内《しょうない》に観《み》て、万象《ばんしょう》を眸前《ぼうぜん》に閲《えっ》す。

　この水郷は何と広いことよ、風波がそのまま天へと続く。三つの流れが西から合し、二つの湖が南に連なる。高い物見やぐらからはすばらしい景色、憂いもしばし消え失せよう。国土すべてが手のひらのうち、物象すべてが眼前にある。

危堞は、城壁の上に建てた物見のやぐら。南楼、すなわち岳陽楼を指すものかもしれない。九囲は、九州に同じく、中国全土。

楼に登って望郷の憂いをそそぐことは魏の王粲《おうさん》が荊州《けいしゅう》で賦した「登楼賦《とうろうのふ》」が一つのモデルとなっているが、そこに現れた光景は、同じ長江流域とは言っても、平原と高山、そしてうねる川だ。湖面が視界いっぱいに広がる岳陽楼からの眺望は、やはりそれとはかなり異なる。とすれば、それによってもたらされる感慨も、おのずと異なってくるのではないか。張説の詩には、その最初の変化があるように思える。

## 岳陽楼

洞庭湖の眺めを特権的なものとしたのは、何と言っても孟浩然《もうこうねん》（六八九〜七四〇）の五言律詩「岳陽楼《がくようろう》」だろう。

八月湖水平　含虚混太清
気蒸雲夢沢　波動岳陽城
欲済無舟楫　端居恥聖明
坐観垂釣者　空有羨魚情

八月《はちがつ》 湖《こ》水《すい》平《たい》らかに、虚《きょ》を含《ふく》みて太清《たいせい》に混《こん》ず。気《き》は蒸《む》す 雲夢沢《うんぼうたく》、波《なみ》は動《うご》かす 岳陽城《がくようじょう》。済《わた》らんと欲《ほっ》して舟楫《しゅうしゅう》無《な》く、端居《たんきょ》 聖明《せいめい》に恥《は》ず。坐《そぞ》ろに釣《つり》を垂《た》るる者《もの》を観《み》れば、空《むな》しく魚《うお》を羨《うらや》むの情《じょう》有《あ》り。

秋八月は水のみなぎる季節、洞庭湖もひときわ浩々たる湖面を見せている。虚は虚空、太清は天、つまり第二句は、湖が天空を映しこみ混じているさまを言う。雲夢沢は、洞庭の北側に広がる湿地帯。そこにまで気はたちこめ、波は湖岸の岳陽の町をゆりうごかしている。だが私に湖を渡る手だてはなく、天子の御世《みよ》に手をこまねくばかり。釣りをする者を見るともなく見れば、魚を手に入れたい気持ちがあてもなく生じる。

右の引用は、現存する孟浩然の詩集の版本としては最も古い版本、すなわち南宋の蜀（四川省）で刊刻された『孟浩然詩集』に拠るが、明代の刊本や日本でよく読まれている『唐詩選』などでは詩題を「臨洞庭（洞庭《どうてい》に臨《のぞ》む）」とし、「含虚」を「涵虚」、「波動」を「波撼」、「空有」を「徒有」とするなどの異同がある。また、北宋に編纂された詩文の総集である『文苑英華《ぶんえんえいか》』巻二五〇には、この詩を「望洞庭湖上張丞相（洞庭湖《どうていこ》を望《のぞ》み張丞相《ちょうじょうしょう》に上《たてまつ》る）」として載せ、本文にもやはり異同がある。

張丞相は、張九齢《ちょうきゅうれい》（六七八～七四〇）を指すとも、また張説を指すとも言われる。南楼（岳陽楼）からの眺望を好んだ張説を宛先としたほうが、詩の背景としてはおもしろいのだが、事実関係から考えていくと、張九齢に分があるようだ（松浦友久編『校注 唐詩解釈辞典』大修館書店、一九八七）。いずれにしてもこの詩は丞相（もしくはもと丞相）に宛てたもの、前半の壮大な光景に対し、後半は湖を渡る舟に引っかけて仕官の希望を暗に述べているとするのが通常の解釈で、現代の目からすれば何となくアンバランスであることは否めない。あるいはそう感じさせるほどに、前半の四句のスケールが大きいということでもある。比較のために、同じ孟浩然の「洞庭湖寄閻九（洞《どう》庭湖《ていこ》より閻九《えんきゅう》に寄《よ》す)」を見てみよう。

洞庭秋正闊　余欲泛帰船
莫辨荊呉地　唯餘水共天
渺瀰江樹没　合沓海潮連
遲爾為舟楫　相将済巨川

洞庭《どうてい》 秋正《あきまさ》に闊《ひろ》く、余《われ》 帰船《きせん》を泛《うか》べんと欲《ほっ》す。荊呉《けいご》の地《ち》を辨《べん》ずる莫《な》く、唯《た》だ水《みず》と天《てん》とを餘《あま》すのみ。渺瀰《びょうび》として江樹没《こうじゅぼつ》し、合沓《ごうとう》として海潮連《かいちょうつら》なる。遲爾《ちじ》として舟楫《しゅうしゅう》を為《おさ》め、相《あ》い将《とも》に巨《きょ》川《せん》を済《わた》らん。

閻九は、閻防《えんぼう》のこと、開元二十二年（七三四）に進士に及第するが、このときは長沙に左遷されていた。詩は開元二十五年（七三七）の作とされる（傅璇琮《ふせんそう》『唐才子伝校箋』巻二）。

渺瀰は、水面が広がるさま、合沓は、高いさま、遲爾は、ゆったりしたさま。閻防には隠者の風があり、孟浩然とは気が合ったようだ。この詩もそうした二人の関係にふさわしく、前の詩とは異なり、構成はなだらかで、意趣は俗事に及ばない。登場する舟も世を渡る舟ではなく、自由な世界に漕ぎ出す舟と見える。やはり詩は贈る相手によって変わるということだろうか。

ともあれ、「八月湖水平」で始まる四句は圧倒的な印象を世に与えたが、それに勝るとも劣らないのが、杜甫《とほ》（七一二〜七七〇）の「登岳陽楼（岳陽楼《がくようろう》に登《のぼ》る）」である。

昔聞洞庭水　今上岳陽楼
呉楚東南坼　乾坤日夜浮
親朋無一字　老病有孤舟
戎馬関山北　憑軒涕泗流

昔《むかし》聞《き》く　洞庭《どうてい》の水《みず》、今《いま》上《のぼ》る　岳陽楼《がくようろう》。呉楚《ごそ》　東南《とうなん》に坼《さ》け、乾坤《けんこん》　日夜《にちや》浮《う》かぶ。親朋《しんぽう》　一字《いちじ》無《な》く、老病《ろうびょう》　孤舟《こしゅう》有《あ》り。戎馬《じゅうば》　関山《かんざん》の北《きた》、軒《けん》に憑《よ》りて涕泗《ていし》流《なが》る。

かねて音に聞こえた洞庭湖、いまその岳陽楼に登る。呉楚の大地が東南に裂け、乾坤すなわち日月が日夜浮かびめぐる。肉親も友人もたよりは一通もなく、老いた病身には小さな舟があるだけ。国境の北ではいくさがやまぬ、手すりにもたれて涙が流れる。

第三句「呉楚東南坼」は、解釈が大きく二つにわかれる。洞庭湖が呉と楚を東と南に引き裂いているととるか、あるいは国土の東南の地が裂けたところが洞庭湖となったととるか（前掲『校注唐詩解釈辞典』）。孟浩然の詩に「莫辨荊呉地」という句があったように、洞庭湖は呉楚にまたがる、もしくはその二つの地をわかつと意識されていた（「荊」は楚）。そして中国の国土において呉が東の土地であり楚が南の土地であることも一般に意識されている。だとすれば、この二つの説の目指すところは、それぞれの論者が言うほど異なっているわけではないように思える。国土の東南の地が東南の方向に裂ければ、中心から見て、裂け目の左側は東であり、右側は南である。洞庭湖を北から見れば、右は楚であり、左は呉である。何より大事なのは、大地が裂けているというそのイメージではないか。

第四句「乾坤日夜浮」についても議論はあるが、これまで見てきた洞庭湖の詩の流れからすれば、日月がそのうちに出没することをさらに大きなスケールで形容したものと考えられる。あるいは、乾坤を天地の意だとして、季節によって土地が現れたり沈んだりする洞庭湖の地勢を、あたかも天地が浮沈するかのように見なしたということなのかもしれない。張説や趙冬曦たちは、冬は草地で夏は湖になる滃湖《ようこ》という洞庭湖の支湖の風光を愛でている。湖水と中洲が見え隠れする景観は、天地生成のときに立ち会うかのような感覚をもたらしさえするだろう。

前半の壮大な景観に対し、後半は孤独で老病の身を嘆き、しかもそれを無限に広がる湖面に浮かぶ小さな舟に連接させ、孟浩然の詩とは異なった対比を生み出すことに成功している。孤舟は、世を渡るためのものでも自由を楽しむためのものでもなく、それればかりか、詩人は楼の上で涙を流すばかりで舟を漕ぎ出そうとしない。張説のように日辺に到ることなどありそうにもない。天地をも飲みこむ茫漠たる湖は、むしろ孤独を際立たせる背景なのである。

はじめに述べたように、現在の洞庭湖は明清はもとより唐代の洞庭湖よりもさらに面積は狭くなっている。治水と灌漑の技術が進んだおかげで、季節による面積の変動も少なくなった。それでも広い湖であることに違いはないが、乾坤を日夜浮かべるかと言えば、そうした幻視を呼ぶほどの浩蕩さはすでにない。干拓地に囲まれたただの広い湖になってしまったとは、言いすぎだろうか。

神話的空間としての洞庭の野は、神話の役割が終わったことを示すかのように、そのすがたを変えた。地勢の変動によって湖面が拡大し、洞庭には新たな景観がもたらされた。舟を浮かべて、また高楼に登って、人々はたゆたう水面を楽しんだ。水神が棲むという信仰も消えることはなく、都から左遷されてきた士人たちに、異郷の思いを強くさせた。張説には、端午の節句に行われる龍舟競渡《りゆうしゆうけいと》の行事をうたった詩もある。

詩としての成熟が進んだ唐代に、うながすかのように洞庭に浩々たる湖が現れたことは、偶然なのか、あるいは水神の恵みなのか。洞庭の南、汨羅《べきら》に身を沈めた屈原は、もとより詩人の祖である。すなわち水神はまた詩神でもあった。湖水をたたえて、詩人たちの訪れを迎えたのだと夢想しておこう。

# その五◉西湖

西湖《せいこ》を詠じて最も名高い詩と言えば、やはり蘇軾《そしょく》の七言絶句「飲湖上初晴後雨（湖上《こじょう》に飲《の》む　初《はじ》めは晴《は》れ　後《のち》に雨《あめ》ふる）」であろうか。

水光瀲灧晴方好　山色空濛雨亦奇
欲把西湖比西子　淡粧濃抹総相宜

水光瀲灧《すいこうれんえん》として晴《は》れて方《まさ》に好《よ》く、山色空濛《さんしょくくうもう》として雨《あめ》も亦《ま》た奇《き》なり。西湖《せいこ》を把《と》りて西子《せいし》に比《ひ》せんと欲《ほっ》すれば、淡粧濃抹《たんしょうのうまつ》　総《すべ》て相《あ》い宜《よろ》し。

日の光に水面がゆらめいて反射するさま、取り囲む山が雨にぼんやり煙るさま、いずれもよい。言うなればかの西施《せいし》のごとく、どのように化粧を施しても美しい。

晴雨それぞれのすばらしさを端的に示す的確さ、湖を美女に喩える奇抜さが、この詩の眼目であろう。さらに、いささか趣《おもむき》を異にする同題の詩もある。

朝曦迎客艶重岡　晩雨留人入酔郷
此意自佳君不会　一杯当属水仙王

朝曦《ちょうぎ》客《きゃく》を迎《むか》えて重岡《ちょうこう》を艶《かがや》かし、晩雨《ばんう》人《ひと》を留《とど》めて酔郷《すいきょう》に入《い》らしむ。此《こ》の意　自《おのずか》ら佳《か》なるに　君《きみ》会《かい》せずんば、一杯《いっぱい》当《まさ》に水仙王《すいせんおう》に属《ぞく》すべし。

朝曦は、朝日。重岡を艶かすとは、たたなづく山を朝の光が明るく照らしているということ。水仙王は、湖面に浮かぶ孤山に祀《まつ》られる龍王。

朝の光が山を照らし、夕の雨が酔いを誘う。これがまたよいのだと、君はわからないかね。それなら私はかの水仙王にこの一杯をささげよう。

後半の二句、従来は「この心地のそれみずからのすばらしさを君はさとりたまわぬか。なみなみとついだ杯を水仙の神にささげて喜ぼうではないか」（小川環樹・山本和義選訳『蘇東坡詩選』岩波文庫、一九七五）のように解釈されるのだが、ここではもう少し踏みこんで、君が酒を付き合ってくれないなら、龍王相手に飲むまでさ、という諧謔をこめたものと解してみた。東坡《とうば》先生、やや酔っぱらっているのである。

この二首は、一般には「朝曦迎客」で始まる詩を其《その》一、「水光瀲灩」のほうを其《その》二とするが、古い版本には順番を逆にして載せるものもある（文字にも若干の異同がある）。どちらでもよさそうなものだが、「水光瀲灔」を先に読めば、西湖と西施がまず重なって、「朝曦迎客」「晩雨留人」といった擬人化にも西施の面影がさすという効果はあるかもしれないし、逆の配列、つまり通行のように読めば、二首めの「欲把西湖比西子」に至って一首めの擬人化の種が明かされるというように、転句の奇抜さがいっそう感じ取られることにはなる。

西施は春秋時代の越の美女、呉越の抗争のなかで、呉王夫差《ふさ》を懐柔するために越の范蠡《はんれい》が献上した二人の美女のうちの一人。もう一人は鄭旦《ていたん》で、美女二人であることにも由来はありそうなのだが(一)、それはともかく夫差はことに西施に溺れて国政を顧みず、それを待っていた越に敗れることとなった、と伝えられる。夏の妹嬉《ばっき》、殷の妲己《だっき》、周の褒姒《ほうじ》を継ぐ亡国の美女というわけだ。ただ、『越絶書』や『呉越春秋』に見られるこの伝承は、じつは『史記』には採られない。また、いわゆる顰《ひそ》みに倣《なら》うという逸話は『荘子』天運篇に見え、戦国時代には西施が美女の代表として広く知られていたことは疑いないが、傾国の美女の系譜に位置づけられているわけではない。そもそも『荘子』では、越の人とも呉の人とも言及されていないのである。

夫差に献上された二人の美女については夷光《いこう》と修明《しゅうめい》とする伝承もある(『拾遺記』)。それもまた西施と鄭旦の別名だとされ、そこから西施は「施」が姓で「夷光」が名だとする説明も生まれたりなどしている。おそらく附会と脚色のもたらすところで、つまるところ、呉の滅亡に加担したとの伝承は、ただ西施が美女であるためにまとったエピソードに過ぎないのかもしれない。

ちなみに、西施が呉宮の人となったとされるころ、西湖はまだその姿を現してはいない。呉都

（後の蘇州）がすでに江南の一大都市として栄えていたのに対し、隋代に杭州となるあたりは銭《せん》塘江《とうこう》の河口の湿地帯であり、西湖は海とつながった入り江であった。土砂の堆積によって銭塘江と切り離された湖として安定するのは、隋以降のことと考えられる。

とはいえ、蘇軾が西湖を西施に比したとき、「西」字による連想のみがあったのではなく、やはりここが呉越のちょうど中間に位置する場所であることが思われたに違いない。史実はどうあれ、西施は呉越の伝承と結びつくことによって、その地域の記憶をともなう美女としてすでに位置づけられていた。たとえば李白「子夜呉歌《しやごか》」四首のうち「夏歌」などはその好例だろう。

鏡湖三百里　菡萏発荷花
五月西施採　人看隘若耶
回舟不待月　帰去越王家

鏡湖《きようこ》三百里《さんびやくり》、菡萏《かんたん》荷花《かか》発《ひら》く。五月《ごがつ》西施《せいし》採《と》るに、人《ひと》は看《み》て若耶《じやくや》を隘《せま》くす。舟《ふね》を回《めぐ》らせて
月《つき》を待《ま》たず、帰《かえ》り去《ゆ》く越王《えつおう》の家《いえ》。

鏡湖は、会稽《かいけい》（浙江省紹興）の湖。菡萏は、蓮の花のつぼみ。若耶は、鏡湖に流れこむ谷川。西施はここで蓮の実を摘んでいたとの伝承がある。

この詩は西施がまだ越王勾践《こうせん》の宮殿でその美に磨きをかけていたころの情景を描くが、これもまた西施をめぐる脚色の一つである。蘇軾が西施を西湖になぞらえる下地は、少しずつ、塗り重ねられていた。

## 最も湖東を愛す

蘇軾が西湖を西施に喩えて以来、西湖は西子湖と呼ばれるようにもなった。では、それ以前、西湖が西湖と呼ばれるようになったのはいつからだろうか。

唐代では、西湖は銭塘湖と呼ぶのが一般的であった。杭州刺史《しし》(知事)であった白居易は、自ら行った西湖の治水の方法を石に刻んで後の知事のためにのこした文章を「銭塘湖石記《せんとうこせきき》」と題している。文中にも「西湖」と称することはない。公的な文章ではあくまで銭塘湖であったと推察しうる。

白居易が杭州刺史に着任したのは、長慶《ちょうけい》二年(八二二)、時に五十一歳。その前年から中書舎人《ちゅうしょしゃじん》という国家枢要の地位にあったにもかかわらず、地方の知事に赴任したことについては、抗争の絶えない朝廷政治に嫌気がさして自ら願い出たとも、上書が天子の機嫌を損ねたために転出させられたとも言われる。宰相であった親友の元稹《げんしん》が、同じく宰相の地位にあった裴度《はいど》との不和から生じたごたごたのために、結局罷免されて同州《どうしゅう》(陝西省渭南市)刺史に左遷されたことの影響も指摘される。

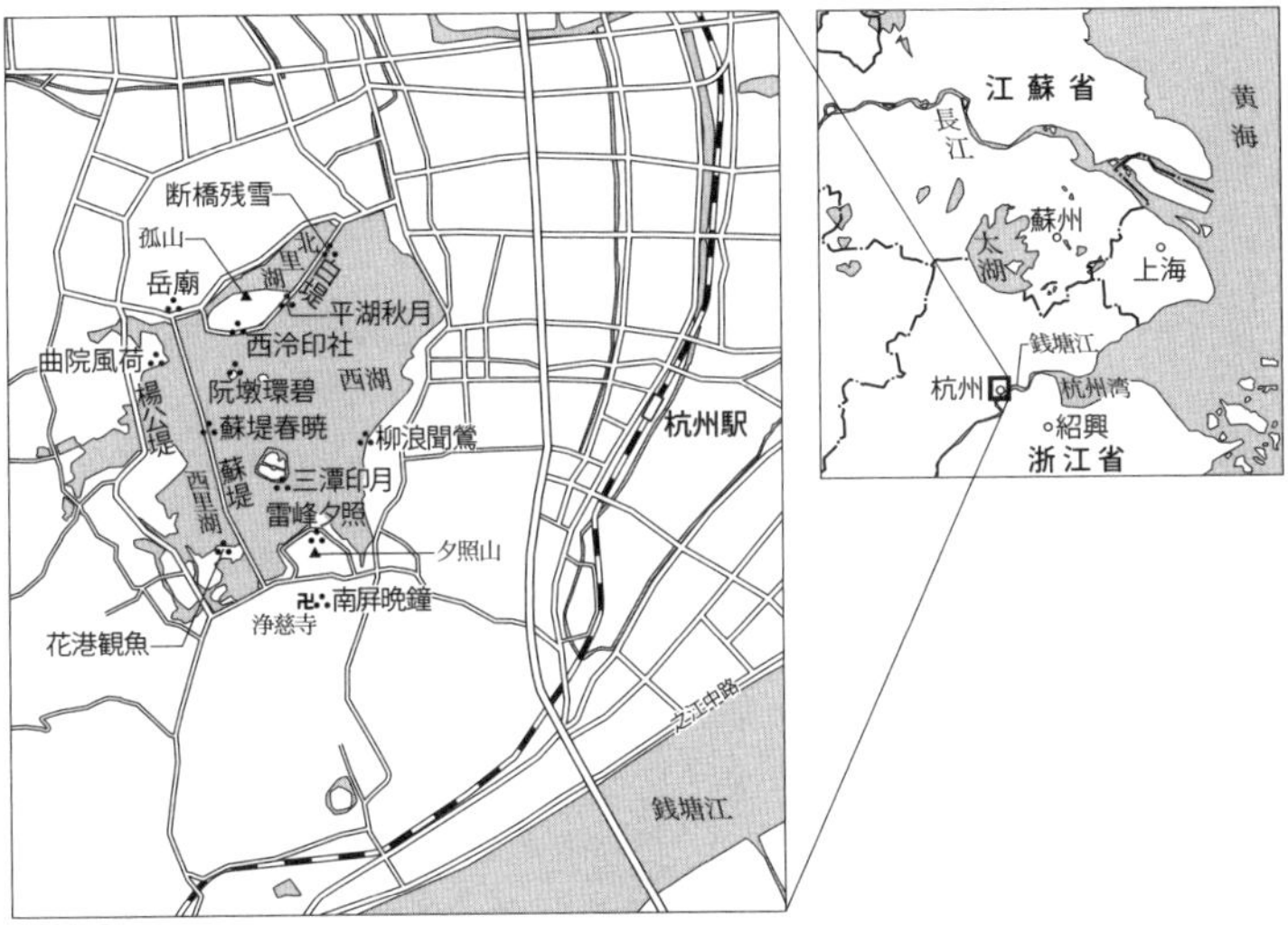


いずれにせよ、杭州赴任は白居易の人生と詩境を豊かにした。もともと十代を江南で過ごした彼は、その土地には親しみがあった。「長慶二年七月自中書舎人出守杭州路次藍渓作（長慶《ちょうけい》二年七月《にねんしちがつ》　中書舎人《ちゅうしょしゃじんよ》自り出《い》でて杭州《こうしゅう》に守《しゅ》たり　路《みち》に藍渓《らんけい》に次《やど》りて作《つく》る）」（『白氏文集』巻八（二））には、次のような句がある。

餘杭乃名郡　郡郭臨江汜
已想海門山　潮声来入耳
昔予貞元末　羇旅曾遊此
甚覚太守尊　亦諳魚酒美

餘杭《よこう》は乃《すなわ》ち名郡《めいぐん》、郡郭《ぐんかく》　江汜《こうし》に臨《のぞ》む。已《すで》に想《おも》う　海門《かいもん》の山《やま》、潮声来《ちょうせいきた》りて耳《みみ》に入《い》る。昔《むかし》　予《われ》　貞元《ていげん》の末《まつ》、羇旅《きりょ》して曾《かつ》て此《ここ》に遊《あそ》ぶ。甚《はなは》だ覚《おぼ》ゆ　太守《たいしゅ》の尊《たっと》きを、亦《ま》た諳《そら》んず魚酒《ぎょしゅ》の美《び》なるを。

餘杭は、杭州のこと。江汜は、江のほとり。海門山は、銭塘江の両岸にそびえる二つの山。貞元は、七八五年から八〇五年の年号、ここに「末」とあるのはおそらく「初」の誤り、白居易は十代半ばのころ蘇州と杭州を訪れており、そのころ蘇州の知事は韋応物《いおうぶつ》、杭州は房孺復《ぼうじゅふく》、二人の太守は互いに詩酒を交わし合う仲でもあった。房孺復の詩はほとんどのこっていないが、韋応物は風物をうたう詩にすぐれ、白居易にとって陶淵明とならんで敬愛する詩人であった。

興味深いことに、白居易の記憶には「江汜」「海門山」「潮声」はあっても、さらに「太守」「魚酒」はあっても、湖はない。白居易に限らず、盛唐までの詩を見渡しても、中秋の満潮時に海水が銭塘江を逆流する大潮はしばしば題材にされるが、湖を詠じたものはない。

言い換えれば、このころまでの人々にとって杭州は海に近い銭塘江沿いの城郭であって、湖に臨む街ではない。すなわち、当時においてまだ西湖の美は発見されていないのである。

しかし杭州に再びやってきた白居易は、次第に西湖を慕わしく思うようになる。たとえば七言律詩「夜帰（夜帰《よるかえ》る）」（巻二〇）の前半。

半酔閑行湖岸東　馬鞭敲鐙轡瓏璁
万株松樹青山上　十里沙堤明月中

半《なか》ば酔《よ》いて閑行《かんこう》す　湖岸《こがん》の東《ひがし》、馬鞭《ばべん》　鐙《あぶみ》を敲《たた》き　轡《たづな》瓏璁《ろうそう》たり。万株《ばんしゅ》の松樹《しょうじゅ》　青山《せいざん》の上《うえ》、十里《じゅうり》の沙堤《しゃてい》　明月《めいげつ》の中《うち》。

白居易が杭州についたのは旧暦の十月。この詩はその年のうちの作と思われる。湖を西に見ながらほろ酔いで馬に乗れば、手綱の飾りも軽やかに鳴る。目に映るは山の上に立ち並ぶ松、月明かりに浮かぶ白沙の堤。「青山上」は、平安朝に編纂された秀句集『千載佳句』にこの句を引いて「青山下」とする。それならば山裾の松であり、いっそう整う（三）。ただ、「青山上」とした場合の視界の広さ、対比の美しさもなお捨て難い。

瓏璁は、金や玉が鳴るさま、潋灔がそうであったように、それぞれの字音の後半が共通する畳韻の語。沙堤は白沙堤とも呼ばれ、北岸にほど近いところを東西に横切る人工の堤。後代には白公堤とも呼ばれ、白居易が造ったとされることもあるが、史実としては、そうではないようだ。こことは別に、白居易が修築した堤はあったらしいが、いまは跡形もない。とはいえ、白居易がこの堤を愛でたことは右の句からも明らかで、その意味では白沙の白と白居易の白を兼ねて白堤と呼ぶのは、なるほど似つかわしい。

雪見の宴の詩もある。七言排律「花楼望雪命宴賦詩（花楼《かろう》にて雪《ゆき》を望《のぞ》み宴《うたげ》を命《めい》じ詩《し》を賦《ふ》す）」（巻二〇）の第九句から十二句。

氷鋪湖水銀為面　風巻汀沙玉作堆
絆惹舞人春艶曳　勾留酔客夜徘徊

氷《こおり》は湖水《こすい》に鋪《し》きて銀《ぎん》面《めん》を為《な》し、風《かぜ》は汀沙《ていさ》を巻《ま》きて玉《ぎょく》堆《たい》を作《な》す。舞人《ぶじん》を絆惹《はんじゃく》して春《はる》艶《えん》曳《えい》たり、酔客《すいきゃく》を勾留《こうりゅう》して夜《よる》徘徊《はいかい》す。

絆惹・勾留ともに、引き止めること。雪のしわざである。艶曳は、あでやかなさま、それぞれの字音の前半が共通する双声の語。徘徊は、その逆の畳韻の語、いきつもどりつするさま。氷が銀のように湖面を覆い、風が砂を巻き上げて玉の砂丘となる。引き止められた舞姫が春のあでやかな姿態を見せ、足止めされた酔客が夜の高楼をそぞろ歩く。

そして杭州着任後、初めての春の詩、「銭塘湖春行《せんとうこしゅんこう》」（巻二〇）。

孤山寺北賈亭西　水面初平雲脚低
幾処早鶯争暖樹　誰家新燕啄春泥
乱花漸欲迷人眼　浅草纔能没馬蹄
最愛湖東行不足　緑楊陰裡白沙堤

孤山寺《こざんじ》の北《きた》　賈亭《かてい》の西《にし》、水面《すいめん》初《はじ》めて平《たい》らかにして雲脚《うんきゃく》低《ひく》し。幾処《いくしょ》の早鶯《そうおう》か　暖樹《だんじゅ》を争《あらそ》い、誰《た》が家《いえ》の新燕《しんえん》か　春泥《しゅんでい》を啄《つい》ばむ。乱花《らんか》漸《ようや》く人眼《じんがん》を迷《まよ》わさんと欲《ほっ》し、浅草《せんそう》纔《わず》かに能《よ》く馬蹄《ばてい》を没《ぼっ》す。最《もっと》も湖東《ことう》を愛《あい》して行《い》けども足《た》らず、緑楊陰裡《りょくよういんり》　白沙堤《はくさてい》。

孤山寺は、南朝陳の天嘉元年（五六〇）に創建された永福寺、そののち宋代には広化寺と名を改められた古刹である。賈亭は、貞元年間に賈全《かぜん》が西湖畔に建てた賈公亭のこと。宋・王讜《おうとう》『唐語林』巻六に「貞元中、賈全為杭州、于西湖造亭、為賈公亭、未五六十年廃（貞元中《ていげんちゅう》、賈全杭州《かぜんこうしゅう》に為《た》りしとき、西湖《せいこ》に亭《てい》を造《つく》りて賈公亭《かこうてい》と為《な》す。未《いま》だ五六十年《ごろくじゅうねん》ならずして廃《はい》せらる）」とあり、白居易のころにはまだあったものの、その後ほどなくして失われた。『旧唐書』徳宗紀によれば賈全は貞元十八年（八〇二）に常州刺史から越州《えつしゅう》刺史・浙東《せっとう》観察使に転じ、また同憲宗紀には元和元年（八〇六）に卒したと記されるが、杭州刺史であったかどうかは不明である。

孤山寺と賈公亭とが見渡せるあたり、冬の風がおさまって、湖面の波もようやく静か、雲が低く空にかかる季節。早鳴きの鶯がそこかしこで日なたの木を争い、どこに巣を定めたのか燕は泥をくわえて飛びかう。花々が咲き始めて人の目を奪い、草もまた馬の蹄を隠すくらいには伸びてきた。最も慕わしきこの湖東、行遊を重ねてもまだ足らず、楊《やなぎ》の緑蔭さす白沙堤などことのほか。

春の湖の美しさが眼前に広がるばかりではない。詩人の偏愛がことばを超えてじかに胸をうつ思いすらする。愛すべきこの湖。

とはいえこの詩の題が「銭塘湖春行」であるように、まだ西湖の名は現れていない。当時はむしろ、玄宗の宰相であった房琯《ぼうかん》が晩年に漢州《かんしゅう》（四川省広漢市）の刺史だった時に修築した蜀の西湖のほうが知られていた。杜甫に「陪王漢州留杜綿州泛房公西湖（王漢州《おうかんしゅう》に陪《ばい》して杜綿州《とめんしゅう》を留《とど》め房《ぼう》公《こう》の西湖《せいこ》に泛《うか》ぶ）」があり、劉禹錫《りゅううしゃく》に「和西川李尚書漢州微月遊房太尉西湖（西川李尚書《せいせんりしょうしょ》の漢州《かんしゅう》の微月《びげつ》に房太尉《ぼうたいい》の西湖《せいこ》に遊《あそ》ぶに和《わ》す）」がある。ともに五言律詩。

杭州の西湖がその名を文字にして姿を見せるのは、やはり白居易によってであった。「西湖晩帰回望孤山寺贈諸客（西湖《せいこ》より晩《くれ》に帰《かえ》り孤山寺《こざんじ》を回望《かいぼう》して諸客《しょきゃく》に贈《おく》る）」（巻二〇）は「銭塘湖春行」と同年、すなわち長慶三年の作の七言律詩、季節は晩春から夏にかけてであろう。

柳湖松島蓮花寺　晩動帰橈出道場
盧橘子低山雨重　栟櫚葉戦水風涼
煙波澹蕩揺空碧　楼殿参差倚夕陽
到岸請君回首望　蓬莱宮在海中央

柳湖《りゅうこ》　松島《しょうとう》　蓮花《れんげ》の寺《てら》、晩《くれ》に帰橈《きとう》を動《うご》かして道場《どうじょう》を出《い》ず。盧橘《ろきつ》　子《み》低《た》れて山雨《さんう》重《おも》く、栟《へい》櫚《りょ》　葉《は》戦《そよ》ぎて水風《すいふう》涼《すず》し。煙波《えんぱ》澹蕩《たんとう》として空碧《くうへき》を揺《ゆ》らし、楼殿《ろうでん》参差《しんし》として夕陽《せきよう》に倚《よ》る。岸《きし》に

到《いた》れば　君《きみ》に請《こ》う　首《こうべ》を回《めぐ》らして望《のぞ》まんことを、　蓬萊宮《ほうらいきゆう》は海《うみ》の中央《ちゆうおう》に在《あ》り。

帰橈は、帰りの舟の楫《かじ》、道場は、仏道修行の場、盧橘は、金柑の青い実、栟櫚は、棕櫚《しゆろ》。澹蕩は、ゆったりとするさま、参差は、互い違いにそびえるさま、どちらも双声の語。

柳、松、蓮花に彩られた湖と島と寺、夕暮れには参詣を終えて舟をめぐらせる。青く垂れた金柑の実に山の雨がかかり、棕櫚の葉がそよいで水辺の風が涼しい。のどやかな波が水平線を揺らし、立ち並ぶ高楼が夕日を受けている。岸に着いたら振り返って見るがよい、あの仙宮が湖に浮かんでいるはずだ。

孤山寺には白堤が通じていたものの、東岸からは舟に乗るのが便利で、またこうして湖上からの眺めを楽しむのも興をそそることであった。五言律詩「孤山寺遇雨（孤山寺《こざんじ》にて雨《あめ》に遇《あ》う）」（巻二〇）にも「留船在寺門（船《ふね》を留《とど》めて寺門《じもん》に在《あ》り）」とある。舟で行き来すればこそ、蓬萊宮の喩えも活きる。

それにしても、なぜここで「西湖」の称が現れたのだろう。むろん、街区の西にある湖なのだから、呼称自体は奇異ではない。土地の人はすでにそう呼んでいた可能性もある。銭塘湖ははっきりとした固有名だからどこでも通じ、紛れることはないだろうが、土地での名称としては、西にある湖というほうが身近だろう。白居易も杭州に来て半年、その土地に馴染んだ験《しるし》として「西湖」が自然に使われたのかもしれない。

湖東をとりわけ好んだことも与《あずか》るだろうか。岸辺を行き来し、湖亭で日を過ごす白居易にとって、湖水はいつも西にある。地図の上で城市の西にあるということではなく、日々湖辺で暮らす者の感覚としての西湖である。

詩との関連から言えば、やはり湖を渡る方向が西だということも、考えてみたくなる。西に行き、西から帰る。また、西に寺が位置することからすれば、西方浄土を連想するなどという深読みも許されようか。

そうした詮索ついでに、もう一つの「西」を示唆する大きな出来事が、白居易に訪れた。親友元稹の越州刺史着任である。

## 鏡湖を羨まず

白居易が元稹と出会ったのは貞元十九年（八〇三）、官吏任用のために設けられた吏部《りぶ》の試験に二人が合格し、ともに校書郎に任じられたことによる。このとき白居易は三十二歳、元稹は二十五歳、それから二人とも出世と左遷を経験しながら友情は変わることなく、地を隔てても多くの詩を交わした。

白居易が左遷によって流された江州《こうしゅう》司馬から忠州《ちゅうしゅう》刺史に転任し、さらに許されて長安に帰ってきたのが元和十五年（八二〇）、その前年、元稹も同じく左遷の身から朝廷に戻り、官途への復帰を順調に進めていた。だが、前に触れたように、元稹は朝廷内の抗争のために長慶二年六月、宰相の位をわずか四か月で罷免され、同州刺史として左遷されることになる。白居易よりひと足先に長安に戻り、ひと足先に去っていった。

誰かが計らったのか、あるいは天の恵みなのか、長慶三年の冬、杭州から銭塘江を挟んで東に位置する越州（浙江省紹興市）に、元稹が越州刺史・浙東観察使として転任する。まさに隣同士の知事となった二人の喜びはいかばかりか、言わずとも詩が語る。「元微之除浙東観察使喜得杭越隣州先贈長句（元微之《げんびし》浙東観察使《せっとうかんさつし》に除《じょ》せられ杭越《こうえつ》の隣州《りんしゅう》を得《え》たるを喜《よろこ》び先《さき》に長句《ちょうく》を贈《おく》る）」（巻五三）。

稽山鏡水歓遊地　犀帯金章栄貴身
官職比君雖校小　封疆与我且為隣
郡楼対翫千峰月　江界平分両岸春
杭越風光詩酒主　相看更合是何人

稽山鏡水《けいざんきょうすい》は歓遊《かんゆう》の地《ち》、犀帯金章《さいたいきんしょう》は栄貴《えいき》の身《み》。官職《かんしょく》は君《きみ》に比《ひ》すれば校小《やしょう》なりと雖《いえど》も、封疆《ほうきょう》は我《われ》と且《まさ》に隣為《りんた》り。郡楼《ぐんろう》 対《むか》いて翫《もてあそ》ぶ 千峰《せんぽう》の月《つき》、江界《こうかい》 平《たい》らかに分《わ》かつ 両岸《りょうがん》の春《はる》。杭越《こうえつ》の風《ふう》光《こう》 詩酒《ししゅ》の主《あるじ》、相《あ》い看《み》て更《さら》に合《まさ》に是《こ》れ何人《なにびと》なるべきか。

微之は、元稹の字《あざな》。稽山は、会稽山、鏡水は、李白の詩にもうたわれた鏡湖。犀帯は、犀の角の留め具を備えた帯、金章は、金印、どちらも高官の位を示す。校は、較に同じ、封疆は、行政区域、郡楼は、役所の楼閣、江界は、江による境界。

会稽山と鏡湖は行楽の地、犀帯と金印は高位の身分。かような君に比して私の官職は少し低いけれども、治める区域は隣り合わせ。互いの役所の高楼から山々にかかる月をともに賞《め》でれば、銭塘江が両岸の春を等しく分かつ。この杭州と越州の風光と詩と酒をつかさどる者こそ、我ら二人でなくて誰だというのか。

白居易の喜びは喜びとして、注意を引くのは「鏡水」すなわち鏡湖である。後漢の永和五年（一四〇）、会稽太守の馮臻《ふうしん》が堤防を築いて灌漑用の湖としたもの、もとは南湖、あるいは東湖と呼ばれていたが、王羲之《おうぎし》の句に「山陰路上行、如在鏡中遊（山陰路上《さんいんろじょう》を行《ゆ》くは、鏡中《きょうちゅう》に在《あ》りて遊《あそ》ぶが如《ごと》し）」とあるのによって鏡湖の名が生まれたとされる（呉曾『能改斎漫録』巻九）。詩客を誘う風光の地としても西湖よりはるかに先輩、越州と聞いて白居易がまず会稽山と鏡湖を挙げたのも当然であった。実際、二人が杭越の間で交わした詩にも、鏡湖はしばしば登場する。元稹「寄楽天（楽天《らくてん》に寄《よ》す）」およびそれに応じた「答微之見寄（微之《びし》の寄《よ》せらるるに答《こた》う）」、ともに七言律詩の前半をそれぞれ見よう。

莫嗟虚老海壖西　天下風光数会稽
霊汜橋前百里鏡　石帆山崦五雲渓

嗟《なげ》く莫《なか》れ 虚《むな》しく海壖《かいぜん》の西《にし》に老《お》ゆるを、天下《てんか》の風光《ふうこう》 会稽《かいけい》を数《かぞ》う。霊汜橋前《れいしきょうぜん》 百里鏡《ひゃくりきょう》、石帆《せきはん》山崦五《さんえんご》雲渓《うんけい》。

可憐風景浙東西　先数餘杭次会稽
禹廟未勝天竺寺　銭湖不羨若耶渓

憐《あわれ》む可《べ》き風景《ふうけい》 浙《せつ》の東西《とうざい》、先《さき》に餘杭《よこう》を数《かぞ》え会稽《かいけい》を次《つぎ》にす。禹廟《うびょう》は未《いま》だ天竺寺《てんじくじ》に勝《まさ》らず、銭《せん》湖《こ》は若耶渓《じゃくやけい》を羨《うらや》まず。

同じ韻字を同じ順番で用いる次韻の詩を彼らは多く応酬した。海壖は、海辺。霊汜橋・石帆山・五雲渓、いずれも越州の景勝地。崦は、山と同義。

海辺の西で老いるのを嘆くことはない、天下の景勝は会稽が指折り。霊汜橋に鏡湖、石帆山に五雲渓。そう自慢する元稹に、白居易はこう返す。

心ひかれる風光は浙江の東西にあるが、まず杭州が筆頭で会稽はその次。禹廟は天竺寺にかなわないし、銭塘湖は若耶渓を羨むこともない。

禹廟は、禹穴、また禹陵とも呼ばれる禹の墓所。会稽山にある。天竺寺は、杭州霊隠山にある名刹。霊隠寺と隣り合わせである。
　気心の知れた友人同士ならではの他愛もないやりとりではあるけれども、ここで「銭湖」とされる西湖が若耶渓と対比されているのは目を引く。白居易が杭州刺史になる以前、西湖は詩に取り上げられるような名所ではなかった。古く西施の逸話をもつ若耶渓にしてみれば、羨まずと言われたところで片腹痛いことこの上ないといったところだろうが、白居易は西湖にほれこんでいるから、自信満々である。鏡湖にも当然ながら匹敵すると思っている。五言排律「早春西湖閑遊、悵然興懐、憶与微之同賞、因思在越官重事殷、鏡湖之遊、或恐未暇、偶成十八韻寄微之（早春西湖《そうしゅんせいこ》に閑遊《かんゆう》し、悵然《ちょうぜん》として懐《おも》いを興《おこ》し、微之《びし》と同《とも》に賞《しょう》せんことを憶《おも》い、因《よ》りて思《おも》うに越《えつ》に在《あ》りては官重《かんおも》く事殷《ことおお》く、鏡湖《きょうこ》の遊《ゆう》、或《ある》いは恐《おそ》らくは未《いま》だ暇《いとま》あらざらん、偶《たま》たま十八韻《じゅうはちいん》に成《な》りて微之《びし》に寄《よ》す）」（巻五三）などはその好例であろう。いささか長い詩題の大意を示せば、早春の西湖での行楽のさいに、元稹と一緒に楽しめないことが惜しまれ、それにつけても越州は仕事が忙しく、こんなふうに鏡湖で遊ぶわけにはいかんのだろうなあと詩を作って十八韻になったのを送る、というところ。詩題からして親友ならではのからかいを含み、詩もまた諧謔で結ばれる。三十六句はさすがに長いので、最後の四句を示しておこう。

百吏瞻相面　千夫捧擁身
自然閑興少　応負鏡湖春

百吏《ひやくり》瞻《み》て面《おもて》を相《そう》し、千夫《せんぷ》捧《ささ》げて身《み》を擁《よう》す。自然《しぜん》閑興少《かんきようすくな》く、応《まさ》に鏡湖《きようこ》の春《はる》に負《そむ》くべし。

胥吏《しより》たちは君を仰ぎ見て立ち並び、武夫たちは身をもって君を護衛する。そんなことでは自ずと面白みも少ないはず、鏡湖の春にそむいてしまうね。

あに図らんや、この詩が越州に届いた時、元稹はちょうど鏡湖の南亭で宴を催していたところ、そこで目前の風物を詠じ入れて律義に十八韻を同じく踏んで返答したのであったが、いまは省略する。

このように、白居易と元稹にとって、西湖と鏡湖は常に競い合うライバルであって、しかもその関係は新興の西湖の側から仕掛けられた。元稹の越州赴任以前から白居易が西湖を愛でていたことはこれまで見てきた通りだが、しかし隣郡の知事に親友が任じられるという幸運、最も望ましい自慢相手が得られたという幸運を無視することはできない。鏡湖にも匹敵する湖として西湖を持ち上げることに、白居易は喜びを見いだしていたのではないだろうか。そしてそれもまた友情の証《あかし》であったのではないか。

元稹は白居易への詩の中で杭州を「西州」とし（「重誇州宅旦暮景色兼酬前篇末句（重《かさ》ねて州宅《しゆうたく》の旦暮《たんぼ》の景色《けいしよく》を誇《ほこ》り兼《か》ねて前篇末句《ぜんぺんまつく》に酬《むく》ゆ）」）、白居易もまた返答の詩（「微之重誇州居、其落句有西州羅刹之誚、因嘲茲石聊以寄懐（微之《びし》重《かさ》ねて州居《しゆうきよ》を誇《ほこ》り、其《そ》の落句《らつく》に西州羅刹《せいしゆうらせつ》の誚《ぎやく》有《あ》り、因《よ》りて茲《こ》の石《いし》を嘲《あざけ》りて聊《いささ》か以《もっ》て懐《おもい》を寄《よ》す）」（巻五三）で「西州」を用いているが、一般的な呼称というよりも、二人が銭塘江を挟んで東西にあることを互いに確認するために使われたものであったように思われる。元稹が越州への赴任途上に杭州に立ち寄り、白居易が別れを惜しんで宴を開いた時の詩「席上答微之（席上《せきじょう》にて微之《びし》に答《こた》う）」。

我住浙江西　君去浙江東
勿言一水隔　便与千里同
富貴無人勧君酒　今宵為我尽杯中

我《われ》は住《す》む　浙江《せっこう》の西《にし》、君《きみ》は去《さ》る　浙江《せっこう》の東《ひがし》。言《い》う勿《なか》れ　一水隔《いっすいへだ》つれば、便《すなわ》ち千里《せんり》に同《おな》じと。
富貴《ふうき》にては人《ひと》の君《きみ》に酒《さけ》を勧《すす》むる無《な》からん、今宵《こよい》　我《わ》が為《ため》に杯中《はいちゅう》を尽《つく》せ。

「西湖」の西はただ州城の西というだけでなく、浙江の西という含意もあるやもしれず、あるいは鏡湖を意識してのものかもしれない。もしそうならそれは親友が越州にいることによってもたらされた感覚であろう。もとより、白居易が初めて銭塘湖を西湖と称したのは元稹の来浙以前ではあるけれども、そうした含意や感覚が後付けではあるにせよ西湖という呼称の支えになった可能性に、ひとまず言い及んでおきたい。公には去る時も銭塘湖であったが、心には西湖がふさわしかったのである。

## 恋うるに堪う

白居易は詩人として西湖の美を発見しただけでなく、知事としてその治水にも力を注いだ。堤防を高くして貯水量を増やし、水門を整備して灌漑に便ならしめた。先に挙げた「銭塘湖石記」には具体的な方法が記され、離任の詩、「別州民（州民《しゅうみん》に別《わか》る）」（巻五三）にも、知事としての第一の功績は湖の治水であったと述べられる。

耆老遮帰路　壺漿満別筵
甘棠無一樹　那得涙潸然
税重多貧戸　農飢足旱田
唯留一湖水　与汝救凶年

耆老《きろう》 帰路《きろ》を遮《さえぎ》り、壺漿《こしょう》 別筵《べつえん》に満《み》つ。甘棠《かんとう》 一樹《いちじゅ》無《な》く、那《なん》ぞ涙《なみだ》の潸然《さんぜん》たるを得《え》んや。税《ぜい》は重《おも》く貧戸《ひんこ》多《おお》く、農《のう》は飢《う》えて旱田《かんでん》足《おお》し。唯《た》だ一湖水《いちこすい》を留《とど》め、汝《なんじ》の与《ため》に凶年《きょうねん》を救《すく》いしのみ。

耆老は、老人、壺漿は、甕《かめ》に入った酒、別筵は、別れの宴。甘棠は、善政を布いた周の召公を慕って、その下で民の声を聴いたという甘棠の木を守ったという故事にもとづく（『詩』召南「甘棠」）。潸然は、涙の流れるさま。

老人はわが離任の道をさえぎり、別れの宴に酒がふるまわれる。善政をしたわけでもない、涙など流すに及ばない。税は重く貧民は多く、農民は飢えて田も日照りに見舞われる。私にできたのは湖水をせきとめて、おまえたちを凶年から救えるようにしただけだ。

最後の句には、「今春増築銭塘湖堤貯水以防天旱故云（今春銭塘湖《こんしゅんせんとうこ》堤《てい》を増築《ぞうちく》して貯水《ちょすい》し以《もっ》て天旱《てんかん》を防《ふせ》ぐ故《ゆえ》に云《い》う）」と自注がある。蜀の西湖にせよ、越の鏡湖にせよ、湖は治水灌漑と密接に結びついている。恵みの水として整備されてこそ、その美しさを堪能することができる。その意味でも、白居易は西湖を美しく育て上げた。彼において、治水と風雅は連続しているし、それこそが文人官僚としての真骨頂であった。わずか二年に満たない期間とは言え、中央での派閥争いなどに巻きこまれるよりよほどすぐれた治績を杭州で挙げたことに、満ち足りた思いのなかったはずがない。

手をかけて愛でた湖は、彼の心を牽《ひ》き繋《つな》ぐ。

湖上春来似画図　乱峰囲繞水平鋪
松排山面千重翠　月点波心一顆珠
碧毯線頭抽早稲　青羅裙帯展新蒲

未能抛得杭州去　一半勾留是此湖

湖上《こじょう》に春来《はるきた》りて画図《がと》に似《に》たり、乱峰囲繞《らんぽういじょう》して水《みず》は平《たい》らかに鋪《し》く。松《まつ》は山面《さんめん》に排《なら》びて千重《せんちょう》の翠《みどり》、月《つき》は波心《はしん》に点《てん》じて一顆《いっか》の珠《たま》。碧毯《へきたん》の線頭《せんとう》 早稲《そうとう》を抽《ひ》き、青羅《せいら》の裙帯《くんたい》 新蒲《しんぽ》を展《の》ぶ。未《いま》だ杭州《こうしゅう》を抛《なげう》ち得《え》て去《さ》る能《あた》わず、一半勾留《いっぱんこうりゅう》するは是《こ》れ此《こ》の湖《みずうみ》。

「春題湖上（春《はる》に湖上《こじょう》に題《だい》す）」（巻五三）、長慶四年（八二四）、杭州と別れの春の詩。まるで絵のような西湖の春景色、山々は静かな水面を取り囲む。山の松は翠《みどり》を重ね、湖面に映る月は真珠。碧《みどり》の絨毯の細い毛の先のように早稲がすっと出て、青い薄絹のスカートの帯のように水辺の草が広がっていく。杭州を去る決心がいまだにつかない、その半ばはこの湖が引き留めるからなのだ。

「青羅裙帯」の句、一年前に書かれた七言律詩「杭州春望（杭州《こうしゅう》にて春《はる》に望《のぞ》む）」の結びに「誰開湖寺西南路、草緑裙腰一道斜（誰《たれ》か湖寺《こじ》西南《せいなん》の路《みち》を開《ひら》く、草緑《くさみどり》にして裙腰一道斜《くんよういちどうなな》めなり）」とあったことを想起させる。その句の自注には「孤山寺在湖洲中、草緑時望如裙腰（孤山寺《こざんじ》は湖《みずうみ》の洲《しゅう》中《ちゅう》に在《あ》り、草緑《くさみどり》なる時《とき》の望《なが》めは裙腰《くんよう》の如《ごと》し）」とあり、新緑の嫩《わか》さを柔らかな舞姫のスカートに喩えたのだが、この「青羅裙帯」もそれと同じ発想、さらに真珠もあり、絨毯もあるとなれば、一場の歌舞がそこに重ねられるのも自然に思える。

「西湖留別（西湖《せいこ》に留別《りゅうべつ》す）」（巻五三）はそうした詩であろう。

征途行色惨風煙　祖帳離声咽管絃
翠黛不須留五馬　皇恩只許住三年
緑藤陰下鋪歌席　紅藕花中泊妓船
処処迴頭尽堪恋　就中難別是湖辺

征途《せいと》の行色《こうしょく》 風煙《ふうえん》惨《さん》たり、祖帳《そちょう》の離声《りせい》 管絃《かんげん》咽《むせ》ぶ。翠黛《すいたい》 須《もち》いず 五馬《ごば》を留《とど》むるを、皇恩《こうおん》 只《た》だ許《ゆる》す三年《さんねん》住《じゅう》するを。緑藤《りょくとう》の陰《かげ》の下《もと》 歌席《かせき》を鋪《し》き、紅藕《こうぐう》の花《はな》の中《うち》 妓船《ぎせん》を泊《はく》す。処処《しょしょ》 頭《こうべ》を迴《めぐ》らせば尽《ことごと》く恋《こ》うるに堪《た》うも、就中《なかんずく》別《わか》れ難《がた》きは是《こ》れ湖辺《こへん》。

征途は、旅路、行色は、旅立ちのようす、祖帳は、送別の宴のとばり、翠黛は、女性の眉化粧、五馬は、知事の五頭立ての馬車、または知事。

都への旅路は悲しげな気配、旅立ちの歌も音楽も涙に咽ぶよう。歌姫よ、知事の馬車を引きとどめるには及ばない、天子が許されたのは三年の任期なのだ。緑の藤の下に歌席を設け、赤い蓮の花の間に妓女の舟を停めおく。どこであれ振り返ればすべて心牽《ひ》かれるものの、なかでも別れ難いのは湖のほとり。

まるで、西湖の化身が歌姫となって白居易を引き留めているような幻影すら浮かぶ別れの宴である。白居易が杭州で妓女を抱え、日ごろから歌舞を賞したことはこの時期の多くの詩からうかがうことができ、玄宗が作ったとされる「霓裳羽衣曲《げいしょううきょく》」を演奏させたことも、白居易自身が詩にしている。後に蘇州刺史となった時の作「霓裳羽衣《げいしょううい》歌《か》」（巻五一）から該当箇所のみ引いておこう。

移領銭塘第二年　始有心情問糸竹
玲瓏箜篌謝好箏　陳寵觱篥沈平笙
清弦脆管纖纖手　教得霓裳一曲成
虚白亭前湖水畔　前後祇応三度按

移《うつ》りて銭塘《せんとう》を領《りょう》して第二年《だいにねん》、始《はじ》めて心情有《しんじょうあ》りて糸竹《しちく》を問《と》う。玲瓏《れいろう》の箜篌《くご》 謝好《しゃこう》の箏《そう》、陳寵《ちんちょう》の觱篥《ひちりき》 沈平《しんへい》の笙《しょう》。清弦《せいげん》 脆管《ぜいかん》 纖纖《せんせん》たる手《て》、霓裳一曲《げいしょういっきょく》を教《おし》え得《え》て成《な》る。虚白亭《きょはくてい》の前《まえ》 湖水《こすい》の畔《ほとり》、前後祇《ぜんごた》だ応《おう》ず 三度《さんど》の按《あん》。

糸竹は、管絃、つまり音楽のこと。玲瓏・謝好・陳寵・沈平は、いずれも杭州の妓女（玲瓏は、商玲瓏）。霓裳羽衣の演奏は杭州在任中三たびあったことがわかる。西湖の遊びはしばしば管絃を従えた。

こうしてみると、蘇軾が西湖を西施に喩えたのは、あながち奇抜な発想でもない。すべては白居易によってお膳立てされていたとも言える。

もしかすると、いまの私たちは、自然を自然として賞することをよしとして、歌舞音曲が加わることをためらう気持ちがあるかもしれない。けれども白居易はそうではないし、蘇軾もそうではない。この章の冒頭に掲げた「飲湖上」が書かれてから十八年後、杭州知事時代の蘇軾には次のような詩もある。

春入西湖到処花　裙腰芳草抱山斜
盈盈解佩臨煙浦　脈脈当壚傍酒家

春《はる》は西湖《せいこ》に入《い》りて到《いた》る処花《ところはな》、裙腰《くんよう》芳草《ほうそう》山《やま》を抱《いだ》いて斜《なな》めなり。盈盈《えいえい》として佩《はい》を解《と》いて煙浦《えんぽ》に臨《のぞ》み、脈脈《みやくみやく》として壚《いろり》に当《あ》たりて酒家《しゆか》に傍《そ》う。

「再和楊公済梅花十絶（再《ふたた》び楊公済《ようこうさい》の梅花十絶《ばいかじゆうぜつ》に和《わ》す）」の其《その》五。盈盈は、しなやかなさま、解佩は、かつて漢江のほとりで男が二人の仙女から佩玉を得たもののすぐに消えてしまったという逸話にもとづく。脈脈は、じっと見つめるさま、当壚は、蜀の美女卓文君《たくぶんくん》が酒場で酒の燗《かん》をつけていたという故事にもとづく。

西湖に春が訪れてどこもかしこも花、緑のスカートが山を包む。しなやかな娘は霞がかった岸辺で男に贈り物を、酒店では美女がじっと見つめながら暖かい酒を。

後半の婀娜《あだ》めく美女は、前半に導かれて現れた春の西湖の化身。「裙腰」の語に明らかなように、蘇軾は白居易の西湖への偏愛をそのままに受け継いだのである。

士大夫としての境遇についても、蘇軾は自らを白居易になぞらえていた。

出処依稀似楽天　敢将衰朽較前賢
便従洛社休官去　猶有閑居二十年

出処《しゅっしょ》は依稀《いき》として楽天《らくてん》に似《に》たり、敢《あ》えて衰朽《すいきゅう》を将《もっ》て前賢《ぜんけん》に較《くら》べん。便《すなわ》ち洛社《らくしゃ》に従《したが》いて官《かん》を休《や》めて去《さ》れば、猶閑居二十年有《なおかんきょにじゅうねんあ》り。


「予去杭十六年而復来留二年而去、平生自覚出処老少粗似楽天、雖才名相遠而安分寡求亦庶幾焉、三月六日来別南北山諸道人而下天竺恵浄師以醜石贈行、作三絶句（予《よ》 杭《こう》を去《さ》りて十六年《じゅうろくねん》にして復《ま》た来《きた》りて留《とど》まること二年《にねん》にして去《さ》る、平生自《へいぜいみずか》ら覚《おぼ》ゆ　出処老少《しゅっしょろうしょう》　粗《ほ》ぼ楽天《らくてん》に似《に》たり、才名《さいめい》は相《あ》い遠《とお》しと雖《いえど》も分《ぶん》に安《やす》んじ求《もと》むること寡《すくな》きは亦《ま》た庶幾《ちか》し、三月六日《さんがつむいか》　南北山《なんぼくざん》の諸道人《しょどうじん》と来別《らいべつ》するに下天竺《げてんじく》の恵浄《えじょう》師《し》　醜石《しゅうせき》を以《もっ》て行《こう》を贈《おく》る、三絶句《さんぜっく》を作《つく》る）」の其《その》二。

蘇軾が通判《つうはん》（副知事）として杭州に来たのは熙寧《きねい》四年（一〇七一）十一月、時に三十六歳、それから熙寧七年に密州《みつしゅう》（山東省諸城市）の知事に転任するまで、足かけ三年を過ごし、その後、黄州《こうしゅう》（湖北省黄岡市）に流され、許されて朝廷に戻り、中書舎人、翰林学士に任ぜられた後、元《げん》祐《ゆう》四年（一〇八九）に知杭州軍州事、すなわち杭州知事として再びやってきた。十六年ぶりと詩題に言うとおりである。しかし知事の任期は短く、白居易と同じく二年に満たずに杭州を去ることになる。官途の浮沈が白楽天に似ているのは、ただ偶然ではなく、その処世態度が似ているからなのだろうと暗に蘇軾は言う。そして、いっそ白居易が晩年洛陽に隠居したことにも倣うことができるのなら、二十年の閑居が得られるはずだと結ぶ（白居易の洛陽閑居については「洛陽」の章を参照されたい）。

そもそも蘇軾の号である東坡からして、白居易の詩にもとづくと古くから指摘される。元和十四年（八一九）、左遷の罪をやや減じられて刺史として忠州（四川省忠県）にやってきた白居易は、城東の堤に花樹を植えて慰めとした。植えた時の詩に「東坡種花（東坡《とうば》に花《はな》を種《う》う）」二首（巻一一）があり、忠州を去る時の詩に「別種東坡花樹両絶（東坡《とうば》に種《う》えし花《か》樹《じゅ》に別《わか》る両絶《りょうぜつ》）」二首（巻一八）がある。他に「朝上東坡歩、夕上東坡歩。東坡何所愛、愛此新成樹（朝《あした》に東坡《とうば》に上《のぼ》りて歩《あゆ》み、夕《ゆうべ》に東坡《とうば》に上《のぼ》りて歩《あゆ》む。東坡《とうば》 何《なん》の愛《あい》する所《ところ》ぞ、此《こ》の新《あら》たに成《な》りし樹《き》を愛《あい》す）」と始まる「歩東坡（東坡《とうば》を歩《あゆ》む）」（巻一一）があり、さらに朝廷に復帰してから東坡の花樹を思い出して詠じた詩「西省対花憶忠州東坡新花樹因寄題東楼（西省《せいしょう》にて花《はな》に対《たい》して忠州東坡《ちゅうしゅうとうば》の新花《しんか》樹《じゅ》を憶《おも》い因《よ》りて題《だい》を東楼《とうろう》に寄《よ》す）」（巻一九）もある。

黄州に左遷され窮乏していた蘇軾が数十畝の畑を恵まれた時、それを東坡と称したのは、本人の言明はないものの、たしかに白居易を意識してのことに違いない。そののち罪を許されて再び入朝したさいの詩「軾以去歳春夏侍立邇英、而秋冬之交子由相継入侍、次韻絶句四首、各述所懐（軾《しょく》 去歳春夏《きょさいしゅんか》を以《もっ》て邇英《じえい》に侍立《じりつ》し、秋冬《しゅうとう》の交《こう》 子由《しゆう》相《あ》い継《つ》いで入侍《にゅうじ》す、絶句《ぜっく》四首《ししゅ》に次韻《じいん》し、各《おの》おの懐《おも》う所《ところ》を述《の》ぶ）」其《その》四の句「定是香山老居士、世縁終浅道根深（定《さだ》めて是《こ》れ香山老居士《こうざんろうこじ》、世縁《せえん》は終《つい》に浅《あさ》きも道根《どうこん》は深《ふか》し）」（子由は、弟の蘇轍《そてつ》の字《あざな》、香山は、白居易晩年の号）の自注にも、白居易が江州司馬・忠州刺史から朝廷に戻って中書舎人となったことが、黄州左遷からの朝廷復帰を果たした自分に似るとすでに述べている。

白居易の後を追いかけるかのように、二度目の杭州着任を知事として実現した蘇軾が、白居易と同様に西湖の治水に励み、その風光を詩に詠い、あまつさえ南北に通じる堤をこしらえる姿には、傍から見ても嬉しくなるような無邪気さがある。西湖を領することは、蘇軾にとって大きな夢の実現であったのだろう。朝に夕に、晴れに雨に、喜悦はつきない。詩を読めば、私たちもその心をともにできる。

詩人であること、治政者であること。白居易や蘇軾にとって、どちらかを欠いた人生はあり得なかった。だが二つながら理想がかなえられる機会は、それほどあるわけでもない。彼らによって美と用をそなえた西湖は、その理想をいまに伝えて、人々に愛され続けている。

# その六◉廬山

盧山《ろざん》は、長江の中流域、九江市の南側に位置し、東南はいまの鄱陽湖《はよう》に臨む連山である。その名は『史記』河渠書《かきよ》に「太史公曰、余南登盧山、観禹疏九江（太史公《たいしこういわ》曰く、余《よ》南《みなみ》して盧山《ろざん》に登《のぼ》り、禹《う》の九江《きゆうこう》を疏《そ》せしを観《み》る）」とあるのが古い。なぜ盧山と称するのかについては諸説あり、この地を流れる盧江によるとするもの、匡俗《きようぞく》という隠者が山上に盧《いおり》をかまえたからだとするもの、さらにその名が匡裕であったり匡続であったり（前者は字体の類似、後者は同音）、殷から周にかけて山下に潜居したとか（伯夷《はくい》・叔斉《しゆくせい》の連想か）、漢の初めに越盧君として封《ほう》じられたとか（正史には見えない）、兄弟が七人いて道術を好んだとか（竹林の七賢からか）、それぞれ吟味し始めたらきりがないほどだが、伝承の多くは魏晋以降に作られたものかと思われる。

東晋の干宝《かんぽう》が編んだ『捜神記《そうじんき》』には、盧山の神、すなわち盧君にまつわる話が二つ収められる。一つは、こんな話だ。

呉郡（江蘇省）太守であった張璞《ちようはく》が都に帰る途中、盧山に立ち寄った。娘が山の神をまつる廟を見に行ったところ、下女が神像を指さして「お嬢さんのお婿さんにしましょう」とふざけて言った。その夜、璞の妻の夢に盧君があらわれて婚約の品を差し出し、息子を婿にしてくれた礼だと述べた。目覚めた妻がいぶかしんでいると、下女が事情を話し、そこであわてて出発することにした。ところが舟が川の中ほどまで来ると、前に進まない。持ち物を川に投げ入れても効果はない。だれかが「お嬢さんを投げこめ」と言うと、舟が動いた。「お嬢さんのために一門を滅ぼす気ですか」と詰め寄られ、璞は、自分は見ていられないと屋形の上で横になり、妻に押しつけた。妻が、自分たちの娘ではなく、璞の亡兄の娘を水上に置いたむしろに座らせると、ようやく舟は進んだが、そのことに気づいた璞は、世間に合わせる顔がないと怒り、娘を川に投げ入れた。川を渡り終わると、はるか下流に二人の娘がいて、岸には役人が一人立ち、「わたしは廬君の主簿（秘書）です。廬君からあなたに、鬼神は人と婚姻を結ぶものではないと承知し、またあなたが義を重んじる方であることに敬服し、ゆえに二人の娘をともども還します、とのご挨拶です」と言った。のちに娘に聞いたところ、「立派な屋敷と役人を見ただけで、水中にいるとは思わなかった」ということだった。

小心で体面を重んじる張璞なる人物の行動にはどうもすっきりしないところがのこるけれども、その設定ゆえに、二人の娘が神に捧げられ、しかもそれによって娘が帰ってきたというストーリーが成立する。前章でも触れたように、「二女」は神話や伝承における重要なモチーフで、ここにもそれが投影されているだろう。廬君、すなわち廬山の神のすみかが水中にあったらしいというのも興味を引く。なお、右に「川」としたところは原文では「流」「水」なのだが、廬山の東に広がっていた彭蠡《ほうれい》湖が長江へと続くあたりと考えれば幅はかなり広いはずで、「川」としないほうがよいかもしれない。

もう一つは、ごく短い話。
建康の小吏で曹著《そうちょ》という者が、廬山の使者に迎えられて、娘の婉《えん》と結婚させられた。著は身も心も安んぜず、しばしば帰りたいと求めた。婉はさめざめと涙を流し、詩を作って別れを述べ、あやぎぬの着物を贈った。

曹著の姿をどこかで見て気に入った婉が廬君にねだって連れてきてもらったのか、こちらは逆に男が神の娘の婿になるわけだが、別れの涙や贈り物も含め、前の話とうまく組み合わせれば浦島説話の骨格くらいはできそうだ（二）。

廬山は他の多くの名山と同様、神の山であった。奥深く、人ならざるものが棲む世界である。それが一変するのは東晋の太元《たいげん》年間（三七六〜三九六）のこと、名僧道安《どうあん》の弟子の慧永《えよう》（三三二〜四一四）が潯陽《じんよう》にやってくると、その地の長官であった陶範《とうはん》が山麓の屋敷を寄進して慧永の修行の場とした。陶範はかの陶淵明（三六五〜四二七）の従祖父にあたる。やがて同じく道安の弟子の慧遠《えおん》（三三四〜四一六）もここに来住、東林寺《とうりんじ》を建立するに至り、慧永の寺は西林《せいりん》と称された。慧永以前にも、慧永の師であった曇現《どんげん》がこの地を修行の場としていたが、多くの門人が集うようになったのは、慧遠が来てからである。白蓮社《びゃくれんしゃ》が開かれ、浄土教《じょうどきょう》が興り、廬山は仏道の聖地となった。

廬山を描く詩が書かれるようになるのも東晋以降のこと、慧遠の詩およびそれに唱和した三人の詩は、その早い例である。(二)つまり廬山において仏道と詩作はほぼ同時に始まっている。まずは、慧遠の作から見てみよう。「遊廬山（廬山《ろざん》に遊《あそ》ぶ）」、五言十四句。

崇岩吐清気　幽岫棲神跡
希声奏群籟　響出山溜滴
有客独冥遊　径然忘所適
揮手撫雲門　霊関安足闢
流心叩玄扃　感至理弗隔
孰是騰九霄　不奮沖天翮
妙同趣自均　一悟超三益

崇岩《すうがん》 清気《せいき》を吐《は》き、幽岫《ゆうしゅう》 神跡《しんせき》を棲《す》ましむ。希声《きせい》 群籟《ぐんらい》を奏《そう》し、響出《きょういで》て山溜《さんりゅう》滴《したた》る。客《きゃく》の独《ひと》り冥遊《めいゆう》する有《あ》り、径然《けいぜん》として適《ゆ》く所《ところ》を忘《わす》る。手《て》を揮《ふ》りて雲門《うんもん》を撫《ぶ》せば、霊関《れいかん》 安《いずく》んぞ闢《ひら》くに足《た》らん。流心《りゅうしん》 玄扃《げんけい》を叩《たた》き、感至《かんいた》れば理《り》は隔《へだ》たらず。孰《たれ》か是《こ》れ九霄《きゅうしょう》に騰《のぼ》りて、天《てん》に沖《ちゅう》する翮《はね》を奮《ふる》わざる。妙《みょう》 同《どう》ずれば趣《しゅ》は自《おのずか》ら均《ひと》し、一悟《いちご》 三益《さんえき》を超《こ》ゆ。

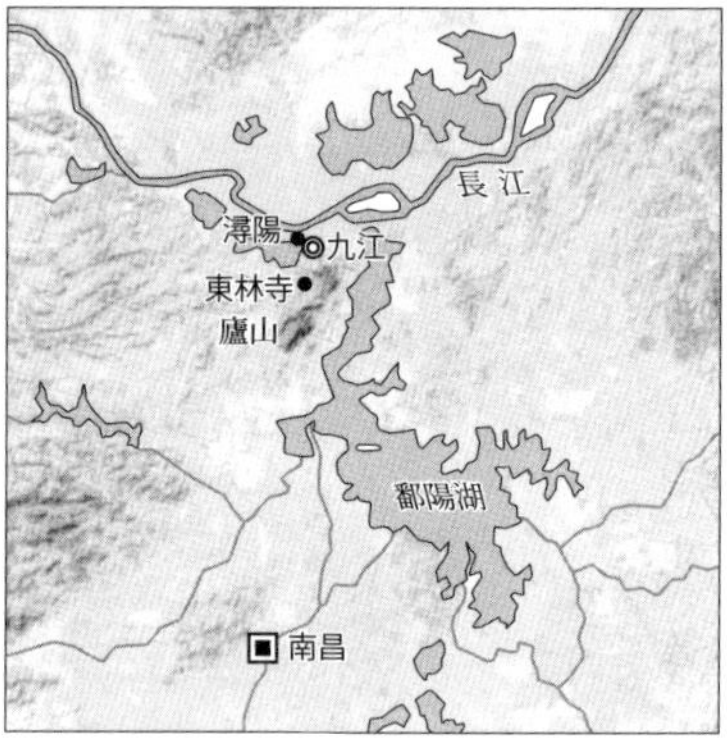


崇岩は、高い岩山、幽岫は、奥深い岩穴。希声は、『老子』四一章「大音希声（大音《だいおん》声《こえ》希《まれ》なり）」に由来し、玄妙ゆえに耳には聞こえないような音、山溜は、沢の細い流れ。いかにも深山幽谷にふさわしい描写で始まるが、山中に遊ぶ「客」が登場すると、そこは悟りを啓くための空間となる。

径然は、まっすぐ進むさま、雲門・霊関・玄扃は、一連の語としてとらえるのがよい（「扃」はかんぬき、または門）。それは心の門と関であり、修行の場である山寺の門と関でもあろう。それを「安足闢」とするのは、こじあけようとしなくても自然と開くということ。悟りを求めて心の門を叩けば、必ず道は得られる。九霄は九天、天の高いところ。ここの二句は、廬山に登れば天かける翼を誰もが振るうはず、という意にもなる。山に登るという身体的な行為が精神的な高みの隠喩として機能する。

最後の二句は、慧遠を訪れた知友への呼びかけ。三益は、『論語』季氏の「益者三友」にもとづき、そんなものよりも「一悟」で心は一つになる、と結ぶ。

唱和した詩の一つ、劉遺民《りゅういみん》（三五二～四一〇）の作も、やはり廬山を悟りの空間として描く。全十六句から中間の六句を引こう。

冥冥玄谷裏　響集自可聞
文峰無曠秀　交嶺有通雲
悟深婉沖思　在要開冥欣

冥冥《めいめい》たり玄谷《げんこく》の裏《うち》、響《ひびき》集《あつ》まりて自《おのずか》ら聞《き》く可《べ》し。文峰《ぶんぽう》秀《しゅう》を曠《むな》しくする無《な》く、交嶺《こうれい》雲《くも》の通《つう》ずる有《あ》り。悟《さと》り深《ふか》く婉《えん》として思《おもい》を沖《むな》しくするは、冥《めい》を開《ひら》く欣《よろこび》を要《もと》むるに在《あ》り。

昼なお暗い谷に万物の響きを聞く。峰々はすぐれた造形をそこかしこに見せ、山々は天にとどく雲をたなびかせる。悟りが深まってゆったりと虚心にいたるのは、迷妄の闇を開く歓びを得るのである。

あるいは、同じく張野《ちょうや》（三五〇～四一八）の唱和詩十二句から、中間の六句。

朅来越重垠　一挙抜塵染
遼朗中天盼　迥豁遐瞻慊
乗此攄瑩心　可以忘遺玷

朅来《けつらい》して重垠《ちょうぎん》を越《こ》え、一挙《いっきょ》塵染《じんせん》を抜《ぬ》く。遼朗《りょうろう》として中天《ちゅうてん》に盼《み》れば、迥豁《けいかつ》として遐瞻《かせん》慊《た》る。

此《これ》に乗《じょう》じて瑩心《えいしん》を攄《の》べ、以《もっ》て遺玷《いてん》を忘《わす》る可《べ》し。

竭来は、往来の意、ただしここでは「来」に重点がある。廬山に来て重なる峰を越え（「垠」は、山崖）、俗塵から高く抜け出た。高い空から見渡せば、はるか遠くまで眺めは果てしない。迥豁は、はるかなさま、遐瞻は、遠望。これに乗じて心を澄ませ、この身の汚点も忘れてしまおう。遺玷は、直訳すれば遺された欠点ということだけれども、ふだんはなかなか振り払えない雑念ということかもしれない。

山に登るという身体的な行為、それによってもたらされる眺望を含めた感覚が、精神の変化をもたらすものとして表されている。もちろん、精神の変化が身体の感覚として示されていると言い換えてもよい。

いささか抽象的なこれらの詩に比べて、王喬之《おうきょうし》（生卒不明）の唱和詩は、のちの山水詩に通じる描写を含む。全二十句のうち、後半の十句を引こう。

長河濯茂楚　険雨列秋松
危歩臨絶冥　霊壑映万重
風泉調遠気　遥響多喈噰
遐麗既悠然　餘盼覿九江

事属天人界　常聞清吹空
長河《ちょうが》 茂楚《もそ》を濯《あら》い、険雨《けんう》 秋松《しゅうしょう》を列《つら》ぬ。危歩《きほ》 絶冥《ぜつめい》に臨《のぞ》み、霊壑《れいがく》 万重《ばんちょう》に映《えい》ず。風泉《ふうせん》 遠気《えんき》を調《ととの》え、遥響《ようきょう》 喈噰《かいよう》多《おお》し。遐麗《かれい》 既《すで》に悠然《ゆうぜん》、餘盼《よはん》 九江《きゅうこう》を覿《み》る。事《こと》は天人《てんじん》の界《かい》に属《ぞく》し、常《つね》に清《せい》吹《すい》の空《くう》を聞《き》く。

茂楚は、茂った灌木、危歩は、高いところを歩むこと。喈噰は、鳥のなごやかな鳴き声、遐麗は、うつくしい遠景、餘盼は、かなたの眺め。視界の開けた尾根道からの眺望が、快楽と高揚をともなって描かれる。これだけを取り出して読めば登山の詩だが、その前提として、この山が悟りの空間となっていることを忘れてはいけない。

名山にはすぐれた霊気があり、それを吐納することが神仙への道であるという古くからの通念を背景にしつつ、個々の身体感覚によって得られる精神の澄明さを記述することが、かれらにとっての悟りを共有する手だてとなっている。特別な空間であるからこそ得られる特別な体験。そこには、自身の身体も精神も、それが知覚する周囲の世界もすべて含まれる。それを表現するものとして、詩がある。

忘れられがちなことだが、詩の基本的な機能は、ことば一般と同じく、表現の共有にある。唱和や競作という習慣は、詩において付加的なものではなく、本質的なものだ。詩は、交わし合うものとして、詠じられる。そしてそれは、交わし合う場そのものを詠じる対象とすることで、時空を共有する表現となる。魏晋期の貴族社会で発達した宴席の詩が、それぞれの場のかけがえのなさを互いに確かめ合うようにして「風景」の詩を発達させたように、（三）仏道修行の場としての廬山は、身体と精神の特別な経験をもたらす場の描写をうながし、山水詩を生み出す空間となった。

深山幽谷を詩の舞台とすることについては、招隠詩というジャンルがすでにあった。その代表作、西晋の左思《さし》「招隠詩」（『文選《もんぜん》』巻二二）其一《その》は、全十六句から成る。

杖策招隠士　荒塗横古今
巌穴無結構　丘中有鳴琴
白雲停陰岡　丹葩曜陽林
石泉漱瓊瑶　繊鱗亦浮沈
非必糸与竹　山水有清音
何事待嘯歌　灌木自悲吟
秋菊兼餱糧　幽蘭間重襟
躊躇足力煩　聊欲投吾簪

策《つえ》を杖《つ》きて隠士《いんし》を招《たず》ぬれば、荒塗《こうと》　古今《ここん》に横《よこ》たわる。巌穴《がんけつ》に結構《けっこう》無《な》く、丘中《きゅうちゅう》に鳴琴《めいきん》有《あ》り。

白雲《はくうん》　陰岡《いんこう》に停《とど》まり、丹葩《たんは》　陽林《ようりん》を曜《てら》す。石泉《せきせん》　瓊瑤《けいよう》を漱《すす》ぎ、纖鱗《せんりん》も亦《ま》た浮沈《ふちん》す。糸《いと》と竹《たけ》を必《ひつ》するに非《あら》ず、山水《さんすい》に清音《せいおん》有《あ》り。何《なん》ぞ嘯歌《しょうか》を待《ま》つを事《こと》とせん、灌木《かんぼく》　自《おのずか》ら悲吟《ひぎん》す。秋菊《しゅうぎく》は糇糧《こうりょう》を兼《か》ね、幽蘭《ゆうらん》は重襟《ちょうきん》に間《まじ》わる。躊躇《ちゅうちょ》して足力《そくりょく》を煩《わずら》い、聊《いささ》か吾《わ》が簪《しん》を投《とう》ぜんと欲《ほっ》す。

結構は、家屋のこしらえ、丹葩は、赤い花。瓊瑤は、美玉、纖鱗は、小さな魚。隠者を訪ねてわけいった山中の情景が浮かぶ。糸と竹は、弦楽器と管楽器のこと。糇糧は、乾飯、重襟は、衣服の襟、躊躇は、歩き回るさま。簪は、冠を止めるかんざし、官位の象徴であるから、「投吾簪」というのは、官職を棄てることを言う。隠者を訪ねていって、自らも隠者になりたいと思った、ということだ。

慧遠たちの詩と比べてみると、山中の音への敏感さなどは共通するものの、視線の範囲は限定され、世界全体との一体感へとつながるような感覚を見いだすことは難しい。それは、同じく『文選』巻二二「招隠」の部に載せられる左思「招隠詩」其《その》二や陸機《りくき》「招隠詩」でも変わらない。山中の情景の虚実については問わないにしても、切り取られた空間はあくまでも整い、構図もはっきりしている。

慧遠たちの詩の特徴は、身体と精神を融合させようとする措辞にある。一般に、東晋期は、道家の観念的な議論を軸におく玄言詩が盛行したとされ、一見すると、慧遠たちの詩もそれに類するように思われる。たしかに、「理」「神」「物」などの抽象語彙は詩のかなめとなっているし、比喩表現も多く、意味をとるのに苦労するところも少なくない。しかしその詩には明らかに身体の感覚がそなわっていて、ただそれが身体の感覚のままに表されるのではなく、精神の隠喩によって表されているところに特徴がある。先に融合といい、いま隠喩といい、後でまた別のことばで言い換えるかもしれないのだが、表現を媒介として行われるそうした身体と精神の往還が、彼らにとって、山に登り、詩を書く、ということであったのではないか。

## 山水詩の誕生

山中の詩作を伝える例として、慧遠「廬山諸道人遊石門（廬山《ろざん》の諸道人《しょどうじん》と石門《せきもん》に遊《あそ》ぶ）」、およびそれに付せられた長い序がある。まず、序を適宜省略しながら読もう。詩が作られた状況がよくわかる。

最初は石門の説明。

石門在精舎南十餘里、一名障山、基連大嶺、体絶衆阜。

石門《せきもん》は精舎《せいしゃ》の南十餘里《みなみじゆうより》に在《あ》り、一《いっ》に名《な》は障山《しょうざん》、基《もとい》は大嶺《だいれい》に連《つら》なり、体《たい》は衆阜《しゅうふ》に絶《ぜっ》す。

石門は廬山中の高峰、障山とも呼ばれる。

此雖廬山之一隅、実斯地之奇観、皆伝之於旧俗、而未観者衆。

此《こ》れ廬山《ろざん》の一隅《いちぐう》、実《まこと》に斯《こ》の地《ち》の奇観《きかん》、皆《みな》之《これ》を旧俗《きゅうぞく》に伝《つた》うと雖《いえど》も、而《しか》るに未《いま》だ観《み》ざる者衆《ものおお》し。

名高いが、実際に見たことのある者は少ない。地勢が険しいためである。

釈法師以隆安四年仲春之月、因詠山水、遂杖錫而遊。于時交徒同趣三十餘人、咸払衣晨征、悵然増興。雖林壑幽邃、而開塗競進。雖乗危履石、並以所悦為安。既至則援木尋葛、歴険窮崖、猿臂相引、僅乃造極。

釈法師《しゃくほうし》隆安四年仲春《りゅうあんよねんちゅうしゅん》の月《つき》を以《もっ》て、山水《さんすい》を詠《えい》ずるに因《よ》り、遂《つい》に錫《しゃく》を杖《つ》いて遊《あそ》ぶ。時《とき》に交《こう》徒《と》趣《しゅ》を同《おな》じくするもの三十餘人《さんじゅうよにん》、咸《み》な衣《ころも》を払《はら》い晨《あした》に征《ゆ》き、悵然《ちょうぜん》として興《きょう》を増《ま》す。林壑幽《りんがくゆう》邃《すい》と雖《いえど》も、而《しか》るに塗《みち》を開《ひら》き競《きそ》いて進《すす》む。危《たかき》に乗《の》り石《いわ》を履《ふ》むと雖《いえど》も、並《なら》びに悦《よろこ》ぶ所《ところ》を以《もっ》て安《あん》と為《な》す。既《すで》に至《いた》れば則《すなわ》ち木《き》を援《ひ》きて葛《くず》を尋《もと》め、険《けん》を歴《へ》て崖《がけ》を窮《きわ》め、猿臂《えんぴ》のごとく相《あ》い引《ひ》きて、僅《わず》かに乃《すなわ》ち極《きょく》に造《いた》る。

隆安四年（四〇〇）の春、山水を詠じようと、慧遠は石門へと向かう。門徒三十人あまりが同行し、林も谷もものともせず、岩山を攀《よ》じ登り、木や蔓草につかまり、互いに手を引きながら、山頂へと至った。さながら体育会系集団登山とでも言うべきありさまで、隠者然とした雰囲気などさらさらない。

於是擁勝倚巌、詳観其下、始知七嶺之美、蘊奇於此。双闕対峙其前、重巌映帯其後、巒阜周廻以為障、崇巌四営而開宇。其中則有石台石池宮館之象。触類之形、致可楽也。清泉分流而合注、渌淵鏡浄於天池。

是《ここ》に於《おい》て勝《しょう》を擁《よう》し巌《いわお》に倚《よ》り、詳《あまね》く其《そ》の下《した》を観《み》れば、始《はじ》めて七嶺《しちれい》の美《び》、奇《き》を此《ここ》に蘊《あつ》むるを知《し》る。双闕《そうけつ》其《そ》の前《まえ》に対峙《たいじ》し、重巌《ちょうがん》其《そ》の後《あと》に映帯《えいたい》し、巒阜《らんぷ》周廻《しゅうかい》して以《もっ》て障《しょう》と為《な》し、崇巌《すうがん》四《よ》もに営《めぐ》りて宇《う》を開《ひら》く。其《そ》の中《なか》に則《すなわ》ち石台《せきだい》・石池《せきち》・宮館《きゅうかん》の象《しょう》有《あ》り。触類《しょくるい》の形《かたち》、楽《たの》しむ可《べ》きを致《いた》す也《なり》。清泉分流《せいせんぶんりゅう》して合注《がっちゅう》し、渌淵《りょくえん》天池《てんち》より鏡浄《きょうじょう》たり。

山頂からの眺めはまことにすばらしい。大門のように向かいあう峰があり、山々が周囲を取りまいた台地があり、清流も緑池もある。

文石発彩、煥若披面。檉松芳草、蔚然光目。其為神麗、亦已備矣。

文石《ぶんせき》彩《さい》を発《はっ》し、煥若《かんじゃく》として面《おもて》を披《ひら》く。檉松芳草《ていしょうほうしょう》、蔚然《うつぜん》として目《め》に光《ひか》る。其《そ》の神麗《しんれい》為《た》ること、亦《ま》た已《すで》に備《そな》われり。

かれらは明らかにこの山岳の美に感動し、楽しんでいる。

斯日也、衆情奔悦、矚覧無厭。遊観未久、而天気屢変。霄霧塵集、則万象隠形。流光迴照、則衆山倒影。開闔之際、状有霊焉、而不可測也。

斯《こ》の日《ひ》や、衆情奔悦《しゅうじょうほんえつ》し、矚覧《しょくらん》して厭《あ》くこと無《な》し。遊観《ゆうかん》すること未《いま》だ久《ひさ》しからずして、天《てん》気《き》屢《しば》しば変《へん》ず。霄霧塵集《しょうむじんしゅう》すれば、則《すなわ》ち万象《ばんしょう》形《かたち》を隠《かく》す。流光迴照《りゅうこうかいしょう》すれば、則《すなわ》ち衆山《しゅうざん》影《かげ》を倒《たお》す。開闔《かいこう》の際《さい》、状《かたち》に霊《れい》有《あ》るも、而《しか》も測《はか》る可《べ》からざる也《なり》。

霧が集まって山々が隠れたり、日の光がさっと差しこんで山の影が映ったり、瞬時にかわる山《さん》巓《てん》の眺めにもかれらは感動する。そうして造物の美を賞したあとで、なぜ自然の景物が人の心を動かすのかを省みる。「豈不以虚明朗其照、閑邃篤其情耶（豈《あ》に以《もっ》て虚明《きょめい》其《そ》の照《しょう》を朗《ひら》き、閑邃《かんすい》其《そ》の情《じょう》を篤《あつ》くせざらんや）」、どこまでも続く眺望が精神を開き、深山の幽邃さが情趣を豊かにする。なぜか。結局、事物と精神との往還にこそ要諦があることを見いだし、「其為神趣、豈山水而已哉（其《そ》の神趣《しんしゅ》為《た》る、豈《あ》に山水《さんすい》のみならんや）」と言い、「因此而推、形有巨細、智亦宜然（此《これ》に因《よ》りて推《お》せば、形《かたち》に巨細《きょさい》有《あ》るは、智《ち》も亦《ま》た宜《よろ》しく然《しか》るべし）」と述べるに至る。

この序には王羲之「蘭亭集序《らんていしゅうじょ》」（永和《えいわ》九年、三五三）に通じるところもあって論ずべきことも多いのだが、ひとまず詩に進むこととしよう。

超興非有本　理感興自生
忽聞石門遊　奇唱発幽情
褰裳思雲駕　望崖想曾城
馳歩乗長岩　不覚質自軽
矯首登霊闕　眇若凌太清
端坐運虚輪　転彼玄中経
神仙同物化　未若両倶冥

超興《ちょうこう》本《もと》有《あ》るに非《あら》ず、理《り》感《かん》ずれば興《きょう》自《おのずか》ら生《しょう》ず。忽《たちま》ち聞《き》く石門《せきもん》の遊《ゆう》、奇唱《きしょう》幽情《ゆうじょう》を発《はつ》す。裳《しょう》を褰《かか》げて雲駕《うんが》を思《おも》い、崖《がけ》を望《のぞ》んで曾城《そうじょう》を想《おも》う。歩《あゆみ》を馳《は》せて長岩《ちょうがん》に乗《の》れば、覚《おぼ》えず質《しつ》自《おのずか》ら軽《かる》し。首《こうべ》を矯《めぐ》らせて霊闕《れいけつ》に登《のぼ》り、眇《びょう》として太清《たいせい》を凌《しの》ぐが若《ごと》し。端坐《たんざ》して虚輪《こりん》を運《めぐ》らし、彼《か》の玄中《げんちゅう》の経《けい》を転《てん》ず。神仙《しんせん》は物化《ぶっか》に同《おな》じ、未《いま》だ両《ふた》つながら倶《とも》に冥《めい》とするに若《し》かず。

興は理が心に作用して生じる。つまり造物の理をそなえた山水に人心が呼応することこそ、理の発露である。しかもただ景物を眺めるだけではなく、険しい山に登るという身体の動きをともなうことで、より深く実現される。曾城は、西方の仙山、質は、肉体、太清は、天空。虚輪は、大いなる仏法、玄中の経は、玄妙な論、物化は、万物の変化、老荘思想の鍵概念である。最後の聯は、神仙も老荘も、どちらもぼんやりしたものとしておけばよい、ということ。

山水詩は、しばしば自然の美の発見として語られる。もとよりかれらが自然に美を見いだしていたことは、ここに見た詩からもじゅうぶん察せられる。不気味な世界であった山岳に美を見いだすという、どこかヨーロッパに範を取ったようなそんな見立てで納得することも不可能ではない。しかしかれらは、たんに自然を美しいと認識しただけではない。なぜ人は自然を美しいと思うのか、なぜこの眺めに心をゆさぶられるのか、その心を理解しようとした。「理」「興」などのタームはそのために用いられる。廬山は、そうした問答の場であった。

## 表現の舞台

一般に講じられる中国文学史では、山水詩の始祖は謝霊運《しゃれいうん》とされる。謝霊運の叙景表現が従来にないものを獲得していることはたしかである。同時に、その詩がたんに自然描写に巧みであるだけでなく、万物の理を説こうとする傾向の強いことも、そしてそれが老荘や仏道とかかわることも、しばしば指摘される（衣川賢次「謝霊運山水詩論——山水のなかの体験と詩——」『日本中国学会報』第三十六集、一九八四）。

謝霊運には、慧遠の死を弔って書かれた誄《るい》文があり、志学、すなわち十五歳のときに慧遠に入門を願ったと記されている。隆安三年（三九九）前後のこととなるから、ちょうど慧遠が石門に登ったころである。入門はかなわなかったものの、慧遠への思いは続き、義熙八年（四一二）ころに慧遠が建てた仏影台の銘、すなわち「仏影銘」を書いている。そこには、法顕《ほっけん》（三三七〜四二二）がインドから中国に帰り、石壁に彫られた仏像の功徳を説き、それを聞いた慧遠が廬山にも仏像を彫り、さらに霊運に銘が依頼されたと記される。仏影台の造営から間もないとすれば、このとき霊運は三十歳になるかならないか、しかしその文名は広く伝わっていた。もとより銘はもっぱら仏理を述べるが、なかにはこんな一節もある。

敬図遺縦　疏鑿峻峰
周流歩欄　窈窕房櫳
激波映墀　引月入窓
雲往払山　風来過松

地勢既美　像形亦篤

敬《つつし》んで遺縦《いしよう》を図《ず》し、峻峰《しゆんぽう》に疏《そ》鑿《さく》す。周流《しゆうりゆう》せる歩欄《ほらん》、窈窕《ようちよう》たる房櫳《ぼうろう》。激波《げきは》 堦《きざはし》に映《えい》じ、引《いん》月《げつ》 窓《まど》に入《はい》る。雲《くも》は往《ゆ》きて山《やま》を払《はら》い、風《かぜ》は来《きた》りて松《まつ》を過《す》ぐ。地勢《ちせい》 既《すで》に美《び》、像形《ぞうけい》 亦《ま》た篤《よ》し。

廬山の法師たちとの関係が生涯続いたであろうことは推測されるものの、現存する謝霊運の詩、とりわけ山水を詠じた詩は、かれが太守として赴任した永嘉（浙江省温州市）、あるいは隠居の地であった始寧（浙江省紹興市）を中心とするものが多い。とはいえ、断片しかのこされておらず、作られた時期も不明ながら、謝霊運には「登廬山絶頂望諸嶠（廬山《ろざん》の絶頂《ぜつちよう》に登《のぼ》り諸嶠《しよきよう》を望《のぞ》む）」もあり、また、名詩として知られる「石壁精舎還湖中作（石壁《せきへき》 精舎《しようじや》より湖中《こちゆう》に還《かえ》る作《さく》）」（『文選』巻二二）が、

昏旦変気候　山水含清暉
清暉能娯人　遊子憺忘帰

昏旦《こんたん》 気候《きこう》変《へん》じ、山水《さんすい》 清暉《せいき》を含《ふく》む。清暉《せいき》 能《よ》く人《ひと》を娯《たのし》ましめ、遊子《ゆうし》 憺《やす》らいで帰《かえ》るを忘《わす》る。

と始まり、

慮澹物自軽　意愜理無違
寄言摂生客　試用此道推

慮《りょ》は澹《しず》かにして物《もの》は自《おのずか》ら軽《かる》く、意《い》は愜《かな》いて理《り》は違《たご》う無《な》し。言《げん》を寄《よ》す摂生《せっせい》の客《きゃく》に、試《こころ》みに此《こ》の道《みち》を用《もつ》て推《お》せ。

と結ぶように、山水のなかに自らを投じることで起こる心の変化に自覚的である点において、慧遠と径庭はないだろう。

謝霊運からやや下った鮑照《ほうしょう》（四一四?〜四六六）には、「登廬山（廬《ろ》山《ざん》に登《のぼ》る）」二首があり、また「従登香炉峰（従《したが》いて香炉峰《こうろほう》に登《のぼ》る）」もある。「松磴上迷密、雲竇下縦横（松磴《しょうとう》上《うえ》に迷密《めいみつ》し、雲《うん》竇《とう》下《した》に縦横《じゅうおう》す）」（「登廬山」其《その》二）や「青冥揺煙樹、穹跨負天石（青冥《せいめい》煙樹《えんじゅ》を揺《ゆ》らし、穹跨《きゅうこ》天石《てんせき》を負《お》う）」（「従登香炉峰」）のように、表現にも工夫がこらされ、この山景をいかに描写するか、詩人の腕の見せどころとなる。しかしそれはただ巧みに似せて再現してみせたということではなく、あくまで視聴の経験と拮抗しうるものとして、すなわちそれと同じ質をもった経験を表現によって導くことができるものとして、試みられている。こうして廬山は六朝詩の舞台となり、江淹《こうえん》

せた文人が詩を競った。（四四四～五〇五）、劉孝綽《りゆうこうしやく》（四八一～五三九）、張正見《ちようせいけん》（五二七？～五七五？）など、当時に名を馳

一方で、廬山はもともと神仙の棲む山であり、仏寺が多く建てられた後でも、その気配は濃厚にのこされていた。眼下には湖も広がり、龍王の管するところである。そうした環境は、当然ながら道士にとっても大きな魅力であった。天師道の著名な道士陸修静《りくしゆうせい》（四〇六～四七七）が廬山に太虚観《たいきよかん》（のちの簡寂観《かんじやくかん》）を建て、道教の聖地となったのも不思議ではない。廬山は、詩人にも仏僧にも道士にも開かれていた。それを象徴的に示すのが、いわゆる「虎渓三笑《こけいさんしよう》」の故事だ。

慧遠は、俗界には足を踏み入れないとの戒めから、客を送るときでも、東林寺の前を流れる虎渓を渡らないことにしていた。ある日、陶淵明と陸修静が訪ねてきて、いざ帰るとなっても歓談尽きず、語りながら見送るうちに思わず虎渓を渡ってしまう。虎が一声吠えてようやく気づき、三人とも大笑いした。かいつまんで説明すれば、こんな話である。宋代以降は画題としても好まれ、日本でも流行した。

そしてこれもすでに常識となっているように、この話は史実としては受け取りがたい。まず、陸修静と他の二人との年代が大きく異なる。絵画では三人とも老人のように描かれるのだが、慧遠は三三四年生まれ、陸修静は四〇六年生まれ、慧遠が亡くなったとき、陸修静はまだ十歳そこそこである。陶淵明にしても三六五年生まれだから、やはり慧遠よりはかなり年下ということになる。慧遠の晩年のころと設定して、慧遠は八十歳の老人、陶淵明は五十歳の中年、陸修静は十

歳の少年と想像してみるのも悪くはなく、これぞ忘年の交わりだと強弁してもよいのだけれども、現実味が薄れてしまうのは否めない。

この説話が生まれたのは唐代以降のことであり、儒道仏三教融合の風潮が背景にあると言われるが、陶淵明は儒家の代表というよりも、隠逸をこころざす詩人の代表なのだと見ておこう。知られるように、陶淵明は潯陽柴桑《さいそう》の人、廬山からはほど近い。慧遠と直接の交流があったという記録はないけれども、陶淵明と交際のあった周続之《しゅうぞくし》（三七七～四二三）は廬山白蓮社の一員であり、陶淵明と周続之と劉遺民は潯陽の三隠と称されていた。慧遠と陶淵明に面識があったとしても不思議ではない。

興味深いのは、むしろ、そのような近さにあるのに、また周続之や劉遺民が慧遠に弟子入りしたのに対し、陶淵明にはそうした形跡がなく、廬山を登るというような詩ものこされていないことだ。むろん、有名な「採菊東籬下、悠然望南山（菊《きく》を採《と》る東籬《とうり》の下《もと》、悠然《ゆうぜん》として南山《なんざん》を望《のぞ》む）」（「飲酒《いんしゅ》」其《その》五）の南山が廬山の山なみであることは動かない（四）。陶淵明は廬山を愛していたと多くの解説書が説くのも、そのとおりだろう。しかし、かれは登らない。廬山という名そのものも記さない。あくまで自宅の南にある山、南山なのである。そこは、神仙の棲む山でも、仏道の聖地でもない。廬山としてしまえば侵入しかねないそうしたイメージを、何気なく、あるいは慎重に回避しているようにも見え、そのことと慧遠との距離、そして隠者としての陶淵明の位置はかかわりがあるように思える。

その意味でも、虎渓三笑の説話についてはもう少し考えてみたいところがあるのだが、廬山にこもった者と廬山を眺めた者が互いの境界を少しずつ超えあった説話としても読み得ることだけを言って、ひとまず先に進みたい。

## 廬山を望む

順序から言えば、まず登る廬山があり、ついで眺める廬山があらわれたということになろう。陶淵明は廬山を廬山として名指ししなかったが、反対に、廬山と名指しして望むことで、その山がまとう境地に入っていく詩もあらわれる。むしろそれが常道だ。たとえば孟浩然《もうこうねん》の五言律詩「晩泊潯陽望廬山（晩《くれ》に潯陽《じんよう》に泊《はく》して廬山《ろざん》を望《のぞ》む）」。

挂席幾千里　名山都未逢
泊舟潯陽郭　始見香炉峰
嘗読遠公伝　永懐塵外蹤
東林精舎近　日暮但聞鐘

挂席《けいせき》して千里《せんり》に幾《ちか》きも、名山《めいざん》都《すべ》て未《いま》だ逢《あ》わず。舟《ふね》を潯陽《じんよう》の郭《まち》に泊《はく》し、始《はじ》めて香炉《こうろ》峰《ほう》を見《み》る。
嘗《かつ》て遠公《えんこう》の伝《でん》を読《よ》み、永《なが》く塵外《じんがい》の蹤《あと》を懐《おも》う。東林《とうりん》精舎《しょうじゃ》近《ちか》し、日暮《にちぼ》但《た》だ鐘《かね》を聞《き》く。

挂席は、舟の旅、遠公は、慧遠のこと。香炉峰は六朝期からすでに名峰として知られていた。同じく孟浩然(五)の「彭蠡湖中望廬山（彭蠡湖中《ほうれいこちゅう》より廬山《ろざん》を望《のぞ》む）」、詩型は五言古詩、全十八句から、中間の六句。

中流見匡阜　勢圧九江雄
黤黮容霽色　崢嶸当暁空
香炉初上日　瀑布噴成虹

中流《ちゅうりゅう》にして匡阜《きょうふ》を見《み》る、勢《いきおい》は九江《きゅうこう》の雄《ゆう》を圧《あつ》す。黤黮《えんたん》として霽色《せいしょく》に容《かたち》し、崢嶸《そうこう》として暁空《ぎょうくう》に当《あ》たる。香炉《こうろ》 初《はじ》めて日《ひ》を上《のぼ》らせ、瀑布《ばくふ》 噴《ふ》きて虹《にじ》を成《な》す。

匡阜は、廬山のこと、黤黮は、くろぐろとしたさま、霽色は、晴れるようす。夜明けの山が、夜明けの空を背景に、くろぐろと聳《そび》えているのである。そして香炉峰に日は上り、滝に虹がかかる。香炉峰の瀑布もまた、六朝期から詩に詠《うた》われている。なおこの詩の結びには「寄言巌棲者、畢趣当来同（言《げん》を寄《よ》す 巌《いわお》に棲《す》む者《もの》に、畢趣《ひつしゅ》 当《まさ》に来同《らいどう》すべし）」とあり、先に引いた謝霊運の詩を思わせる。

眺める廬山としては、香炉峰とその瀑布が大きなランドマークであった。そしてそれを決定的にしたのは、何と言っても李白であろう。

日照香炉生紫煙　遥看瀑布挂長川
飛流直下三千尺　疑是銀河落九天

日《ひ》は香炉《こうろ》を照《て》らして紫煙《しえん》を生《しょう》ず、遥《はる》かに看《み》る瀑布《ばくふ》の長川《ちょうせん》に挂《か》くるを。飛流直下三千尺《ひりゅうちょっかさんぜんじゃく》、疑《うたご》うらくは是《こ》れ銀河《ぎんが》の九天《きゅうてん》より落《お》つるかと。

「望廬山瀑布（廬山《ろざん》の瀑布《ばくふ》を望《のぞ》む）」其《その》二。李白らしい七言絶句、香炉峰とその瀑布を詠じてみごとと言うほかない。香炉峰は山容が香炉に似ていることから名づけられたもの、山のひだから湧くもやを香炉からの紫煙に見立てるのは巧みであるが、さらにかなたの滝を天の川に見立てて、それが天から下るかのように見ることで、この山が天へと上っていく高さをもつことをくっきりと示し得ている。

この詩の其《その》一は、絶句ではなく、二十二句に及ぶ古詩である。絶句と並べれば、まるで序のようにも読めるし、『万葉集』で言えば、長歌と返歌のようにもなっている。やや長くはなるが、二つをともに読んでこそ、李白の世界は了解されよう。

西登香炉峰　南見瀑布水
挂流三百丈　噴壑数十里
欻如飛電来　隠若白虹起
初驚河漢落　半灑雲天裏
仰観勢転雄　壮哉造化功
海風吹不断　江月照還空
空中乱潨射　左右洗青壁
飛珠散軽霞　流沫沸穹石
而我楽名山　対之心益閑
無論漱瓊液　還得洗塵顔
且諧宿所好　永願辞人間

西《にし》のかた香炉峰《こうろほう》に登《のぼ》り、南《みなみ》のかた瀑布《ばくふ》の水《みず》を見《み》る。流《なが》れを挂《か》く三百丈《さんびやくじよう》、壑《たに》に噴《ふ》く数十《すうじゆう》里《り》。欻《こつ》として飛電《ひでん》の来《きた》るが如《ごと》く、隠《いん》として白虹《はつこう》の起《た》つが若《ごと》し。初《はじ》めは驚《おどろ》く河漢《かかん》の落《お》ちて、半《なか》ば雲天《うんてん》の裏《うち》に灑《そそ》ぐかと。仰《あお》ぎ観《み》れば勢《いきおい》転《ますま》す雄《ゆう》なり、壮《さか》んなる哉《かな》造化《ぞうか》の功《こう》。海風《かいふう》吹《ふ》き断《た》たず、江月《こうげつ》照《て》らすも還《ま》た空《むな》し。空中《くうちゆう》乱《みだ》れて潨射《そうせき》し、左右《さゆう》青壁《せいへき》を洗《あら》う。飛珠《ひしゆ》軽霞《けいか》を散《さん》じ、流沫《りゅうまつ》　穹石《きゅうせき》に沸《わ》く。而《しか》して我《われ》　名山《めいざん》を楽《たの》しみ、之《これ》に対《たい》して心益《こころます》ます閑《かん》なり。論《ろん》ずる無《な》かれ　瓊液《けいえき》に漱《すす》ぐを、還《ま》た得《え》たり塵顔《じんがん》を洗《あら》うを。且《か》つ宿《かね》てより好《この》む所《ところ》に諧《かな》い、永《なが》く人間《じんかん》を辞《じ》するを願《ねが》う。

欻如は、忽然もしくは急に、隠は、ぼんやり、河漢は、天の川。潨射は、流れがぶつかりあうさま、穹石は、大きな岩、瓊液は、不老長生の玉液、人間は、俗世間。

三千尺も三百丈も、単位が異なるだけで、同じ長さを示しているのだが（十尺＝一丈）、絶句は平仄《ひょうそく》も含めて三千尺がふさわしく、古詩は、数十里との対比も含めて三百丈がふさわしい。続く描写を見ても、絶句が情景を切り取った印象が強いのに対し、古詩は水の流れの躍動感が伝わる。湖からの強い風にも滝は断たれることなく、月影を映そうにも水はどんどん落ちていく。そうした激しい滝を目の前に、詩人は山中で心をのどかに開く。清らかな泉でくちすすぐのは言うまでもない、顔だって洗えるのだ。こういうところに来たかったんだ、もう帰りたくない。

さっと読めば、絶句が親しみやすく、すぐれているように見えるかもしれない。だが、じっくり味わえば、古詩もまたおもむきがある。詩人の目と耳と心をたんねんに追い、わがものとして味わうためには、古詩のほうがよいのかもしれない。それはまた、この章で多めに読んだ六朝の詩についても言えることだろう。

廬山はこうして詩のトポスとなった。ここでは李白までしか語る余裕がなかったけれども、香炉峰の雪といい、廬山の真面目《しんめんもく》といい、白居易や蘇軾《そしょく》によって名句がさらに加えられたことは、廬山から遠く離れた人々にも、廬山を親しいものとした。廬山に登らなくとも、あるいはその山容を目にしたことがなくとも、詩に画に廬山は描きえたし、人々はそれを楽しんだ。俗世間を離れた境地を欲したとき、廬山はそこにあったのである。

# その七◉涼州

蒲萄美酒夜光杯　欲飲琵琶馬上催
酔臥沙場君莫笑　古来征戦幾人回

蒲萄《ぶどう》の美酒《びしゅ》 夜光《やこう》の杯《はい》、飲《の》まんと欲《ほっ》すれば 琵琶《びわ》 馬上《ばじょう》に催《うなが》す。酔《よ》いて沙場《さじょう》に臥《ふ》す 君《きみ》 笑《わら》う莫《なか》れ、古来《こらい》 征戦《せいせん》 幾人《いくにん》か回《かえ》る。

盛唐の王翰《おうかん》による「涼州詞《りょうしゅうし》」。いかにも西域らしいイメージに満ちた詩で、人気も高い。

蒲萄は、いまでは字の形を揃えて「葡萄」と書くのが一般的だが、表記としては「蒲萄」の方が古く、「蒲陶」や「蒲桃」とも書かれた。

その語源については、十九世紀ヨーロッパの東洋学者であるヴィルヘルム・トマシェックがギリシャ語でブドウの房を示す botrus を指摘したのに対し、ベルトルト・ラウファーは、ペルシャ語からの類推によって大宛《だいえん》すなわちフェルガナの言語でブドウを意味する語として bu-daw を推定し、その音訳が「蒲萄」だとした（Berthold Laufer, *SINO-IRANICA Chinese Contributions to the History of Civilization in Ancient Iran*, Chicago, 1919）。原語のフェルガナ語を budag(a) だとする説もある。いずれにせよ、ブドウは、植物としても、ことばとしても、西からやってきた。

『史記』大宛伝によれば、ブドウの存在を中国に伝えたのは張騫《ちょうけん》である。紀元前一三九年ごろ、匈奴《きょうど》のさらに西にいる大月氏《だいげつ》と同盟を結ぼうと考えた漢の武帝が使者を募り、それに応じたのが張騫であった。西に向かった張騫は匈奴に捕えられて十年ほど抑留されたが、ついに脱出し、大宛、康居《こうきょ》を経て、大月氏にたどりつく。しかし大月氏は同盟を結ぼうとはせず、張騫があきらめて帰国の途についたところ、再び匈奴に捕えられる。さいわい一年ほどで脱出し、ようやく長安に戻ってきたのが紀元前一二六年。張騫は武帝にこう奏上した。

大宛在匈奴西南、在漢正西、去漢可万里。其俗土著、耕田、田稲麦。有蒲陶酒。多善馬、馬汗血、其先天馬子也。

大宛《だいえん》は匈奴《きょうど》の西南《せいなん》に在《あ》り、漢《かん》の正西《せいせい》に在《あ》り、漢《かん》を去《さ》ること万里《ばんり》可《ばか》り。其《そ》の俗《ぞく》は土著《どちゃく》し〔定住し〕、田《た》を耕《たがや》し、稲麦《とうばく》を田《たつく》る。蒲陶酒《ぶどうしゅ》有《あ》り。善馬《ぜんば》多《おお》く、馬《うま》は血《ち》を汗《あせ》にし、其《そ》の先《せん》は天馬《てんま》の子《こ》也《なり》。

**蒲萄美酒**

張騫はブドウの名を酒とともに伝えた。『史記』大宛伝は、さらに次のようにも記す。

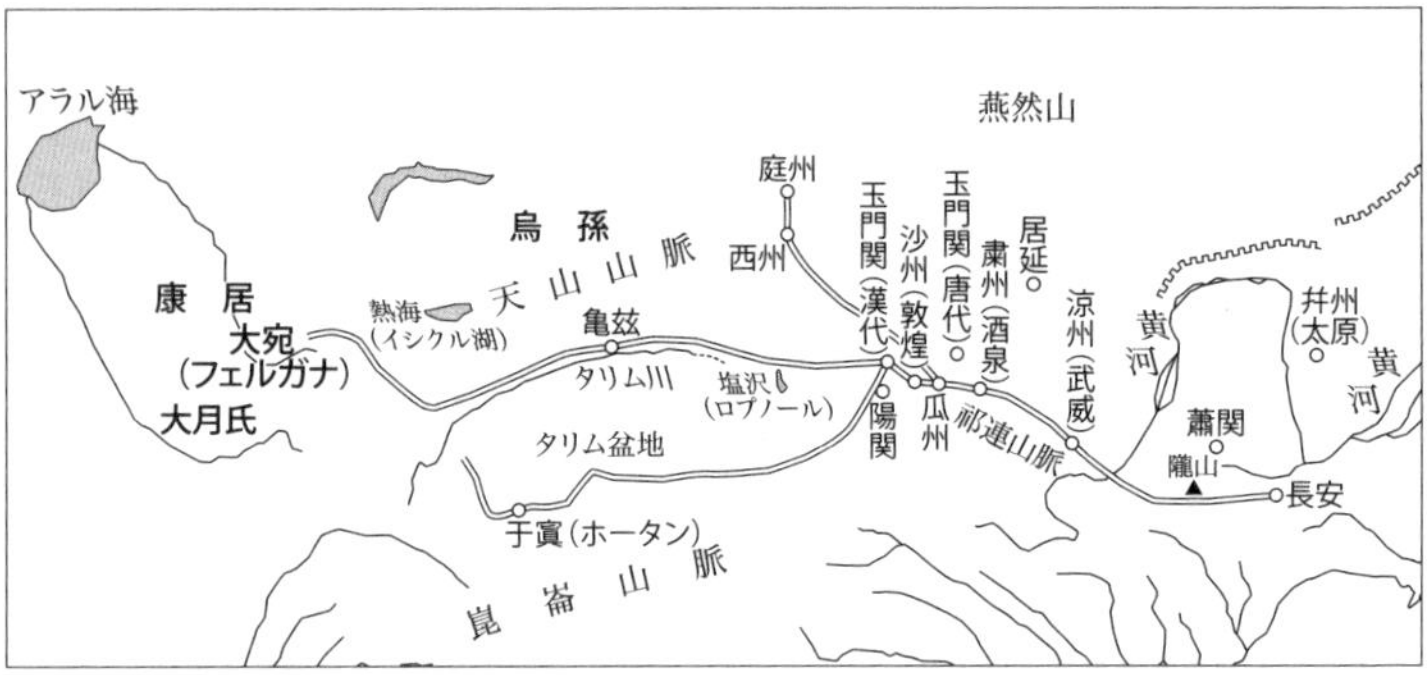


宛左右以蒲陶為酒、富人蔵酒至万餘石、久者数十歳不敗。俗嗜酒、馬嗜苜蓿。漢使取其実来、於是天子始種苜蓿蒲陶肥饒地。及天馬多、外国使来衆、則離宮別観旁尽種蒲萄苜蓿極望。

宛《えん》の左右 蒲陶《ぶどう》を以《もっ》て酒《さけ》を為《つく》る、富人《ふじん》 酒《さけ》を蔵《ぞう》すること万《ばん》餘石《よせき》に至《いた》り、久《ひさ》しき者《もの》は数十歳《すうじっさい》にして敗《はい》せず。俗《ぞく》 酒《さけ》を嗜《この》み、馬《うま》 苜蓿《もくしゅく》を嗜《この》む。漢使《かんし》 其《そ》の実《み》を取《と》りて来《きた》り、是《ここ》に於《おい》て天子《てんし》始《はじ》めて苜蓿《もくしゅく》・蒲陶《ぶどう》を肥饒《ひじょう》の地《ち》に種《う》う。天馬《てんま》多《おお》く、外国《がいこく》の使来《つかいきた》ること衆《おお》きに及《およ》び、則《すなわ》ち離宮《りきゅう》・別観《べっかん》の旁《かたわ》らに尽《ことごと》く蒲萄《ぶどう》・苜蓿《もくしゅく》を種《う》えて望《ぼう》を極《きわ》む。

大宛付近の国々がブドウ酒を造ったこと、金持ちがそれを大量に貯蔵し、数十年もの長期保存に堪えたことがまず記される。人々はブドウ酒を好み、馬はウマゴヤシを好み、そして漢の使者はそれらの種子を持ち帰り、天子はそれをゆたかな土地に植えた。伝馬や外国の使者が多くなると、天子の離宮や別荘にはブドウやウマゴヤシが見渡す限り植えられた。

ウマゴヤシは天馬の食べ物、ブドウ酒は西域の使者の飲み物。離宮や別観は迎賓の場所でもあった。なお、ブドウやウマゴヤシの種子を持ち帰ったのが張騫であるとの説がまま見られるが、そうではなく後に西域との交通が盛んになってからのことと判断される（桑原隲蔵「張騫の遠征」『桑原隲蔵全集』第三巻、岩波書店、一九六八）。

こうして漢代には中国にもたらされていたブドウだったが、唐代にあってもなお珍奇なものであったらしい。たとえば次のような逸話。

南朝最後の王朝陳《ちん》の宣帝の子の陳叔達《ちんしゅくたつ》は、学問にすぐれ、陳滅亡後は隋、そして唐に仕えて『藝文類聚《げいもんるいじゅう》』の編纂にもあずかった人物。その叔達が高祖から御前で食を賜ったとき、なかにブドウがあった。叔達は食べず、高祖がわけを尋ねると、「わたしの母は口が渇く病気で、このブドウを求めたのですが、手に入りません。持ち帰って母に進めとうございます」と言う。高祖は「おまえには食べさせる母がいるのだな」と涙し、さらに褒美を賜った。

『旧唐書《くとうじょ》』陳叔達伝、あるいは『大唐新語』に載せられたこの話は孝子説話として人口に膾炙《かいしゃ》し、日本でも仮名草子の素材となっている。ブドウはごちそうだった。

『太平御覧』巻九七二に引く『唐書』は、こんな話も伝える（一）。

蒲萄酒西域有之、前代或有貢献、人皆不識。及破高昌、収馬乳蒲萄実、於苑中種之、幷得其酒法。太宗自損益造酒、酒成、凡有八色、芳香酷烈、味兼醍盎。既頒賜群臣、京師始識其味。

蒲萄酒《ぶどうしゅ》は西域《さいいき》之《これ》有《あ》り、前代《ぜんだい》或《ある》いは貢献《こうけん》する有《あ》るも、人皆《ひとみな》識《し》らず。高昌《こうしょう》を破《やぶ》るに及《およ》んで、馬乳蒲萄《ばにゅうぶどう》の実《み》を収《おさ》め、苑中《えんちゅう》に之《これ》を種《う》え、幷《なら》びに其《そ》の酒法《しゅほう》を得《う》。太宗自《たいそうみずか》ら損益《そんえき》して酒《さけ》を造《つく》り、酒成《さけな》りて凡《およ》そ八色有《はっしょくあ》り、芳香酷《ほうこうはなは》だ烈《はげ》しく、味《あじ》は醍盎《ていおう》を兼《か》ぬ。既《すで》に群臣《ぐんしん》に頒賜《はんし》し、京師始《けいしはじ》めて其《そ》の味《あじ》を識《し》る。

唐の初め、ブドウ酒は幻の酒となっていたようだ。唐の太宗が高昌国を滅ぼしたのは貞観十四年（六四〇）。「馬乳蒲萄」はブドウの種類で、新たにその実を収め、果樹園に植え、醸造法も知り得た。そこで太宗が自ら加減して醸造したところ、できあがった酒は八色、香りははなはだ鮮烈、味は醍《てい》と盎《おう》とをあわせもったすばらしさ、太宗は群臣に下賜し、長安の人々はようやくその味を知ったのだった。醍（緹）と盎は、泛《へん》、醴《れい》、沈《ちん》とあわせて「五斉」と呼ばれる酒の名。皇帝自ら調製して醸したブドウ酒は、香りも味も極上だった。

### 夜光杯

さて、こうした背景をもつ「蒲萄美酒」がさらに「夜光杯」に注がれるとなれば、そのイメージはなるほど鮮烈なものとなる。「夜光杯」は、中国では白玉《はくぎょく》すなわち西域に産する白い美玉の杯と解釈されるのが一般的だが、日本ではガラスの杯だと説明されることもある。青木正児《まさる》は「誰であったか西洋の学者に、之を硝子のコップと解した説の有つたことを記憶する」と言い、さらに、北宋の楽史《がくし》『楊太真外伝《ようたいしんがいでん》』に、「〈楊貴妃〉持玻璃七宝杯酌西涼州蒲萄酒（玻璃七宝杯《はりしちほうはい》を持《じ》して西涼州《せいりょうしゅう》の蒲萄酒《ぶどうしゅ》を酌《く》ます）」とあることに言及し、ブドウ酒にはガラスの杯こそがふさわしいと断じる（「酒觴《しゅしょう》趣談」㈠夜光杯『青木正児全集』第八巻、春秋社、一九七一）。ちなみに楊貴妃のこの逸話には李白も登場し、唐代から伝えられていた。

「夜光杯」が、当時、白玉とガラスのどちらを思わせるものであったか、決め手はない。西域の酒との組み合わせという点では、たしかにガラスの杯でもよさそうだ。唐の杜佑《とゆう》『通典《つてん》』巻一九三「劫国《きょうこく》」の条には「大唐武徳二年、遣使貢宝帯、金鎖、頗黎、水精盃各一、頗黎四百九十枚、大者如棗、小者如酸棗（大唐武徳《だいとうぶとく》二《に》年《ねん》、使《つかい》を遣《つか》わして宝帯《ほうたい》、金鎖《きんさ》、頗黎《ぱり》、水精《すいしょう》の盃《さかずき》各《おの》おの一《いち》、頗黎四《ぱりし》百九十枚《ひゃくきゅうじゅうまい》、大《だい》なる者《もの》は棗《なつめ》の如《ごと》く、小《しょう》なる者《もの》は酸棗《すなつめ》の如《ごと》くなるを貢《みつ》ぐ）」とあり、「頗黎」は「玻璃」と同じく水晶もしくはガラス、「水精」は水晶、つまり宝玉の帯と金の鎖と玻璃の杯と水晶の杯それぞれ一つが西域の劫国から献上された。あるいは「頗黎水精盃」で一つのものを指し、ガラスもしくは水晶の杯ということなのかもしれない。いずれにしても、白玉の杯ではない。

一方、白玉であったとしても、美玉は西域に産することが多く、これもブドウ酒の器として不足はない。漢の武帝に仕えた東方朔《とうぼうさく》の『海内十洲記《かいだいじっしゅうき》』に「周穆王時、西胡献昆吾割玉刀及夜光常満杯。刀長一尺、杯受三升。刀切玉如切泥、杯是白玉之精、光明夜照（周《しゅう》の穆王《ぼくおう》の時《とき》、西胡《せいこ》昆吾《こんご》割玉刀《かつぎょくとう》及《およ》び夜《や》光常満杯《こうじょうまんはい》を献《けん》ず。刀《かたな》は長《なが》さ一尺《いっしゃく》、杯《はい》は三升《さんしょう》を受《う》く。刀《かたな》は玉《ぎょく》を切《き》ること泥《どろ》を切《き》るが如《ごと》く、杯《はい》は是《こ》れ白玉《はくぎょく》の精《せい》、光明《こうめい》して夜照《よるて》らす）」とある。「夜光杯」の典拠として従来から示されるところである。

見ておくべきは、ブドウ酒はもとより、白玉にせよガラスにせよ、皇帝への献上品となりうるものであったことだ。この起句は、西域のイメージをもちながら、それが宮中であってもおかしくない華やかさをまとっている。それが人を惹きつける。

杯に注いだブドウ酒を飲もうとしたそのとき、琵琶が馬上でかきならされる。後漢の劉熙《りゅうき》『釈《しゃく》名《みょう》』に「枇杷本出於胡中、馬上所鼓也（枇杷《びわ》本《も》と胡中《こちゅう》より出《い》ず、馬上《ばじょう》に鼓《こ》す所也《ところなり》）」とあるように、琵琶（枇杷）はもともと西域の楽器、馬上で演奏されるものであった。漢の武帝のころ、西域の烏孫《うそん》との通好のために武帝の甥の娘の江都《こうと》公主《こうしゅ》が烏孫に嫁いだとき、馬上に琵琶を演奏して旅の悲しさを慰めたという話もある（晋・石崇《せきすう》「王明君詞」）。起句のきらめくような光が馬上の琵琶の音色へと切り替わって、酒杯をクローズアップしていた視界が音楽に導かれて拡大し、馬のすがたをとらえる。

そして転句、すでに舞台は砂漠だ。杯、馬、砂漠と読者の視界は拡がり、「君莫笑」と呼びかけられ、そして結句ではその砂漠がまさに戦場であることを示される。

西域はただの辺境ではない。黄河の源が出《い》で、神仙の住む崑崙《こんろん》がそびえる伝説の土地である。

しかし現実には、異民族との間に血が流される戦場だ。この詩はそれを四句に凝縮し、詩のなかから読者に呼びかけ、臨場感を高めている。

## 涼州詞

「涼州詞」は、歌曲の名である。「涼州歌」「涼州曲」とも言い、西域に勇名を馳せた名将郭知運《かくちうん》が、当地の音楽として玄宗に献上したと伝えられる（『楽府詩集《がふししゅう》』引『楽苑《がくえん》』）。郭知運は、瓜州《かしゅう》（甘粛《かんしゅく》省）の出身、突厥《とっけつ》や吐蕃《とばん》を打ち破って勲功を挙げ、位は左武衛大将軍にまで至った。開元九年（七二一）、軍中に病没し、涼州都督の位を追贈された。西域に生まれ、西域に没したのである。

あるいは、琵琶の名手として知られた仏僧段善本《だんぜんぽん》が「西涼州」という曲を作り、それを弟子の康崑崙《こうこんろん》に伝え、「新涼州」と呼ばれたという話もある（『楽府詩集』引『幽閑鼓吹《ゆうかんこすい》』）。ただ、段も康も、貞元年間（七八五〜八〇五）の逸話があり、郭知運より時期が降る。

王翰の生卒年は、はっきりしない。太原《たいげん》（山西省）の出身で、景雲元年（七一〇）に進士に登第したが（『唐才子伝《とうさいしでん》』）、玄宗の治世が確立する直前のこの時期は、縁故や賄賂の横行によって科挙合格者の正式な任官が滞っており、王翰もただちに官に就くことはなかった。『新唐書』王翰伝は「少豪健恃才、及進士第、然喜蒱酒（少《わか》きより豪健《ごうけん》にして才《さい》を恃《たの》み、進士《しんし》の第《だい》に及《およ》ぶも、然《しか》れども蒱《ほ》（ばくち）酒《しゅ》を好《この》む）」と記し、唐の封演《ほうえん》『封氏聞見記《ほうしぶんけんき》』には、王翰が不正常な政治状況を文章で批判し、勝手に天下の文士百人あまりを九等にランクづけして貼り出すなどして物議を醸したという話が載る。

やがて故郷の太原に地方長官としてやってきた張嘉貞《ちょうかてい》、さらにその後任の張説《ちょうえつ》の知遇を得て、張説が宰相となると、抜擢されて駕部員外郎《がぶいんがいろう》となった。かれの馬小屋には名馬が多く、家には楽人や妓女がいたと記されるから（『旧唐書』王澣《おうかん》〔翰〕伝）、暮らしぶりは豪奢だったと見える。開元十四年（七二六）、政争によって張説が失脚すると、王翰も地方官に左遷されるが、「日与才士豪俠飲楽游畋、伐鼓窮歓楽（日《ひ》に才士豪俠《さいしごうきょう》と飲楽游畋《いんらくゆうでん》し、鼓《こ》を伐《う》ちて歓楽《かんらく》を窮《きわ》む）」と『新唐書』が記すように、豪放な暮らしぶりは変わらなかった。

王翰が西域に行ったという記録はない。駕部員外郎の任にあったときに西北の前線に赴いた可能性を指摘して、「涼州詞」もその経験にもとづくのだろうとする説があるけれども、もともと「涼州詞」は楽曲の名で、それに詩をつけるのは、言わば課題作文のようなものだ。もちろん実際の経験によって作ることもあるが、そうでなくとも一向にかまわない。むしろ、行ったこともないのに現地の光景を髣髴《ほうふつ》とさせるような詩を作れるほうが賞讃されたかもしれない。

王翰の「涼州詞」はもう一首ある。

秦中花鳥已応闌　塞外風沙猶自寒
夜聴胡笳折楊柳　教人意気憶長安

秦中《しんちゅう》　花鳥《かちょう》　已《すで》に応《まさ》に闌《たけなわ》なるべし、塞外《さいがい》　風沙《ふうさ》　猶《なお》自《おのずか》ら寒《さむ》し。夜《よる》　胡笳《こか》の折楊柳《せつようりゅう》を聴《き》けば、
人《ひと》をして　意気《いき》　長安《ちょうあん》を憶《おも》わしむ。

秦中は、関中すなわち長安一帯。胡笳は、西域由来のあしぶえ。折楊柳は、楽曲の名。柳の枝を折って結び、旅立つ人に贈る風習に由来する。意気は、「気尽」に作るテクストもあるが、それならば「人《ひと》をして気尽《きつ》きて長安《ちょうあん》を憶《おも》わしむ」。

前半は、一字ごとに対応が明確な対句。季節は春、長安ではもう花も咲き鳥も鳴き交わしているだろうに、国境を越えたこの地では、沙漠の風はなお冷たい。意味も形も整ってはいるが、ひたすら定型である。

後半も、胡笳といい、折楊柳といい、辺塞詩ではお決まりのモチーフが並べられる。柳の芽吹く季節は春、その意味でもここに折楊柳が置かれるのはつきづきしいのだが、別の言い方をすれば、意表をつかれるところがまったくない。第一首がいかに人を引きつける詩であったか、非凡と凡庸の境目が浮かび上がる。

**黄河遠上白雲間**

王之渙《おうしかん》の「涼州詞」もまた、名作として知られる。

黄河遠上白雲間　一片孤城万仞山
羌笛何須怨楊柳　春光不度玉門関

黄河《こうが》　遠《とお》く上《のぼ》る　白雲《はくうん》の間《かん》、一片《いっぺん》の孤城《こじょう》　万仞《ばんじん》の山《やま》。羌笛《きょうてき》何《なん》ぞ須《もち》いん　楊柳《ようりゅう》を怨《うら》むを、春《しゅん》光《こう》度《わた》らず　玉門関《ぎょくもんかん》。

羌笛は、竹製の縦笛、二つの管をもつのが特徴とされる。羌は、古くから中国西部に居住する遊牧民族の名。楊柳は、やはり楽曲、折楊柳のこと。「怨楊柳」の三字でその曲を演奏することを喩えるであろう。

遠く白雲の浮かぶところまで黄河が上り、万仞の高さの山を背景に、ぽつんと城塞がある。羌笛よ、恨めしげに折楊柳を吹かずともよい、どのみち春の光は玉門関を越えず、柳が芽吹くこともない。

涼州は、漢の元封《げんぽう》五年（前一〇六）、全国を十三州にわけたとき、河西《かせい》回廊一帯、すなわちいまの甘粛省に相当する広い地域を治める州として置かれたことに始まる。州名の由来は、文字通り「蓋以地処西方、常寒涼也（蓋《けだ》し地《ち》は西方《せいほう》に処《お》り、常《つね》に寒涼《かんりょう》なるを以《もっ》て也《なり》）」（『晋書《しんじょ》』地理志《ちりし》）であった。魏晋期には姑臧《こぞう》（武威《ぶい》）に州治《しゅうち》（州の役所）が置かれ、西晋が滅んでからは前涼・後涼・

南涼・北涼の都として栄えた。隋末には、武威を拠点として河西地方を領有した李軌《りき》が国号を涼として皇帝を称するに至ったが、唐に内通した臣下によって滅び、武徳二年（六一九）、唐は武威を改めて涼州とした。そしてこの涼州のほか、かつて漢の涼州の地域に含まれていた甘州、粛州、瓜州、沙州、さらに唐になって新たに版図となった西方の伊州、西州を加えた七州を管轄する河西節度使が武威に置かれた。名実ともに河西回廊随一の都市となったのである。

　したがって唐代の涼州は、狭い意味では涼州の城市、すなわち武威（姑臧）を指す。じつは「黄河遠上白雲間」を「黄沙直上白雲間」とするテクストがあって、この詩の舞台をその涼州としてとらえるなら、地理的に考えて後者が正しいと主張されることが少なくない。武威からは黄河は望めない。結句に示される玉門関は、武威のさらに西だから、ますます黄河とは遠い。むしろ、黄沙がまっすぐ竜巻のように空に昇っていくさまこそが沙漠の光景にふさわしいと言うのである。

　だが、長安から涼州に至るには、必ず黄河を渡る。「遠上」は西へと向かう旅人の姿でもある。そして涼州からさらに西に向かえば、玉門関である。春の光に背を向けて、ひたすら西に向かう。四句全体を、静的な配置ではなく、動きとして、ベクトルとしてとらえるなら、「黄沙」ではなく「黄河」のままにしておいたほうが効果的だ。涼州も、漢代以来のイメージからすれば河西回廊全体を指しうる。玉門関はその西端である。

　さらに、張騫が武帝に報告したところによれば、于《う》闐《てん》（ホータン）のあたりから東に流れる川（タリム川）が塩沢《えんたく》（ロプノール）に注ぎ、それが沙漠を伏流して南に出て黄河となるのであった。

古くから信じられてきた崑崙河源説が実地に確かめられたことになったのである。

張騫が武帝に河源を窮めることを命じられ、いかだに乗って遡り、ついに天の川に至って織女《しょくじょ》と牽牛《けんぎゅう》に出会ったという伝説も、「乗槎断消息、無処覓張騫（槎《いかだ》に乗《の》りて消息《しょうそく》を断《た》つ、張騫《ちょうけん》を覓《もと》むる処《ところ》無《な》し）」（杜甫「有感（感有《かんあ》り）」五首其《その》二）のように広く流布している。「黄河遠上白雲間」は、そうした伝説をも想起させる。

「黄沙直上」はそれとして別の詩境をもたらす。だが現代の地理認識で「黄河遠上」を否定するのもつまらない。古くから用いられてきた地名は、地理上の場所を指しつつ、固有名としてのイメージをともなっている。

王之渙にも、「涼州詞」はもう一首ある。

単于北望払雲堆　殺馬登壇祭幾廻
漢家天子今神武　不肯和親帰去来

単于《ぜんう》 北《きた》のかた望《のぞ》む 払雲堆《ふつうんたい》、馬《うま》を殺《ころ》して壇《だん》に登《のぼ》り祭《まつ》ること幾廻《いくたび》ぞ。漢家《かんか》の天子《てんし》 今《いま》 神武《しんぶ》、
和親《わしん》して帰《かえ》り去来《ゆ》くを肯《がえ》んぜず。

単于は、もとは匈奴の王のことだが、北方民族の首領の汎称でもある。払雲堆は、陰山《いんざん》山脈の

南麓、黄河の北岸にあった突厥の祠壇。戦争のまえに犠牲を捧げたと伝えられる。全体に戦意を鼓舞する詩で、「涼州詞」も含めた辺塞詩が従軍歌の流れを汲むことがうかがえる。

王之渙は、垂拱《すいきょう》四年（六八八）、絳州《こうしゅう》（山西省）の生まれ。名族である太原王氏の流れを汲むが、祖父も父も地方官どまり、王之渙は科挙も受けていない。王翰とは出身地も近く、年齢もおそらく近い。束縛を嫌う気質にも似たところがあるが、交流があったかどうかはわからない。ただ、王之渙も西域に行った形跡が見られないところは同様である。二人にとって西域は、あくまで詩想を遊ばせるための場所であった。

## 涼州の王維

かれらより一回りほど年下の王維は、涼州の地を実際に踏み、詩を作った。だがその雰囲気はかなり異なる。

涼州城外少行人　百尺峰頭望虜塵
健児撃鼓吹羌笛　共賽城東越騎神

涼州城外《りょうしゅうじょうがい》行人少《こうじんすくな》く、百尺峰頭《ひゃくしゃくほうとう》虜塵《りょじん》を望《のぞ》む。健児《けんじ》は鼓《こ》を撃《う》ち羌笛《きょうてき》を吹《ふ》き、共《とも》に城東《じょうとう》の越騎《えつき》の神《かみ》に賽《さい》す。

「涼州賽神（涼州《りょうしゅう》にて神《かみ》を賽《さい》す）」。原注には、「時為節度判官在涼州作（時《とき》に節度《せつど》判官《はんがん》為《た》り 涼州《りょうしゅう》に在《あ》りて作《つく》る）」とある。開元二十五年（七三七）、李林甫《りりんぽ》との政争に敗れた張九齢《ちょうきゅうれい》が荊州《けいしゅう》に貶謫《へんたく》されると、かれに引き立てられていた王維も中央にはいられず、河西節度使の幕僚となった。これはそのときの詩である。

人気のない涼州城外、百尺峰のあたりには敵の馬煙が見える。兵士たちは太鼓を打ち羌笛を吹いて、東に設けられた騎兵の神を祭っている。

越騎は、いくつか説はあるが、要するに騎兵のこと。涼州の風物に加え、かれらが祭る神も、王維には見慣れないものであったのだろう。先に引いた王之渙にも「殺馬登壇」の句があり、異民族ないし異郷の祭礼は詩のモチーフとして珍しくはないが、ここでは戦争の予兆と異郷の寂寥をともに示して、独特の効果を上げている。さらに、次のような詩も作られている。

野老才三戸　辺村少四隣
婆娑依里社　簫鼓賽田神
灑酒澆芻狗　焚香拝木人
女巫紛屢舞　羅襪自生塵

野老《やろう》 才《わず》かに三戸《さんこ》、辺村《へんそん》 四隣《しりん》少《すくな》し。婆娑《ばさ》として里社《りしゃ》に依《よ》り、簫鼓《しょうこ》もて田神《でんしん》に賽《さい》す。酒《さけ》を灑《そそ》ぎて芻狗《すうく》を澆《ぬ》らし、香《こう》を焚《た》きて木人《ぼくじん》を拝《はい》す。女巫《じょふ》紛《ふん》として屢《しば》しば舞《ま》えば、羅襪《らべつ》自《おのずか》ら塵《ちり》を生《しょう》ず。

「涼州郊外遊望（涼州《りょうしゅう》の郊外《こうがい》に遊望《ゆうぼう》す）」。農民の家はわずかに三戸、辺鄙《へんぴ》な村は隣家さえ少ない。どこへ行くともなく村のやしろに集まり、笛や太鼓で田の神を祭っている。酒をふりかけて藁《わら》の犬を濡らし、香を焚いて木の神像を拝む。巫女がひらひらと舞い続ければ、絹の襪《しとうず》から塵が起こる。

通行の王維詩の注釈では、婆娑を舞いのさまと解釈するが、それなら、村のやしろで祭礼の舞いが行われ、ということになる。ただ、婆娑は、ぐずぐずしたりうろうろしたりするさまを形容することも多く、ここではその方向で理解した。ちなみに小林太市郎・原田憲雄『王維』（漢詩大系10、集英社、一九六四）では、「村人がばらばらとこの社にあつまってきて、ぼっさり坐って」もしくは「わずかに三軒の農家が社によりそうようにぽつぽつとあって」ではないかと注する。一解であろう。

ともあれ、「蒲萄美酒」とはまったく異なる光景がここにはある。しかしそれは辺鄙な村のわびしい祭りを心の寂寥のままに描いたというだけのものでもなさそうだ。辺境の巫女の舞いは、それなりに詩人を楽しませているように読める。

涼州滞在期の王維の詩から、送別の作を一首。

握手一相送　心悲安可論
秋風正蕭索　客散孟嘗門
故駅通槐里　長亭下槿原
征西旧旌節　従此向河源

握手《あくしゅ》して一《ひと》たび相《あ》い送《おく》れば、心悲《こころかな》しみて安《いずく》んぞ論《ろん》ず可《べ》けん。秋風《しゅうふう》正《まさ》に蕭索《しょうさく》、客《きゃく》は孟嘗《もうしょう》の門《もん》より散《さん》ず。故駅《こえき》槐里《かいり》に通《つう》じ、長亭《ちょうてい》槿原《きんげん》に下《くだ》らん。征西《せいせい》の旧旌節《きゅうせいせつ》、此従《ここよ》り河源《かげん》に向《む》かわん。

「送岐州源長史帰（岐州《きしゅう》の源長史《げんちょうし》が帰《かえ》るを送《おく》る）」。原注に「同在崔常侍幕中、時常侍已歿（同《とも》に崔常侍《さいじょうじ》の幕中《ばくちゅう》に在《あ》り、時《とき》に常侍已《じょうじすで》に歿《ぼっ》す）」とある。崔常侍は、河西節度使であった崔希逸《さいきいつ》。亡くなったのは開元二十六年（七三八）。岐州は、長安の西、涼州から行けば長安に着く手前のあたり。長史は、副官にあたる官名だが、源長史が誰であったかは不明。

蕭索は、さびしいさま。孟嘗の門は、食客を多く抱えた孟嘗君に崔希逸をなぞらえて言う。槐里と槿原は、ともに長安近辺の地名。故駅は、かつて通った宿駅、長亭は、十里ごとに置かれた駅亭。
握手して君を送れば、心の悲しみは語りようもないほど。秋風がさびしく吹くなか、孟嘗君にも比すべき崔どのの幕客が去っていく。君の行く宿駅をたどっていけば、なつかしい長安へと近づいていく。だがわたしは相変わらず節度使の旗を守り、ここからさらに西、黄河の源へと進むのだ。

西域を舞台にして東に帰る友人を送る詩は、これより後、天宝年間に西域にやってきた岑参《しんじん》に名作が多い。そうした詩に比べれば、やや地味な印象も与えるが、長安への思いを馳せつつ、それを振り払うかのように「従此向河源」と結ぶこの詩は、悲哀と諦観と決意が交錯する感覚をよく示している。

## 長河落日円

辺塞における王維の作としてもっとも人口に膾炙している詩は、「使至塞上（使《つかい》して塞上《さいじょう》に至《いた》る）」であろう。

単車欲問辺　属国過居延
征蓬出漢塞　帰雁入胡天
大漠孤煙直　長河落日円

蕭関逢候吏　都護在燕然

単車《たんしや》辺《へん》を問《と》わんと欲《ほっ》し、属国《ぞくこく》居延《きょえん》を過《す》ぐ。征蓬《せいほう》漢塞《かんさい》を出《い》で、帰雁《きがん》胡天《こてん》に入《い》る。大《たい》漠《ばく》孤煙《こえん》直《す》ぐに、長河《ちょうが》落日円《らくじつまど》かなり。蕭関《しょうかん》候吏《こうり》に逢《あ》えば、都護《とご》は燕然《えんぜん》に在《あ》りと。

この詩については、王維が涼州へ行く途上の蕭関での作、涼州滞在時の作、あるいは涼州から長安に戻った後に監察御史として北方を巡視したときの作など、作られた時期や場所についてはさまざまな説がある。また、起聯《きれん》を「銜命辞天闕、単車欲問辺（命《めい》を銜《ふく》みて天闕《てんけつ》を辞《じ》し、単車《たんしや》辺《へん》を問《と》わんと欲《ほっ》す）」とするテクストがあることから、それもまた論点となっている（松浦友久編『続 校注 唐詩解釈辞典〔付〕歴代詩』大修館書店、二〇〇一）。

いずれの場合も、問題となるのは詩に嵌《は》めこまれた地名である。地図（一七八頁）を見ればわかるように、居延を通り、蕭関に着き、さらにその先に燕然（山）があるとするルートは、西域からいったん長安付近に戻り、そこからまた西北に向かうことになる。「銜命」の二句に換えるなら、逆戻りを排除できる上に、起聯《きれん》と頷聯《がんれん》の平仄がきれいに合うというおまけもついてくる。

一方で、そもそも辺塞詩の地名は実際の地理とは異なって使用されるのが常で、ここもイメージに過ぎないとする解釈も少なくない。たしかに、詩は地理書ではないのだから、実際の地理との整合ばかりを気にする必要はない。だがそれならば、詩としてその地名がなぜ選ばれているかを説明する必要があろう。ただ何となくということではないはずだ。そこを考えてみよう。

この詩は、漢代における北方民族との戦いを前提として組み立てられている。単車は、前漢の李陵《りりよう》「答蘇武書（蘇武《そぶ》に答《こた》うる書《しよ》）」に「足下昔以単車之使、適万乗之虜（足下《そつか》　昔《むかし》　単車《たんしや》の使《つかい》を以《もつ》て、万乗《ばんじよう》の虜《えびす》に適《ゆ》く）」とあるのを念頭に置いていよう。属国は、晋の潘岳《はんがく》「西征賦《せいせいのふ》」に「銜使則蘇属国、震遠則張博望（使《つかい》を銜《ふく》むは則《すなわ》ち蘇《そ》属国《ぞくこく》、遠《えん》を震《ふる》わすは則《すなわ》ち張博望《ちようはくぼう》）」の句が見えるように、典属国《てんぞくこく》という官を授けられた蘇武を指す。ちなみに張博望は、博望侯張騫。居延を過ぐは、『史記』李将軍〔陵〕伝に「嘗深入匈奴二千餘里、過居延（嘗《かつ》て深《ふか》く匈奴《きようど》に入《い》ること二千餘里《にせんより》、居延《きよえん》を過《す》ぐ）」とあるのをそのまま用いている。このように起聯は、李陵や蘇武などの漢の将軍の事績を言い、自らの姿は背後に隠している。居延はまず李陵や蘇武の時代の地名として現れるのである。

ころがりぐさが漢の塞を出て、北へ雁が胡《えびす》の空に帰っていく頷聯、沙漠にひとすじの煙がまっすぐ上り、流れゆく大河に落ちる日は円い頸聯《けいれん》。ここには、過去も現在も未来もそうでありつづけるような光景が現出する。頷聯は、ひたすら北へと向かう旅が強調され、頸聯は、垂直と水平に世界を描く。

尾聯《びれん》は、一般には注意されていないようなのだが、晋の陸機《りくき》「飲馬長城窟行（馬《うま》を長城《ちようじよう》の窟《いわや》に飲《みず》かう行《うた》）」（『文選』巻二八）に「往問陰山候、勁虜在燕然（往《い》きて陰山《いんざん》の候《こう》に問《と》えば、勁虜《けいりよ》は燕然《えんぜん》に在《あ》りと）」とあるのを踏まえている。かつて勁《つよ》き虜《えびす》がいた最北に、いまは唐の将軍たる都護がいるとひっくり返すのが眼目である。そうでなければ句が意味をなさない。

漢代以来、燕然は北方民族との攻防を象徴的に示す場所であった。そして蕭関もまた、塞外へ行く者にとって象徴的な関所であった。それは次に掲げる王維の詩にも示される。

　　欲逐将軍取右賢　沙場走馬向居延
　　遥知漢使蕭関外　愁見孤城落日辺

　　将軍《しょうぐん》を逐《お》いて右賢《ゆうけん》を取《と》らんと欲《ほっ》し、沙場《さじょう》 馬《うま》を走《はし》らせ居延《きょえん》に向《む》かう。遥《はる》かに知《し》る 漢使《かんし》 蕭《しょう》関《かん》の外《そと》、愁《うれ》えて見《み》ん 孤城《こじょう》 落日《らくじつ》の辺《へん》。

「送韋評事（韋評事《いひょうじ》を送《おく》る）」。評事は、属官を示すが、韋評事が誰かは不明。右賢は、匈奴の右賢王。漢の車騎将軍衛青《えいせい》が攻めて、あと一歩で取り逃がした。この詩も漢の事績をもって韋評事の送別とするのである。居延も蕭関も、その文脈において、なかば詩語と化している。「使至塞上」の居延・蕭関・燕然もまた、そのような地名であろう。無理に王維をその場所に置いてしまっては、かえってその含意が失われる。

唐代の辺塞詩は、現在に過去を重ね合わせるという技法を駆使しながら、想像と現実とのあいだに一つの世界を映し出すことに成功した。ここに読んできた詩は、明らかに想像によって書かれたものもあれば、眼前の情景をそのまま詩にしようとしたものもある。現実との関係があやふやで定めがたいものもある。しかし、それらすべてがあって、辺塞詩の世界は編み上げられた。唐は西域を軍事力によって領有したのみならず、詩の力によっても、わがものとしたのである。

# その八◉嶺南

広州を頂点として、右に香港、左にマカオを結んでできるほぼ二等辺の三角形でおおわれる地帯が、いわゆる珠江《しゅこう》デルタ、今日の中国大陸において大きな繁栄を享受している地域の一つだろう。

しかし時代を遡れば、広州付近で東、北、西から珠江にそれぞれ合流する東江、北江、西江を含めた水系の流域は、嶺南《れいなん》と呼ばれる僻遠の地であった。嶺とは、長江流域との分水嶺をなす南嶺山脈、すなわち現在の江西省と湖南省の南、広東省と広西《こうせい》壮族《そう》自治区の北に位置する峰々を指す。「五嶺」の称もある。陸路で嶺南に行くには、この山脈を越えねばならない。

亜熱帯に属する嶺南の自然環境は、黄河流域はもちろん、長江流域とも大きく異なる。言語や習俗の起源もまた異なり、古くは「百越《ひゃくえつ》」と呼ばれた諸民族が居住する地域であった。しかし黄河流域に成立した統一帝国の支配はこの地にも至り、秦は南海郡をいまの広州に置いた。秦が滅亡すると南越国として自立し、九十年あまりにわたってベトナム北部にまで及ぶ地域を支配したが、元鼎《げんてい》六年(前一一二)、漢の武帝は南越国を滅ぼして交趾《こうち》刺史《しし》部を置き、南海・合浦《ごうほ》(広東省)、儋耳《たんじ》・珠崖《しゅがい》(海南島)、蒼梧《そうご》・鬱林《うつりん》(広西壮族自治区)、交趾・九真《きゅうしん》・日南(ベトナム北中部)の九郡を設けた。唐代には、広州を治所とする嶺南道がこの地域の行政区画となった。その範囲は、いまの広東省、広西壮族自治区、ベトナム北部にまたがる。

五嶺を越えて嶺南の地を訪れるのは、統治のために中央から派遣される官吏ばかりではない。都から遠く離れた辺陲《へんすい》の地であることは、つまり流罪の地としても選ばれる条件を備えていたということになる。唐代は、それ以前の王朝が二千里までと定めていた流刑の範囲を拡げ、最も重い場合は三千里とし、官に在る者が官位を下げて遠方に放逐される場合、すなわち流謫《るたく》もしくは貶謫の場合も同様に、前代に比べてさらに僻遠の地が選択肢に入るようになった。唐以前では、南朝・宋の謝霊運が広州に流されて刑死した例が思い浮かぶけれども、嶺南への流謫が増えるのは、唐に入ってからのことだ。

## 則天武后の登場

高祖李淵《りえん》によって建てられた唐は、太宗李世民《りせいみん》の時代には、その善政によって後世に仰がれる太平の世を謳歌した。貞観《じょうがん》の治である。だがその死後、高宗李治《りち》が帝位に就くと、しばらくは国勢の伸張を見たものの、次第にこれまでと違った空気が政治を支配するようになる。大きな転機となったのは、武后《ぶこう》、すなわち則天武后《そくてんぶこう》（武則天《ぶそくてん》、武瞾《ぶしょう》〔照〕）の登場であった。

武后は幼名を媚娘《びじょう》と言う。十四歳で太宗の後宮に入った媚娘は、太宗が亡くなってからいったんは道士となるも、やがて高宗の昭儀《しょうぎ》（正二品の妃）として再び宮中に入った。皇后である王氏が淑妃《しゅくひ》（正一品の妃）である蕭氏への高宗の寵愛を削ぐために彼女を利用したともされ、もともと太宗の後宮にいた時分から高宗の寵愛を受けていたともされる。結果として、武昭儀は高宗の寵愛をさらに受けることになり、また自ら画策して、王皇后と蕭淑妃をその座から追い落とし、皇后の位を得る。永徽《えいき》六年（六五五）、高宗の即位からわずか五年後のことだ。

そしてこのとき、庶人となった王氏の母と兄、蕭氏の兄弟は「嶺外」つまり嶺南へと配流となった。もちろん、残虐な手段で殺害されたと伝えられる王氏と蕭氏に比べれば、まだましだったとすら思えるのだが、ともかくも武后の権勢は誰にも止められなかった。その疑いと弾圧は実子にも及び、高宗との間に生まれた李弘《りこう》は、母にさからったがために毒殺され、『後漢書』に注を施したことで知られる弟の章懐太子李賢《りけん》も、謀反の罪を着せられて巴州《はしゅう》（四川省）に流され、自殺させられた。

弘道《こうどう》元年（六八三）、高宗の死によって、武后の子である中宗李顕《りけん》が即位したが、母の権勢に対抗しようとして、わずか五十日あまりで廃位の憂き目に遭った。代わって即位したのは、やはり武后の子の睿宗《えいそう》李旦《りたん》であったが、実権を握っていたのは当然のように母であった。そして天授《てんじゅ》元年（六九〇）、ついに武后は帝位に上り、国号を周とした。

武后の治世については、旧来の門閥にとらわれず、才能のある者を抜擢したという肯定的な面もある。一方で、美貌の兄弟であった張易之《ちょうえきし》・昌宗《しょうそう》を寵愛し、その専横を許したことは、ほとんどすべての史家が非難する。当時にあっても、正義を重んじる人は彼らへの反感を隠さなかった。その一人に、御史《ぎょし》大夫《たいふ》の魏元忠《ぎげんちゅう》がいた。

張兄弟は彼を憎み、罪に陥れようと画策した。そして魏元忠が司礼丞の高戩《こうせん》と謀反をたくらんでいたと誣《ぶ》告《こく》し、鳳閣舎人《ほうかくしゃじん》であった張説《ちょうえつ》にその証言を要求した。長安三年（七〇三）のことである。

## 張説の貶謫

張説は、微賤《びせん》の出身でありながら、科挙に応じ、その答案が受験者の中で第一とされて、太子校書に任じられた。受けた科の名称については、「賢良方正」や「学綜古今」など史書によって異同があり、受けた年も前後するが、おおむね永昌《えいしょう》元年（六八九）ごろのこととしてよいだろう。そしてその科挙こそ、人材登用のために武后が積極的に行ったものであった。『大唐新語《だいとうしんご》』巻八にはこう記す。

則天初革命、大捜遺逸、四方之士応制者向万人。則天御洛陽城南門、親自臨試。張説対策為天下第一。[…] 拝太子校書。仍令写策本於尚書省、頒示朝集及蕃客等、以光大国得賢之美。

則天《そくてん》の初《はじ》めて命《めい》を革《あらた》むるや、大《おお》いに遺逸《いいつ》を捜《もと》め、四方《しほう》の士《し》の制《せい》に応《おう》ずる者万人《ものまんにん》に向《なんな》んとす。則天《そくてん》 洛陽城《らくようじょう》の南門《なんもん》に御《ぎょ》して、親自《みずか》ら試《し》に臨《のぞ》む。張説《ちょうえつ》の対策《たいさく》 天下第一《てんかだいいち》為《た》り。[…] 太子《たいし》校《こう》書《しょ》を拝《はい》す。仍《よ》りて策本《さくほん》を尚書省《しょうしょしょう》に於《おい》て写《うつ》さしめ、朝《ちょう》に集《つど》うもの及《およ》び蕃客等《ばんかくとう》に頒示《はんじ》し、以《もっ》て大国《たいこく》 賢《けん》を得《え》たるの美《び》を光《かがや》かす。

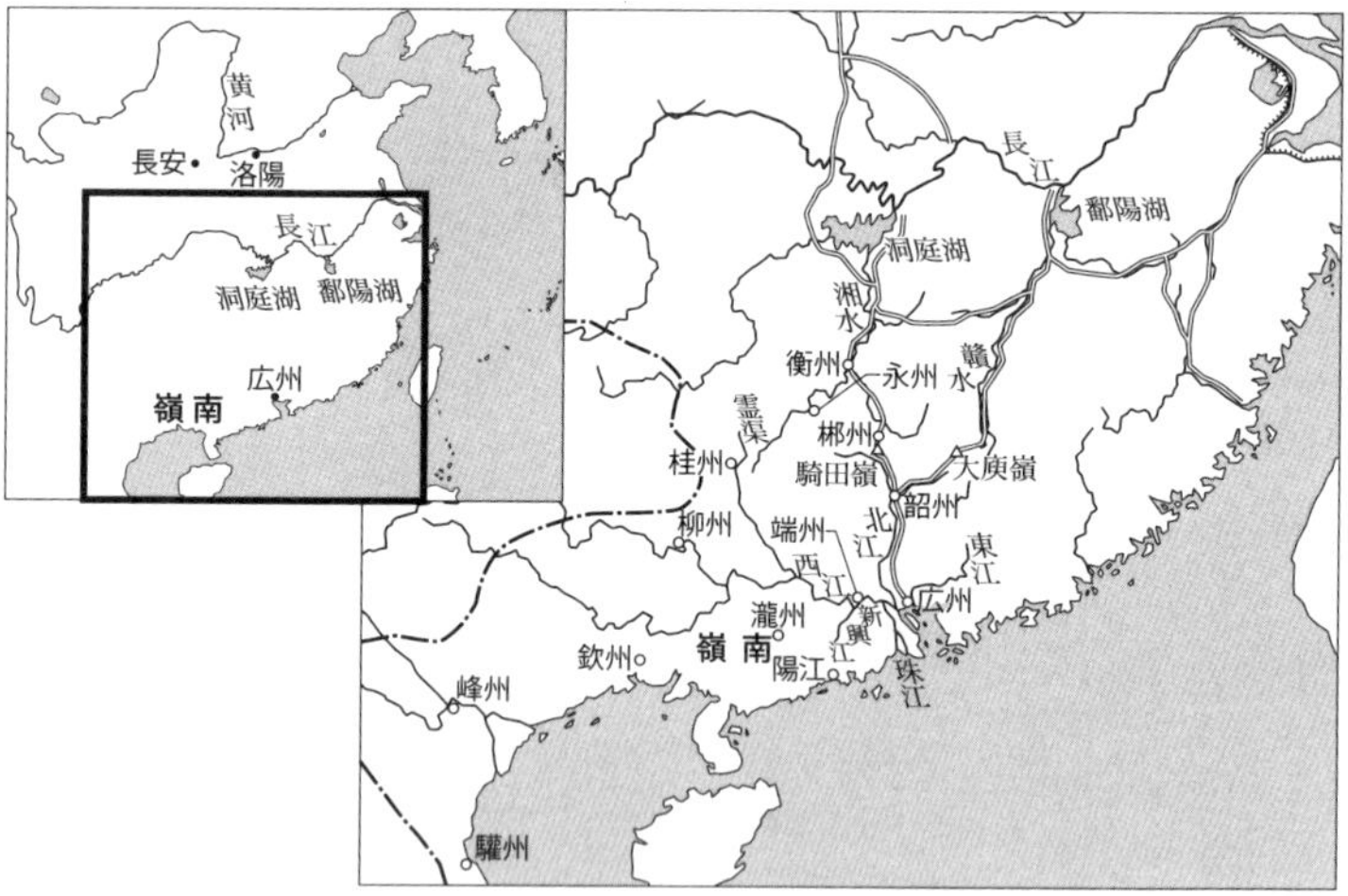


武后自ら科挙に臨席し、張説の答案は天下第一として書写され、朝臣や異国の使節に頒布された。張説はまさに武后に見いだされたのである。

それから十年あまり、宮廷文人として官途も順調であった張説に、張易之兄弟は官位を餌に偽証を迫った。結局、張説は武后の面前で魏元忠を擁護し、張易之を批判した。そのまま許されるはずもなく、欽州《きんしゅう》（広西壮族自治区）に貶謫となった。魏元忠もまた嶺南の端州《たんしゅう》（広東省）に、高戩も具体的な土地は未詳ながらやはり嶺南に謫された。

張説と高戩は、おそらく途中で同道となり、端州で別れた。端州は硯《すずり》で有名な端渓《たんけい》の地、張説が行く欽州は、そこからさらに西に五〇〇キロ以上の道のりである。

異壤同羈竄　途中喜共過

愁多時挙酒　労罷或長歌
南海風潮壮　西江瘴癘多
於焉復分手　此別傷如何

異壌《いじょう》 羈竄《きざん》を同《とも》にし、途中《とちゅう》 共《とも》に過《す》ぎしを喜《よろこ》ぶ。愁《うれ》い多《おお》くして時《とき》に酒《さけ》を挙《あ》げ、労《つか》れ罷《や》みて或《ある》いは長《なが》く歌《うた》う。南海《なんかい》は風潮壮《ふうちょうさか》んに、西江《せいこう》は瘴癘多《しょうれいおお》し。焉《ここ》に於《お》いて復《ま》た手《て》を分《わか》つ、此《こ》の別《わか》れ 傷《いた》ましきこと如何《いかん》。

「端州別高六戩（端州《たんしゅう》にて高六戩《こうろくせん》に別《わか》る）」。高六戩の「六」は、高戩の排行《はいこう》。一族で六番目の男子である。異壌は、異郷、異土。羈竄は、流謫。

同じく嶺南に流謫となりながら、ここまで嬉しくも同道できた。愁いが募れば酒を酌み交わし、旅の疲れに歌をうたって気を晴らした。南海は風波も海潮も強く、西江は南方の毒気が立ちこめる。ここで君とはお別れだ、この悲しみをどうしたものか。

瘴癘は、瘴気、もしくは瘴気を受けて起こる病気。高温多湿で腐敗や伝染病の多い南方の土地には、病を引き起こす毒気があると考えられ、瘴気と呼ばれた。瘴気も瘴癘も、嶺南を象徴する語である。

洛陽の宮廷における張説は、たとえば次のような詩を作るのが役目であった。

林間艶色嬌天馬　莞裏穠華伴麗人
願逐南風飛帝席　年年含笑舞青春

林間《りんかん》の艶色《えんしょく》 天馬《てんま》に嬌《あで》やか、莞裏《かんり》の穠華《じょうか》 麗人《れいじん》を伴《ともな》う。願《ねが》わくは南風《なんぷう》を逐《お》いて帝席《ていせき》に飛《と》び、年年《ねんねん》 笑《え》みを含《ふく》みて青春《せいしゅん》を舞《ま》わん。

「桃花園馬上（桃花園《とうかえん》の馬上《ばじょう》にて）」。長安年間、すなわち魏元忠の事件の少し前、武后の命によって作られた応制の作。莞は、いぐさ。ここは林間と莞裏を対照させて、草むらの意とするか。林に咲く花は天馬を添えてさらに華やか、草むらに落ちた花びらには美人のお供。願わくは南風に従って皇帝のおそばに飛び、毎年笑みを浮かべながら春の季節に舞いたいもの。全体に桃の花を詠じた軽やかな七言絶句、飛ぶのも舞うのも桃の花びら、いかにも華やかな宮宴にふさわしい。

だが、嶺南での作は、そのようなものではない。そこは瘴癘の地であって、北方からやってきた旅人に自然は親しくない。五言律詩「和朱使欣（朱使欣《しゅしきん》に和《わ》す）」二首の其一《その》から前半四句を挙げておこう。

南土多為寇　西江尽畏途
山行阻篁竹　水宿礙萑蒲
南土《なんど》は寇《こう》を為《な》すもの多《おお》く、西江《せいこう》は尽《ことごと》く畏途《いと》なり。山行《さんこう》すれば篁竹《こうちく》に阻《はば》まれ、水宿《すいしゅく》すれば萑《かく》蒲《ほ》に礙《さまた》げらる。

南方の土地は盗賊が多く、西江を遡る道はどこもかしこも危険。山道を行こうとすれば竹やぶがじゃまをし、水辺に停泊しようとすれば蘆《あし》や蒲《がま》などの水草がじゃまをする。張説の救いは、この嶺南の厳しい自然を、場所は少し離れているとはいえ、ともにする知友のいることであった。端州で別れた高戩に、張説は配所から詩を贈っている。

北極辞明代　南溟宅放臣
丹誠由義尽　白髪帯愁新
鳥墜炎洲気　花飛洛水春
平生歌舞席　誰憶不帰人
北極《ほっきょく》に明代《めいだい》を辞《じ》し、南溟《なんめい》に放臣《ほうしん》は宅《お》る。丹誠《たんせい》は義《ぎ》に由《よ》りて尽《つ》き、白髪《はくはつ》は愁《うれ》いを帯《お》びて新《あら》たなり。鳥《とり》は墜《お》つ　炎洲《えんしゅう》の気《き》、花《はな》は飛《と》ぶ　洛水《らくすい》の春《はる》。平生《へいぜい》歌舞《かぶ》の席《せき》、誰《たれ》か帰《かえ》らざる人《ひと》を憶《おも》わん。

「南中贈高六戩（南中《なんちゅう》にて高六戩《こうろくせん》に贈《おく》る）」。北極は、天の最高所にある北極星になぞらえて、天子のいる宮殿、ひいては朝堂。南溟は、南の大海。溟は、くらいさまをも示す。高く輝く北極と暗く低い南溟が対比される。

繁栄の都を離れ、逐臣は南海のほとり。真心は義のために尽き、白髪は愁いを帯びて増える。鳥が南国の熱に落ちるころ、洛水のほとりに花は飛ぶのだろう。いつものように催される宴で、誰が私たちを思い出すだろうか。

「鳥墜炎洲気」の句は、南朝の鮑照《ほうしょう》「苦熱行《くねつこう》」（『文選』巻二八）に「身熱頭且痛、鳥堕魂来帰（身《み》は熱《あつ》く頭《あたま》は且《か》つ痛《いた》み、鳥《とり》は堕《お》ちて魂《たましい》は来《き》たり帰《かえ》る）」、あるいはさらにさかのぼって魏の曹植《そうしょく》「七哀《しちあい》詩《し》」（鮑照「苦熱行」李善《りぜん》注引）に「南方有障気、晨鳥不得飛（南方《なんぽう》に障気《しょうき》有《あ》り、晨鳥《しんちょう》飛《と》ぶを得《え》ず）」とあるような伝統的な南方表象を継承している。だが、南方への遠征を背景としてひたすら苦しみを詠う「苦熱行」の系譜と異なり、ここには洛陽の春が対として現れる。「鳥墜炎洲気　花飛洛水春」という対句には、帰京を願う切実さと、そのかなわなさへの悲嘆が結晶している。

かつては眼前に舞う桃の花を詠じた詩人は、いまそれをはるか彼方から想像する。対句の技法を凝らしている点では、六朝から初唐に至る詩の流れを受けているが、明と暗との間に自らの境遇を描き、最後に「不帰人」として遠くから見放す詩境は、彼のそれまでの作を大きく超えている。

## 神龍の変

神龍《しんりゅう》元年（七〇五）、幸いにも張説は都への帰還を許された。

その年の正月、武后は病が重くなり、それに乗じた張柬之《ちょうかんし》らがクーデターを起こして張易之兄弟を殺害し、武后は退位を余儀なくされて、中宗が復位した。やがて武后も崩じ、名実ともに武后の世は終わりを告げた。魏元忠も張説も、有用の人材として再び都に召された。本来なら、往路をともにした高戩も道を同じくするはずであっただろうが、彼は流謫の地ですでに亡くなっていた。張説は、帰途、再び端州を経由して都へと向かったとき、かつてここで別れた高戩を悼んで詩を作った。

旧館分江口　凄然望落暉
相逢伝旅食　臨別換征衣
昔記山川是　今傷人代非
往来皆此路　生死不同帰

旧館《きゅうかん》 分江《ぶんこう》の口《ほとり》、凄然《せいぜん》として落暉《らくき》を望《のぞ》む。相《あ》い逢《あ》いて旅食《りょしょく》を伝《つた》え、別《わか》れに臨《のぞ》んで征衣《せいい》を換《か》う。昔記《むかししる》す 山川《さんせん》は是《ぜ》なるも、今《いま》は傷《いた》む 人代《じんだい》の非《ひ》なるを。往来《おうらい》 皆此《みなこ》の路《みち》なるに、生死《せいし》 帰《かえ》るを同《おな》じうせず。

「還至端州駅前与高六別処（還《かえ》りて端州駅《たんしゅうえき》に至《いた》る、前《さき》に高六《こうろく》と別《わか》れし処《ところ》なり）」。『唐詩選』にも収められ、よく知られている。

旧館は、以前のままの駅舎。分江は、川が分かれること、口はその場所。端州は西から東に流れる西江沿いの街で、南に新興江という細い川が分岐している。張説がかつてここで高戩と別れたことはすでに見たとおりだが、その後、張説が端州と欽州の間をどのようなルートでたどったかは不明である。もしかすると新興江沿いに南に向かい、さらに海沿いの陽江まで出て、そこから欽州に出たということであろうか。あるいは、端州から東にしばらく下ると北から南に流れる北江と合流することから、それを念頭に「分江口」と称したものであろうか。いずれにしても、川の分岐と二人の別れが重ね合わされていることは間違いない。

かつて過ごした駅舎は分流口のほとり、いま心痛ましく夕日を眺める。あの旅では食事を分けあい、別れにさいして旅の衣を交換した。

征衣を換うは、季節の衣替えをしたという解釈もあるが、衣を交換したと解釈するほうが、生きては戻れないかもしれないという不安が二人にあったことをより強く示すだろう。

山川のたたずまいはかつて記憶したとおり、しかし人の世はすでに移ろっている。行きも帰りも同じこの道を通るのに、君と私は生死の境を異にし、連れ立って帰ることができない。

人代は、人世に同じ。太宗李世民の諱《いみな》を避けて、「世」を「代」に換えたもの。この聯《れん》の「是」と「非」は、魏の文帝曹丕《そうひ》が、かつて行楽をともにした文人たちを疫病で亡くした後に、「節同時異、物是人非（節《せつ》は同《おな》じくして時《とき》は異《こと》なり、物《もの》は是《ぜ》にして人《ひと》は非《ひ》なり）」と嘆いたことに通じる表現であろう（「与朝歌令呉質書（朝歌令呉質《ちょうかれいごしつ》に与《あた》うる書《しょ》）」『文選』巻四二）。

政治抗争を背景にもつ流謫は、誰かひとりが流されることはむしろ稀で、同罪とされた者が集団として都から追放される状況を多く生んだ。最終的な流謫地はばらばらに離されても、嶺南という大まかな地域が共通していることもしばしばだった。流謫された者たちが同じ悲哀を共有するという詩が可能になったのは、唐代におけるこうした流謫の背景が契機になっていること、まずは張説のこれらの詩から知られるだろう。

そして神龍の変によって張説らが許されて都に帰るのとは逆に、新たに嶺南に流される者がいた。張易之兄弟に阿諛追従《あゆついしょう》したとされた文人たちである。

## 逐臣の唱和

張易之兄弟と交わりが深かったとされて流謫の憂き目に遭ったのは、杜審言《としんげん》、沈佺期《しんせんき》、宋之問《そうしもん》、王無競《おうむきょう》、閻朝隠《えんちょういん》ら十八人であった。なかでも、杜審言は杜甫の祖父としても知られる詩人、沈佺期と宋之問はその一回り下の世代で、沈宋と並び称され、八句で構成される律詩の詩型を確立した功績で文学史上に名を遺す。いわば、当時の名だたる宮廷文人が嶺南の地に送られたのである。

唐代において、北から嶺南に至るおもなルートは三つあった。一つは、長江から鄱陽湖で南に入り、さらに贛《かん》水を遡って、大庾嶺《だいゆれい》を越えて韶州《しょうしゅう》に入るルート（江西路）。次は、洞庭湖から湘水を遡り、衡州（衡陽）から郴州《ちんしゅう》に向かい、騎田嶺《きでんれい》を越えて韶州に入るルート（郴州路）。この二つは、韶州からは北江を南下することになる。さらに、衡州から永州に向かい、霊渠《れいきょ》を経て、桂州（桂林）に入るルート（桂州路）。霊渠は南越攻撃のために秦の始皇帝が開いた運河で、これによって長江水系と珠江水系が結ばれた。ただし、唐代前半には、渠道が浅くなって舟行に不便をきたしていたらしく、宝暦《ほうれき》年間（八二五〜八二七）に改めて開修されている。

杜審言は、湘水を遡って郴州路を通って嶺を越え、端州を経て、峰州（ベトナム北部）に流された。湘水を遡った途上の作に、「渡湘江（湘江《しょうこう》を渡《わた》る）」があり、『唐詩選』に収められる。

遅日園林悲昔遊　今春花鳥作辺愁
独憐京国人南竄　不似湘江水北流

遅日《ちじつ》 園林《えんりん》 昔遊《せきゆう》を悲《かな》しみ、今春《こんしゅん》 花鳥《かちょう》 辺愁《へんしゅう》を作《な》す。独《ひと》り憐《あわ》れむ 京国《けいこく》の人《ひと》の南竄《なんざん》せられ、
湘江《しょうこう》の水《みず》の北流《ほくりゅう》するに似《に》ざるを。

うららかな日の園林にてかつて行楽に興じたことを悲しく思い出す、この春は花も鳥も辺境の

愁いを起こすばかり。湘江の水が北に流れるのとは逆に、都に育った私が南に放逐されるのを、ただ憐れむ。

そして峰州での作、「旅寓安南（安南《あんなん》に旅寓《りょぐう》す）」。

交趾殊風候　寒遅暖復催
仲冬山果熟　正月野花開
積雨生昏霧　軽霜下震雷
故郷踰万里　客思倍従来

交趾《こうち》 風候《ふうこう》を殊《こと》にし、寒遅《かんおそ》くして暖復《だんま》た催《うなが》す。仲冬《ちゅうとう》 山果《さんか》熟《じゅく》し、正月《しょうがつ》 野花《やか》開《ひら》く。積雨《せきう》 昏霧《こんむ》より生《しょう》じ、軽霜《けいそう》 震雷《しんらい》より下《くだ》る。故郷《こきょう》 万里《ばんり》を踰《こ》ゆ、客思《かくし》 倍《ます》ます従《よ》り来《きた》る。

交趾は、ベトナム北部。その気候は中国とは異なり、寒さの来るのが遅く、寒さが来てもまた暖かくなったりする。真冬なのに山の木の実が熟し、正月なのに野の花が咲いている。霧が立ちこめて雨が降り続き、雷が鳴って霜が降りる。故郷ははるか万里の彼方、旅の思いはますます募る。

湘水での七言絶句と同様、五言律詩という定型に整えられた詩は、悲しみはありながらも、どこか淡々としている。張説の詩が盛唐詩への連続を感じさせるような激しさを含んでいたのに対して、ここでは、経験したことのない風土すらも、対句を配置する律詩の構成に切りそろえられる。物足りなく思う向きもあるかもしれないが、その叙述と形式のそぐわなさが、独特の趣《おもむき》を生んでいるとも言える。どのような環境であれ、詩のかたちにしてしまう。そういう詩人として、杜審言はあったのかもしれない。

沈佺期もまた、杜審言と同じルートをたどったが、旅程はやや遅れていたらしい。「遥同杜員外審言過嶺（遥《はる》かに杜《と》員外審言《いんがいしんげん》の嶺《れい》を過《よぎ》るに同《どう》ず）」と題した七言律詩がある。

天長地闊嶺頭分　去国離家見白雲
洛浦風光何所似　崇山瘴癘不堪聞
南浮漲海人何処　北望衡陽雁幾群
両地江山万餘里　何時重謁聖明君

天《てん》は長《なが》く地《ち》は闊《ひろ》くして嶺頭《れいとう》に分《わ》かる、国《くに》を去《さ》り家《いえ》を離《はな》れて白雲《はくうん》を見《み》る。洛浦《らくほ》の風光《ふうこう》 何《なん》の似《に》る所《ところ》ぞ、崇山《すうざん》の瘴癘《しょうれい》 聞《き》くに堪《た》えず。南《みなみ》のかた漲海《ちょうかい》に浮《う》かべば人《ひと》は何《いず》れの処《ところ》ぞ、北《きた》のかた衡陽《こうよう》を望《のぞ》めば雁《かり》は幾群《いくぐん》ぞ。両地《りょうち》の江山《こうざん》 万餘《ばんよ》里《り》、何《いず》れの時《とき》か重《かさ》ねて聖明《せいめい》の君《くん》に謁《えつ》せん。

沈佺期が流されたのは、峰州よりもさらに南方の驩州《かんしゅう》であり、流謫された人々の中で最も遠方だった。崇山は、その驩州にある山。漲海は、いまのトンキン湾のあたりの海。この詩も『唐詩選』に載せられる。

南北を分かつ嶺の上に立てば、天地はまことに広大、都を去り家を離れてただ白雲を見るばかり。洛水の岸辺の風とも光とも似つかぬこの地、さらに行く手の崇山の毒気など聞くだにおぞましい。先に南の海に舟を浮かべた杜員外どのはいまどのあたりか、北のかた衡州を望めば回雁峰《かいがんほう》から帰る雁はどれほどか。峰州も驩州も都から万里以上も山河を隔てた地、いつになったら天子にお目にかかることができるだろうか。

衡陽に聳《そび》える衡山には回雁峰と呼ばれる峰があって、雁もそこより南には行かず、北に帰ったとされる。沈佺期が唱和した杜審言の詩は伝わっていないが、宋之問の五言律詩「題大庾嶺北駅（大庾嶺《だいゆれい》の北駅《ほくえき》に題《だい》す）」が「陽月南飛雁、伝聞至此迴（陽月《ようげつ》　南飛《なんぴ》の雁《かり》、伝《つた》え聞《き》く　此《ここ》に至《いた》りて迴《かえ》ると）」と詠い始められるように、あるいはその詩にも、雁も通わぬ南方へと向かう悲哀がうたわれていたのかもしれない。

この詩で特徴的なのは、起聯《きれん》のスケールの大きさと頷聯《がんれん》における洛陽の「風光」と嶺南の「瘴癘」の対比、そして何より後半で「何処」「幾群」「何時」と繰り返される疑問であろう。問いかけてももちろん答えは返らない。しかし問いを発せずにはいられない。唱和の詩でありながら、彼らが洛陽の春風の中で交わしていたそれとはまったく異なる感情が詩を支配している。自己の境遇としても、自然の環境としても、最も死に近いところに彼らはいた。

宋之問は、沈佺期よりもさらに遅れた。彼のルートは大庾嶺を越える江西路で、韶州から端州を経由して瀧州《ろうしゅう》（広東省）に向かうものだった。そして彼は端州で杜審言らが壁に書きつけた詩を目にした。「至端州駅見杜五審言沈三佺期閻五朝隠王二無競題壁慨然成詠（端州駅《たんしゅうえき》に至《いた》り、杜五《とご》審言《しんげん》・沈三佺期《しんさんせんき》・閻五朝隠《えんごちょういん》・王二無競《おうじむきょう》の壁《かべ》に題《だい》するを見《み》、慨然《がいぜん》として詠《えい》を成《な》す）」は、その時の作である。

逐臣北地承厳譴　謂到南中毎相見
豈意南中岐路多　千山万水分郷県
雲揺雨散各翻飛　海闊天長音信稀
処処山川同瘴癘　自憐能得幾人帰

逐臣《ちくしん》北地《ほくち》にて厳譴《げんけん》を承《う》けしも、謂《おも》えらく南中《なんちゅう》に到《いた》れば毎《つね》に相《あ》い見《み》んと。豈《あ》に意《おも》わんや南中《なんちゅう》岐路《きろ》多《おお》く、千山万水《せんざんばんすい》郷県《きょうけん》を分《わ》かつと。雲揺《くもゆら》ぎ雨散《あめさん》じて各《おの》おの翻飛《ほんぴ》し、海闊《うみひろ》く天《てん》長《なが》くして音信稀《おんしんまれ》なり。処処《しょしょ》の山川《さんせん》同《おな》じく瘴癘《しょうれい》、自《みずか》ら憐《あわ》れむ能《よ》く幾人《いくにん》か帰《かえ》るを得《え》ん。

私たち追放された臣は北の都でお咎めを受けたが、南方に行けばいつも会えるものと思っていた。それがどうだ、南方は分かれ道が多く、多くの山川が村や町を隔てている。雲が流れ雨が散るようにそれぞれの行く先に飛び散り、海は広く天は果てしないこの様子では音信も滞るだろう。どこへ流されるとてここは瘴癘の地、都に幾人帰れるものか、自ら憐れむばかり。嶺南の地形は彼らの予想を超えたもので、交通もきわめて不便であった。沈佺期が「天長地闊」と言い、宋之問が「海闊天長」と言うのは、どこまで行けばいいのかもわからぬあてどなさと我が身のよるべなさが、このような感覚を生ぜしめているのだろう。

流謫された彼らは、則天武后の世であったからこそ引き立てられた文官であった。名門の出ではないが、詩文に巧みであったがために、貴顕の供をすることができた。彼らはいわば筆一本で仕えねばならなかった。権勢のありかが換わって美辞麗句が阿諛追従とされれば、貶謫される運命にある。

則天武后が本拠を置いた神都洛陽で修辞を競い合った詩人たちは、嶺南でもまた、その自然と運命を修辞の対象とし、詩を交わした。かつての風光との対比、瘴癘への嘆き、帰還という悲願。型は型として定まっているが、施される修辞はかつてよりも切実で、身体の呻きがあり、また、交わされる詩にはなにがしかの連帯感が芽生えているようにも感じられる。流謫された宮廷詩人は、望まないながらも新たな詩境を拓きつつあった。右の詩も『唐詩選』に採られているように、後世の選者にもそれは意識されていた。

## 嶺南の山水

宋之問が大庾嶺を越えて北江の分流に沿って南下したあたりで作られた五言排律「早発始興江口至虚氏村作（早《つと》に始興《しこう》の江口《こうこう》を発《はっ》して虚氏村《きょしそん》に至《いた》りて作《つく》る）」には、次のような句が見える。

薜茘揺青気　桄榔翳碧苔
桂香多露裛　石響細泉回
抱葉玄猿嘯　銜花翡翠来

薜茘《へいれい》 青気《せいき》を揺《ゆる》がし、桄榔《こうろう》 碧苔《へきたい》を翳《おお》う。桂香《けいこう》 多露《たろ》裛《うるお》し、石響《せききょう》 細泉《さいせん》 回《めぐ》らす。葉《は》を抱《いだ》きて
玄猿《げんえん》嘯《うそぶ》き、花《はな》を銜《ふく》んで翡翠《ひすい》来《きた》る。

薜茘は、かずら。桄榔は、南方特産のヤシ科の低木。かずらが山中の緑の空気を揺らし、桄榔が青い苔を覆うように垂れている。露でしっとり濡れた桂花が香りを放ち、せせらぎが石をめぐって音を立てる。葉の茂みから猿の声がして、花をくわえてかわせみが飛んでくる。整えられた対句のうちに、南方の自然が体を包むように感じられてくる。緑にむせるような空気、椰子の葉の影、桂花の香り、せせらぎの音、猿の声、そしてかわせみの飛ぶ姿。

詩は、「南中雖可悦、北思日悠哉（南中《なんちゅう》は悦《よろこ》ぶ可《べ》しと雖《いえど》も、北思《ほくし》は日《ひ》に悠《ゆう》なる哉《かな》）」と続けられ、最後も「何当首帰路、行剪故園萊（何当《いつか》帰路《きろ》に首《むか》い、行《ゆ》く故園《こえん》の萊《らい》を剪《き》らん）」と結ばれ、つまりは望郷の思いで締めくくられるのだが、それでもこうした南方の自然描写が、いかにも宮廷的な対句の修辞を駆使して行われつつ、読者の身体感覚を引き起こすに至っているところが出色であろう。ちなみにこの詩も『唐詩選』に見える。

宋之問の詩をもう一首。

越嶺千重合　蛮渓十里斜
竹迷樵子径　萍匝釣人家
林暗交楓葉　園香覆橘花
誰憐在荒外　孤賞足雲霞

越嶺《えつれい》は千重《せんちょう》に合《かさな》り、蛮渓《ばんけい》は十里《じゅうり》に斜《なな》めなり。竹《たけ》は樵子《しょうし》の径《みち》を迷《まよ》わせ、萍《へい》は釣人《ちょうじん》の家《いえ》を匝《めぐ》る。林《はやし》は暗《くら》くして楓葉《ふうよう》交《まじ》わり、園《えん》は香《かお》りて橘花《きっか》覆《おお》う。誰《たれ》か憐《あわ》れまん　荒外《こうがい》に在《あ》るを、孤賞《こしょう》　雲霞《うんか》足《た》る。

「過蛮洞（蛮洞《ばんとう》を過《よぎ》る）」。蛮洞は、異民族の集落。萍は、浮き草。楓は、ここはかえでではなく、かつらの木。荒外は、天下のうち最も遠方の「八荒」のさらに外。雲霞は、朝夕の光に彩られる雲、あるいは山にかかる雲。『南斉書』顧歓《こかん》伝に「自足雲霞、不須緑養（自《おのず》から雲霞《うんか》足《た》る、緑養《ろくよう》を須《もち》いず）」とあるように、俗外の自然を象徴する。

越の山々は幾重にも重なり、南蛮の渓谷は十里にわたってうねっている。竹が生い茂ってきこりの道を迷わせ、浮き草が釣り人の家をびっしり取り巻いている。かつらの葉が折り重なって林は暗く、たちばなの花が一面に咲いて園は香っている。辺境にいることを憐れむことはない、ひとり楽しむにはじゅうぶんな自然がある。

宋之問は嶺南への流謫から一年も経たずに密かに都に逃げ帰り、政争をうまく利用して復権したものの、その巧みさがあだとなって越州（浙江省）に左遷され、さらにまた欽州に流謫の身となった。すなわち嶺南には二度流されているのだが、この詩はその再謫時に詠まれたものかもしれない。いずれにせよ、ここに示された情景は、きこりや漁師も登場して人に近しく、瘴癘の気は感じられない。新たな山水美の発見などと言う必要はないけれども、詩人が嶺南の風物に安らごうとしてこの詩を作ったことはわかる。

『旧唐書』宋之問伝は、「之問再被竄謫、経途江・嶺、所有篇詠、伝布遠近（之問再《しもんふたた》び竄謫《ざんたく》せられ、江《こう》・嶺《れい》を経途《けいと》す、所有《あらゆる》篇詠《へんえい》、遠近《えんきん》に伝布《でんぷ》す）」、すなわち宋之問が二度の流謫で長江から嶺南への地域を経たときの詩が、世間に伝えられたと記す。宋之問の文名が高かったことを示すと同時に、嶺南という多くの人にとって未知の土地の風物が、この詩人の手によってどのような詩となるのか、人々の関心を呼んだことを示しているだろう。

その場その場にふさわしい詩を作ることが、宮廷詩人の本領である。唱和して修辞を競い合うことも、彼らの仕事のうちである。嶺南への流謫という過酷な目に遭っても、彼らは自分の仕事を止めなかった。そのおかげで、嶺南は詩の舞台となった。

詩の舞台としての嶺南は、韓愈《かんゆ》、劉禹錫《りゅううしゃく》、柳宗元《りゅうそうげん》など、宋之問らの時代よりも百年あまり後の文人たちによって、新たな生命を与えられる。この章を起こすにさいして念頭にあったのはじつはその時代だった。なかでも、桂州から西南に下った柳州における柳宗元の詩境は、嶺南を語るとなれば欠かせない。また、さらに時代を下れば、海南島に流された蘇軾《そしょく》の詩も取り上げたくなる。蘇軾らしさが発揮された、ゆたかでみずみずしい表現は、嶺南詩の新たな世界を見せてくれる。（一）

しかしここでは敢えて、初唐期の嶺南に焦点をあてた。唐が国力を伸張し、政治秩序にも大きな変動が繰り返された武后統治期、嶺南は文人の流謫の場所として浮かび上がり、嶺南の詩作は洛陽の詩宴と表裏をなすに至った。そうした時代と詩の結びつきを示そうとしたのである。

# その九◉江戸

永井荷風の『濹東綺譚《ぼくとうきだん》』によって目に親しい「濹」の字が隅田川を表すために作られた文字であったことは、その書の「作後贅言」に述べられる（一）。

向島寺島町に在る遊里の見聞記をつくつて、わたくしは之を濹東綺譚と命名した。濹の字は林述斎《はやしじゆつさい》が墨田川を言現《いひあらは》すために濫《みだり》に作つたもので、その詩集には濹上漁唱と題せられたものがある。文化年代のことである。幕府瓦解の際、成島柳北が下谷和泉橋通の賜邸を引払ひ、向島須崎村の別荘を家となしてから其詩文には多く濹の字が用い出された。それから濹字が再び汎《あまね》く文人墨客の間に用いられるやうになつたが、柳北の死後に至つて、いつともなく見馴れぬ字となつた。

林述斎、名は衡《たいら》、明和五年（一七六八）、美濃岩村藩主の子として生まれ、寛政五年（一七九三）に林家を嗣ぎ、まもなく大学頭《だいがくのかみ》となった。昌平坂学問所の設置など、寛政の学制改革を導いたことでも知られる江戸後期の著名な儒者である。荷風は、『濹東綺譚』が刊行された昭和十二年を遡ること十年、昭和二年に『中央公論』に掲載された随筆「向嶋」にて、すでにこう記していた。

隅田川を書するに江戸の文人は多く墨水または墨江の文字を用いてゐる。その拠るところは伊勢物語に墨多或は墨田の文字を用いてゐるに在ると云ふ。また新に濹といふ字をつくつたのは林家《りんけ》を再興した述斎であつて、後に明治年間に至つて成島柳北が頻にこの濹字を用いた。これ等のことはいづれも風俗画報社の新撰東京名所図会に説かれてゐる。
林述斎が隅田川の風景を愛して橋場の辺に別墅を築き之を鷗窠と命名したのは文化六年である。其の詩集濹上漁唱に花時の雑沓を厭つて次の如くに言つたものがある。［…］

述斎の詩については後に引くとして、その詩集の名は正しくは『濹上漁謡《ぼくじょうぎょよう》』である。とはいえ、述斎には他に『谷口樵唱《こくこうしょうしょう》』があり、また、述斎の門人である佐藤一斎には明治の名家文集にも採られる「墨水漁唱巻跋《ぼくすいぎょしょうかんのばつ》」があって、「述斎林公墨上雑詩、松軒君手録之、拝図為一巻（述斎林公《じゅつさいりんこう》の墨上雑詩《ぼくじょうざつし》、〔菊池〕松軒君《しょうけんくん》之《これ》を手録《しゅろく》し、図《ず》を拝《はい》して一巻《いっかん》と為《な》す）」とあることからすれば、思い違いも起きて不思議ではない。あるいは、荷風が好んだ江戸の詩人館柳湾《たちりゅうわん》の詩集が『柳湾漁唱《りゅうわんぎょしょう》』と題されていることを思い浮かべてよいかもしれない。

「濹」字を用いるかどうかはさておき、(二)江戸から明治にかけて、隅田川は詩作の恰好の舞台であった。明治の漢作文や作詩の手本に「墨上観花」やら「遊墨水」やらの題目は馴染みのもので、本邦東都で詩を詠むのなら、隅田川は外せない。だが、そこが詩の舞台となったのは、さほど遠いことではない。「向嶋」には、「そも〳〵享保のむかし服部南郭が一夜月明に隅田川を下り「金龍山畔江月浮」の名吟を世に残してより、明治に至るまで凡二百有余年、墨水の風月を愛してこゝに居を卜した文雅の士は勝《あ》げるに堪へない」という一文もあって、その口吻を尊重すれば二百年はそれなりに長い年月だと解すべきかもしれないが、享保はすでに十八世紀、二千年を超える詩の歴史の中では、後段に属せしめざるをえない。

そもそも、本邦における作詩の歴史は、口誦以来の歌とは比べられないにせよ、当然のことながら奈良朝に遡り、学識を具えた者たちによって途切れることなく受け継がれてきたものではある。ただ、多くの人々が親しみ、全国で詩文の腕が競われたとなれば、やはり近世も半ば以降とするのが妥当なところだろう。いやむしろ、科挙などの社会制度的な裏付けがないにもかかわらず、近世から近代における教育と出版の普及によってこれほどの隆盛を見たのは、まったく稀有なことだったと思える。隅田川が作詩の舞台となったのは、そうした趨勢のいわば象徴と言うべきものだ。

### 金龍山

荷風が挙げた南郭《なんかく》の詩は、「夜下墨水（夜《よる》墨水《ぼくすい》を下《くだ》る）」、よく知られた作である。

金龍山畔江月浮　江揺月湧金龍流

扁舟不住天如水　両岸秋風下二州
金龍山畔《きんりゅうさんぱん》 江月浮《こうげつう》かび、江揺《こうゆら》ぎ月湧《つきわ》きて金龍流《きんりゅうなが》る。扁舟《へんしゅう》 住《とど》まらず 天《てん》 水《みず》の如《ごと》く、両岸《りょうがん》の
秋風《しゅうふう》 二州《にしゅう》を下《くだ》る。

南郭と号した服部元喬《はっとりげんきょう》は、天和三年（一六八三）、京都の商家に生まれた。元禄九年（一六九六）、父の死によって江戸に下り、やがて柳沢吉保《やなぎさわよしやす》に仕えた。師の荻生徂徠《おぎゅうそらい》に出会ったのもその縁である。享保三年（一七一八）に致仕してのちは、不忍池畔に塾を開いた。

金龍山は、浅草寺の東北、隅田川西岸の待乳《まっち》山《やま》を指す。待乳山には聖天宮で知られる本龍院があり、推古天皇の時代に龍が現れたとの伝説がある。金龍山はまた浅草寺の山号でもある。扁舟は、小舟。二州は、武州と総州、隅田川は武蔵と下総の国境《くにざかい》を流れる川であった。

金龍山のたもと、墨水に月影は浮かび、川面の揺れる中に月が出て、金の龍が流れていく。小舟もまた川の流れに乗って空と川の境目もなく、国境に吹く秋風に舟は下っていく。

待乳山は、山と称するにはあまりにも小振りで、標高も一〇メートル、現代ではもちろん東京スカイツリーの威容に及ばないが、往時は隅田川両岸の平坦な土地にあってランドマークとなっていた。それにしても、南郭が別の詩で次のように詠むのはさすがに大袈裟だろう。

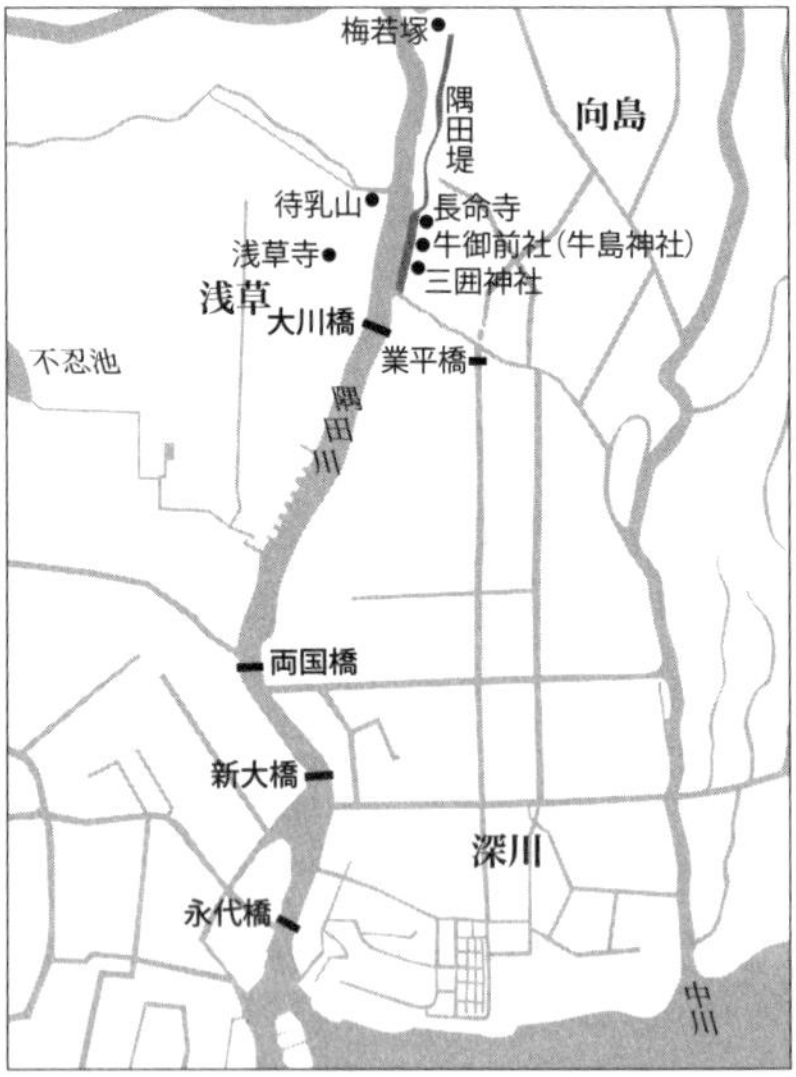


誰謂僊宮難可攀　金龍近指彩雲間
河辺鳥道通秦時　樹杪人家接漢関

誰《たれ》か謂《い》う 僊宮《せんきゅう》 攀《よ》ず可《べ》きこと難《かた》しと、金龍《きんりゅう》 近《ちか》く指《さ》す 彩雲《さいうん》の間《かん》。河辺《かへん》の鳥《ちょう》道《どう》 秦時《しんじ》に通《つう》じ、樹杪《じゅしょう》の人家《じんか》 漢関《かんせき》に接《せつ》す。

「和島帰徳雨後上金龍山（島帰徳《とうきとく》の雨後《うご》 金《きん》龍山《りゅうざん》に上《のぼ》るに和《わ》す）」の前半。「島帰徳」は成《なる》島道筑《しまどうちく》。同じく徂徠門下だった。

僊宮は、仙宮。鳥道は、鳥しか通えない道。秦時は、秦の襄公が天地五帝を祭った壇。樹杪は、木の梢。漢関は、漢の関所。要するに、待乳山を唐土の仙山に見立て、周囲の景色もすっかりその気にさせているのである。詩の後半も見ておこう。

雨歇氷夷鳴鼓出　月揺玉女弄珠還
煙波長映銀台上　更似鼇頭海外山

雨歇《あめや》みて 氷夷《ひょうい》 鼓《こ》を鳴《な》らして出《い》で、 月揺《つきゆら》ぎて 玉女《ぎょくじょ》 珠《たま》を弄《ろう》して還《かえ》る。 煙波《えんぱ》 長《なが》く映《えい》ず 銀《ぎん》台《だい》の上《うえ》、更《さら》に鼇頭海外《ごうとうかいがい》の山《やま》に似《に》たり。

氷夷は、馮夷に同じく河伯、すなわち河の神。曹植《そうしょく》「洛神賦《らくしんのふ》」に「馮夷鳴鼓、女媧清歌（馮《ひょう》夷《い》 鼓《こ》を鳴《な》らし、女媧《じょか》 清歌《せいか》す）」とあるのをふまえ、「玉女弄珠」も、張衡《ちょうこう》「南都賦《なんとのふ》」が漢水の神女の伝承にもとづいて「游女弄珠於漢皐之曲（游女《ゆうじょ》は漢皐《かんこう》の曲《くま》に珠《たま》を弄《もてあそ》ぶ）」と作った句を意識している。隅田川はすでに黄河であり漢水であり、河神や仙女も姿を見せる。してみれば、待乳山は西王母の住む銀台であり、大きな海亀の鼇が支える蓬萊山《ほうらいさん》にここはさも似たりと結ばれるのも、自然のなりゆきであった。

こうした幻視は、徂徠学派の得意とするところで、というよりも、かれらにとって詩を作るとは、唐土の詩のことばを自家薬籠中のものとして用い、そのことばを通してその世界をわがものにすることであった。書物を通じて知りえた世界に、身近な景色を重ね合わせて、ことばにリアリティを与える。そういうふうに考えてもいい。私たちの目から見れば大袈裟であるとしても、かれらの隅田川はそうした表現を支えるものとしてあったのである。

「夜下墨水」に戻ろう。

この絶句の前半の眼目は、起句の金龍という山名が、承句では、月の光を得た川の描写になっているところだ。起句と承句では「金龍」「江」「月」の四字をわざと重ねている。「江揺月湧金龍流」の句は、諸家が説くように杜甫「旅夜書懐（旅夜《りよや》 懐《おも》いを書《しよ》す）」の「星垂平野闊、月湧大江流（星垂《ほした》れて平野《へいや》は闊《ひろ》く、月湧《つきわ》きて大江流《たいこうなが》る）」を想起させる。

そして後半は、転句で舟を持ち出し、天と水とを繋げ、そこから結句の風を導いている。「天如水」があるおかげで、川と舟と風が一つになって「下」る情景が可能となるのだが、作りこみが目につくといえばつく。加えて、この二句は李白「早発白帝城（早《つと》に白帝城《はくていじよう》を発《はつ》す）」に「両岸猿声啼不住、軽舟已過万重山（両岸《りようがん》の猿声《えんせい》 啼《な》き住《や》まざるに、軽舟《けいしゆう》 已《すで》に過《す》ぐ 万重《ばんちよう》の山《やま》）」とあるのを明らかに用いている。これも技巧的だ。

さりながら「和島帰徳雨後上金龍山」と比べれば、隅田川の秋の情景が、いささか脚色されたアングルによってではあるけれど、浮かび上がってくる。絶句ならではの展開の早さが功を奏しているように思う。

## 永代橋

南郭の「夜下墨水」は、他の七言絶句二首、すなわち平野《ひらの》金華《きんか》の「早発深川（早《つと》に深川《ふかがわ》を発《はつ》す）」および高野《たかの》蘭亭《らんてい》の「月夜三叉口泛舟（月夜《げつや》 三叉口《さんさこう》に舟《ふね》を泛《うか》ぶ）」と併せて、「墨水三絶」と称される。金華も蘭亭も同じく徂徠の門人である。

金華は、名は玄中、元禄元年（一六八八）の生まれ、滝桜で有名な奥州三春の出身、宝永五年（一七〇八）に江戸に出て医学を学び、やがて徂徠門下となった。

月落人煙曙色分　長橋一半限星文
連天忽下深川水　直向総州為白雲

月落《つきお》ち 人煙《じんえん》 曙色分《しょしょくわか》る、長橋《ちょうきょう》一半《いっぱん》 星文《せいぶん》を限《かぎ》る。天《てん》に連《つら》なりて忽《たちま》ち下《くだ》る 深川《ふかがわ》の水《みず》、直《ただ》ちに総州《そうしゅう》に向《む》いて白雲《はくうん》と為《な》る。

長橋は、永代橋。このころは、いまの橋よりも一〇〇メートルほど上流に架かっていた。元禄十一年（一六九八）の竣工、隅田川に架かる橋では最も下流で、規模も大きい。太平の世をことほぎ、江戸の繁栄を象徴するような橋だったとしてよいだろう。

月は落ち、炊事の煙が上り、夜明けの景色が明るさを増していく、船着き場からは、高く架かった永代橋が星座を二つに区切るのを仰ぐ。天に連なるかのように水をたたえた川をここ深川から下れば、舟はそのまま対岸の上総の国へと向かって白雲となる。

白雲については、舟の白い帆を白雲に見立てていることと、舟に乗った自らが白雲とともにあろうとすることとが重ね合わされていると読んでおこう。白雲は唐詩ではよく使われる詩語で、脱俗なり帰隠なりの象徴となること、人口に膾炙《かいしゃ》する王維「送別」の結びに「白雲無尽時（白《はく》雲《うん》尽《つ》くる時無《ときな》し）」とある例を引くことすら余計なことかもしれない。また、「直向総州」の言い回しからは、李白「下尋陽城泛彭蠡寄黄判官（尋陽城《じんようじょう》を下《くだ》りて彭蠡《ほうれい》に泛《うか》び黄判官《こうはんがん》に寄《よ》す）」に、「開帆入天鏡、直向彭湖東（開帆《かいはん》天鏡《てんきょう》に入《い》り、直《ただ》ちに彭湖《ほうこ》の東《ひがし》に向《む》かう）」とあるのが思われ、となれば同じ李白に「白雲歌　送劉十六帰山（白雲歌《はくうんか》　劉十六《りゅうじゅうろく》の山《やま》に帰《かえ》るを送《おく》る）」があって「楚山秦山皆白雲、白雲処処長随君（楚山秦山《そざんしんざん》　皆《み》な白雲《はくうん》、白雲《はくうん》　処処《しょしょ》　長《とこ》しえに君《きみ》に随《したが》う）」と始められるのをここに記しておくことも許されようか。

　この詩で面白いのは、やはり「長橋一半限星文」の着想であろう。橋を渡るのではなく舟でくぐる視点が、詩全体のベースは唐詩の風格でありながら唐詩には見られない情景をうまく表していて、そのまま河口を下って海を渡り、さらに雲へと至るスケールの大きさと相まって、独特の感覚をもたらす。

　金華には、五言律詩の連作、「墨水対月（墨水《ぼくすい》にて月《つき》に対《たい》す）」三首もある。そこから少し句を選んでみよう。まず第一首の起聯《きれん》と頷聯《がんれん》。

墨水連天闊　秋風二総開
潮平明月湧　山近白雲来

墨水《ぼくすい》　天《てん》に連《つら》なりて闊《ひろ》く、秋風《しゅうふう》　二《に》総開《そうひら》く。潮《しお》は平《たい》らかにして明月湧《めいげつわ》き、山近《やまちか》くして白雲来《はくうんきた》る。

第二首の起聯。

自覚郷関遠　江間明月秋

自《みずか》ら覚《おぼ》ゆ 郷関《きょうかん》の遠《とお》きを、江間《こうかん》 明月《めいげつ》の秋《あき》。

その結びの尾聯《びれん》。

請看帰去賦　墨水向南流

請《こ》う 看《み》よ 帰《き》去《きょ》の賦《ふ》、墨水《ぼくすい》 南《みなみ》に向《む》かいて流《なが》る。

金華の故郷は奥州であるのに、川はかえって南に流れると言う。これらの句は、「早発深川」の背景をなすものとしても読めよう。

さらに、第三首の頸聯《けいれん》と尾聯を掲げる。

陳迹風雲散　窮途歳月遥
倦游枚叔老　末擬広陵潮

陳迹《ちんせき》風雲散《ふううんさん》じ、窮途《きゅうと》歳月遥《さいげつはる》かなり。倦游《けんゆう》枚叔老《ばいしゅくお》ゆ、広陵《こうりょう》の潮《しお》に擬《ぎ》する末《な》し。

陳迹は、頷聯に引かれた「梅子塚」（梅若塚《うめわかづか》）と「中郎橋」（業平橋《なりひらばし》）を直接には指すが、隅田川の史跡全般を念頭に置いていると見てよい。窮途は、出口のない自らの人生。倦游は、仕官のために故郷を離れての倦み疲れた暮らし。枚叔は、漢の枚乗《ばいじょう》。その代表作「七発」（『文選』巻三四）に、長江の河口を逆流する広陵の潮が鬱気を晴らすことが説かれる。

唐土の故事を引きつつ、「末擬」と言うのは興味深い。本来なら、ここで漢の文人である枚乗の作を引き、隅田川を長江になぞらえ、さらにその潮を幻視して自らの心を洗うべきところなのだが、いかんせん、この江戸の枚乗は老いて疲れ、そうした幻視を繰り広げることすらできない。常日頃「擬」することに意を用いてきた詩人だからこそ得られる距離感ではないか。

「墨水三絶」のもう一つ、高野蘭亭「月夜三叉口泛舟」も見ておこう。

三叉中断大江秋　明月新懸万里流

欲向碧天吹玉笛　浮雲一片落扁舟

三叉《さんさ》中断《ちゅうだん》す　大江《たいこう》の秋《あき》、明月《めいげつ》新《あら》たに懸《か》かりて万里《ばんり》流《なが》る。碧天《へきてん》に向《む》かいて玉笛《ぎょくてき》を吹《ふ》かんと欲《ほっ》すれば、浮雲《ふうん》　一片《いっぺん》　扁舟《へんしゅう》に落《お》つ。

蘭亭は、名は惟馨《いけい》、南郭や金華よりやや年下の宝永元年（一七〇四）生まれ、俳人高野百里の庶子であった。早くに徂徠の門に入ったが、十七歳で失明し、以後、もっぱら詩に力を注いだ。三叉は、隅田川の月の名所で有名な中洲、俗にみつまたと呼ばれた場所。墨水らしさはこの最初の二字のみで、あとは唐詩によく見られる詩語をちりばめて情景を構成する。南郭が注釈して広めた『唐詩選』を繙《ひもと》けば、いくらでもこうした表現に出会えるし、この詩もすんなりと読めてしまう。たとえば――

天門中断楚江開　碧水東流至北廻
両岸青山相対出　孤帆一片日辺来

天門中断《てんもんちゅうだん》して楚江開《そこうひら》き、碧水東流《へきすいとうりゅう》して北《きた》に至《いた》りて廻《めぐ》る。両岸《りょうがん》の青山相《せいざんあ》い対《たい》して出《い》で、孤《こ》帆《はん》一片《いっぺん》　日辺《じっぺん》より来《きた》る。

李白の七言絶句「望天門山（天門山《てんもんざん》を望《のぞ》む）」。蘭亭の詩の読者は、むろんこれは頭に入っていて、その上で蘭亭の詩を楽しんだのである。眼前の風物を表現するために唐詩のことばを用いたというだけでなく、唐詩のことばにかれらなりの内実を与えるために眼前の風物を用いているのであり、それがかれらにとっての古文辞であったことは、繰り返し述べておきたい。

### 墨堤の桜

荷風「向嶋」は、墨堤の桜について、いまは隅田公園内に建っている「墨堤植桜之碑」に拠って、こう書いている。

［…］碑文の撰者浜村蔵六の言ふ所に従へば幕府が始て隅田堤に桜樹を植えさせたのは享保二年である。ついで享保十一年に再び桜桃柳百五十株を植えさせたが其場所は梅若塚に近いあたりの堤に限られてゐたと云ふので、今日の言問や三囲の堤には桜はなかつたわけである。文化年間に至つて百花園の創業者佐原菊塢が八重桜百五十本を白髭神社の南北に植えた。それから凡三十年を経て天保二年に隅田村の庄家阪田氏が二百本ほどの桜を寺島須崎小梅三村の堤に植えた。弘化三年七月洪水のために桜樹の害せられたものが多かつたので、須崎村の植木師宇田川総兵衛なる者が独力で百五十株ほどを長命寺の堤上に植つけた。それから安政

元年に至つて更に二百株を補植した。こゝに於て隅田堤の桜花は始て木母寺の辺より三囲堤に至るまで連続することになつたと云ふ。［…］

後世では隅田川といえば桜なのに、「墨水三絶」のいずれもがそれを詩材としないのは、じつは当然であった。荷風も利用した『風俗画報』臨時増刊の『新撰東京名所図会』隅田堤（上・中・下三冊、一八九八）の記述（山下重臣）では享保二年は早すぎると言い、ほぼ確実な享保十一年の植樹にしてもその範囲は限られていたということだから、墨水が桜の名所となるのは文化年間あたりからと見てよさそうだ。荷風が「向嶋」で引いた述斎の詩は、文政七年（一八二四）に作られた五言古詩だが、そのころには墨堤は桜の名所だったようで、詩もまず桜から始まる。

花時濹上佳　雖佳慵命駕
都人何雑沓　来往無昼夜
或連袂歌呼　或謔浪笑罵

花時《かじ》濹上《ぼくじょう》佳《よ》し、佳《よ》しと雖《いえど》も駕《が》を命《めい》ずるに慵《ものう》し。都《と》人《じん》何《なん》ぞ雑沓《ざっとう》して、来往《らいおう》すること昼夜《ちゅうや》無《な》きや。或《ある》いは袂《たもと》を連《つら》ねて歌呼《かこ》し、或《ある》いは謔浪笑罵《ぎゃくろうしょうば》す。

花見の喧騒に辟易する儒者といったところだろうか。駕を命ずとは物々しいが、要は出かけるということ。昌平黌《しょうへいこう》の大学頭ならずとも、花見どきの行楽地の人ごみの中に繰り出すのはおっくうだ。

述斎の解決策は、日取りを少しずらすというものだった。

何若延日時　暫遅春花謝
花謝人絶踪　羸驂始可跨
高樹緑陰敷　長流碧油瀉
草嫩堪充茵　葭短不碍舸

何《なん》ぞ若《し》かん 日時《にちじ》を延《の》ばし、暫《しば》らく遅《おそ》くして春花《しゅんか》謝《さ》るに。花謝《はなさ》れば 人《ひと》 踪《あと》を絶《た》ち、羸驂《るいさん》始《はじ》めて跨《またが》る可《べ》し。高樹《こうじゅ》 緑陰《りょくいん》を敷《し》き、長流《ちょうりゅう》 碧油《へきゆう》を瀉《そそ》ぐ。草《くさ》は嫩《わか》く茵《しとね》に充《あつ》るに堪《た》え、葭《あし》は短《みじか》く舸《か》を碍《さまた》げず。（三）

羸驂は、やせ馬。碧油は、緑水を青い塗料に喩えたもの。花が散った新緑の季節であれば、人も少なく、風景もかえって好ましい。

詩にはまだ先があるが、目先を変えて、述斎が墨堤の桜を詠じた詩も見ておこう。

月影朧明薄罩紗　青郊処処著鳴蛙
隅田堤畔桜千樹　唯見雪堆不見花

月影朧明《げつえいろうめい》にして薄《うす》く紗《しゃ》を罩《こ》め、青郊処処《せいこうしょしょ》に鳴蛙《めいあ》を著《あらわ》す。隅田《すみだ》堤畔《ていはん》桜《さくら》千樹《せんじゅ》、唯《た》だ雪《ゆき》の堆《つも》るを見《み》て花《はな》を見《み》ず。

天保十年（一八三九）の作、「歩月東堤（月《つき》の東堤《とうてい》を歩《あゆ》む）」二首の其《その》一。紗を罩むは、紗すなわち薄絹で覆うこと。おぼろな月明かりが薄絹のように景色を覆っているのである。花を雪と見たり雪を花と見たりするのは詩の常套だが、ここではその修辞をさらに進めて、雪は見えるが花は見えないと言い切る。雪かと思ったら花であった、では凡庸になるところだ。そうして夜桜の静かなたたずまいが浮かび上がる。

## 無用の人

「江戸時代隅田堤看花の盛況を述るものは、大抵寺門静軒が江戸繁昌記を引用して之が例證となしてゐる」と荷風が言う『江戸《えど》繁昌記《はんじょうき》』は、その初篇が天保三年（一八三二）に刊行され、「墨水桜花」を載せる二篇は、執筆が天保三年、刊行が五年であった。まさに隅田川の花見がますます盛んになった時期の書物である。

寺門静軒《てらかどせいけん》は、名は良、寛政八年（一七九六）に江戸に生まれた。南郭より百年あまり後、述斎とは親子ほどの違いということになろう。静軒は水戸藩士の父の庶子として母に育てられ、母が早くに亡くなってからは祖父母に養われた。儒学を学び、塾を開いて生活の糧としたが、水戸藩への仕官を望み、藩主への上書を行い、さらには藩の江戸屋敷の門前に立って訴えるという挙にも出た。結局、どこにも召されることはなく、浪人のまま生涯を終えた。『江戸繁昌記』初篇の序に、自らを「無用之人」と呼ぶ。

『江戸繁昌記』は、水戸藩への仕官活動が失敗して数年後に書き始められた。漢文戯作と称されるジャンルで、漢文で書かれてはいるが、ことばをわざと卑俗にし、内容も諧謔と風刺に満ちている。たとえば「墨水桜花」の次のような一節。

古色儒人、腰佩瓢酒、冠者之背、行厨任重、童子六七人、行詠先生悪詩、

古色《こしょく》の儒人《じゅじん》、腰《こし》に瓢酒《ひょうしゅ》を佩《お》び、冠者《かんじゃ》の背《せ》、行厨《ベントウ》任重《にんおも》く、童子《どうじ》六七人《ろくしちにん》、行《ゆ》く先生《せんせい》の悪詩《あくし》を詠《えい》ず（四）、

冠者や童子が先生に従って詩を詠じるなどは『論語』先進篇の一節を、任重くはもちろん道遠

しが後に続く『論語』泰伯篇の一節を用いたもので、謹厳な儒者なら怒り出しそうな筆致であるが、こうしたパロディが喜ばれるほどに、教育の普及は目覚ましかったということだろう。静軒の『江戸繁昌記』は、それまでの漢文戯作としては例を見ない長編の著作であり、それが世の歓迎を受けたのも、漢文の浸透あってこそだった。

けれども、静軒の諧謔と風刺は、エスタブリッシュメントの機嫌を損ねかねない毒をもっていた。ことに漢文のパロディによって漢文の本尊たる儒者を批判するやり方は、権威ある儒者たちにとって、あるいはその権威を重んじる者にとって、不愉快であった。天保六年、南町奉行所によって初篇と二篇が販売差し止めになったが、そのとき奉行所から判断を仰がれたのが、ほかならぬ大学頭林述斎だったのである。述斎は、これが世間に害を為す「敗俗の書」であり、「絶板」がふさわしいと意見した。

天保十三年に静軒は「武家奉公構《かまい》」、すなわち仕官禁止の処分を受け、その後は各地を流浪したと言われるが、妻子の住む江戸にも滞在しなかったわけではない。ほとぼりが醒めたころ、静軒は隅田川のほとりの知人の別荘に逗留した。嘉永三年（一八五〇）の序がある『江頭百詠《こうとうひゃくえい》』は、そのときに作った詩を集めたものだ。そのうちから、春の桜の詩を読んでみよう。

春眠喚醒倚窓紗　水鳥声中婢報茶
旭日未升船未走　閑看倒影一堤花

春眠《しゅんみん》 喚《よ》び醒《さ》め 窓紗《そうしゃ》に倚《よ》る、水鳥声中《すいちょうせいちゅう》 婢《ひ》 茶《ちゃ》を報《ほう》ず。旭日《きょくじつ》 未《いま》だ升《のぼ》らず 船《ふね》 未《いま》だ走《はし》らず、
閑《しずか》に看《み》る倒影一堤《とうえいいってい》の花《はな》(五)。

春のあけぼのに堤の桜が水面に映るのをしずかに眺める。典故も用いず、技巧も凝らさず、言外の意も含めず、情景をただ詩にしてひとまず書き留めたという体である。

雨後江頭春過半　彼都人士逐芳薫
陣風捲雪花狼藉　桜餅招帘飄上雲

雨後《うご》の江頭《こうとう》 春《はる》 半《なかば》を過《す》ぐ、彼《か》の都《みやこ》の人士《じんし》 芳薫《ほうくん》を逐《お》う。陣風《じんぷう》 雪《ゆき》を捲《ま》きて 花《はな》 狼藉《ろうぜき》、桜餅《おうへい》
招帘《しょうれん》 飄《ひるがえり》て雲《くも》に上《のぼ》る。

招帘は店先ののぼり旗。この詩などは、『江戸繁昌記』の世界と一脈通じているかに見えるけれども、お得意の揶揄《やゆ》や風刺があるわけでもなく、つまりはその世界に口を出そうというものではない。人ごみも桜も、そして長命寺の名物桜餅も、ただ眺めやる景色として置かれている。

新緑の詩もある。

春光与水逝　新樹映軒青
永昼極清寂　鶯声隔水聴

春光《しゅんこう》 水《みず》と逝《ゆ》き、新樹《しんじゅ》 軒《のき》に映《えい》じて青《あお》し。永昼《えいちゅう》 極《きわめ》て清寂《せいじゃく》、鶯声《おうせい》 水《みず》を隔《へだ》て聴《き》く。

わざわざ「無用之人」などと世に嘯《うそぶ》いてみせることもない。隅田川を示す表現もなく、どこの川でもあてはまりそうな詩だが、それでも桜の後の隅田川の静けさはこのようであったかと思わせる。起句と結句に「水」を置いたのは工夫であろう。

静軒は、嘉永六年のペリー来航のさいには浦賀まで見に行き、攘夷の文章をものしている。世にかかわろうという意識は終生変わらず、右に見たような退隠の落ち着きはあくまで静軒の一面に過ぎない。『江頭百詠』の中にも、現実に安住しにくいその気質が窺える詩もある。

しかしながら、一面に過ぎないにせよ、こうした世界にひとまず身を置くことを可能にするところに詩の功徳はある。古文辞派の詩人たちとはまた違った意味で、静軒は詩によって、もう一つの現実——その生来の騒がしさとは別の——を得ていたと思える。

## 江戸の終焉

静軒が亡くなったのは、慶応四年三月二十四日である。その前年に大政奉還は行われ、一月には鳥羽伏見で幕府軍は敗走し、朝敵となっていた。静軒は、いまの熊谷市にある娘の嫁ぎ先に身を寄せており、すでに江戸からは離れていた。

四月十一日、寛永寺で謹慎していた徳川慶喜が水戸に退去し、江戸城が明け渡された。上野の山が戦場となったのは、ほぼ一月後の五月十五日、西暦で言えば一八六八年七月四日のことだった。

江戸が東京に変わっても、川は日々流れ、桜も年々花を開く。自然の景物は何も変わらない。それでも人はおのずと感慨を抱く。荷風が敬慕した大沼枕山《おおぬまちんざん》の詩にも、それはうかがえる。

天子遷都布寵華　東京児女美如花
須知鴨水輸鷗渡　多少簪紳不顧家

天子《てんし》　都《みやこ》を遷《うつ》して　寵華《ちょうか》を布《し》き、　東京《とうけい》の児女《じじょ》　美《び》なること花《はな》の如《ごと》し。須《すべか》らく知《し》るべし　鴨水《おうすい》の鷗《おう》渡《と》に輸《しゅ》するを、　多少《たしょう》の簪紳《しんしん》　家《いえ》を顧《かえり》みず。

鴨水は、京都の鴨川。鷗渡は、隅田川。輸は、負ける。簪紳は、維新の顕官たち。一見、東京遷都をことほぎつつ、柳橋など隅田川河畔の花街に明治政府の高官たちが出入りしていることへの風刺がある。児女は、ここでは若い女性。

主が入れ替わった東京の繁華に対する眼差しに冷たさが含まれるのは、人情であろう。

大沼枕山は、文化十五年（一八一八）、大沼竹渓の子として江戸に生まれた。名は厚。竹渓は幕臣であり、また詩もよくした。枕山の伝記については、周知のように荷風『下谷叢話』に詳しい。

幕末に『枕山詩鈔』初篇三巻、同二篇三巻を世に出していた枕山は、維新後の東京を描いた七言絶句三十首「東京詞《とうけいし》」を製し、明治二年（一八六九）、春木南溟《はるきなんめい》らの画を添え、また樋口逸斎《ひぐちいっさい》らの書によって、出版された。その冒頭に配されたのがこの詩である。

江戸が明け渡される前、敗色濃厚を誰もが感じていた慶応四年の一月に、枕山はこう詠じていた。

三百鴻基殆鑠磨　満山金碧亦如何
疎疎空際灑花雨　不似感時愁涙多

三百《さんびゃく》の鴻基《こうき》　殆《ほとん》ど鑠磨《しゃくま》す、満山《まんざん》の金碧《こんぺき》　亦《ま》た如何《いかん》。疎疎《そそ》たり　空際《くうさい》　花《はな》に灑《そそ》ぐ雨《あめ》、時《とき》に感《かん》じて
愁涙《しゅうれい》の多《おお》きに似《に》ず。

「雨中東台書感（雨中《うちゆう》の東台《とうだい》 感《かん》を書《しよ》す）」。東台は、上野の山。鴻基は、洪基とも書き、帝王の治世の大業を言うが、ここはむろん幕政を指す。金碧は、寺院霊廟の形容。徳川三百年の世もほとんど失われた。寛永寺の堂塔もどうなることか。ぱらぱらと花にそそぐ雨は、私の嘆きの雨に比べれば、何と心もとないことか。

時に感ずは、むろん杜甫「春望」の句、「感時花濺涙（時《とき》に感《かん》じて花《はな》にも涙《なみだ》を濺《そそ》ぐ）」をふまえる。国の破れるのを覚悟しているのであった。やがて上野の山は灰燼に帰す。

こうした心情からすれば、明治の墨堤の桜に対しても、おのずと異なった態度となる。

曾掲題牌禁折枝　遊人今日拗将帰
心記明君命所種　微臣不敢触芳菲

曾《かつ》て題牌《だいはい》を掲《かか》げて折枝《せつし》を禁《きん》ず、遊人《ゆうじん》 今日《きよう》 拗《お》りて将《も》ち帰《かえ》る。心《こころ》に記《しる》す 明君《めいくん》の命《めい》じて種《う》えし所《ところ》なるを、微臣《びしん》 敢《あ》えて芳菲《ほうひ》に触《ふ》れず。

「墨堤即事《ぼくていそくじ》」。題牌は、立て札。明君は、享保年間に桜を植えさせた吉宗公を指す。かつては、折ってはならぬと禁じられた桜も、いまでは勝手に折っては持ち帰る始末。この桜は明君が命じて植えられたもの、その花に触れるような真似など私にはできない。

明治になっても、いや明治になってより盛んに、隅田川では詩が作られた。墨水に限らず、日本における漢詩の歴史において、量だけを言えば明治前半が最も多くの詩が書かれた時期である。だが、量が増えれば月並みも増える。古びるのも早くなる。一時のピークの後、詩は人々の視界から急速に消えていった。だからといって、墨水の情景をこまやかに描く表現を私たちが他に得たかと言えば、いささか心もとないのだけれども。

# その十◉長安

清の康熙《こうき》帝《てい》の命によって編纂された唐詩の全集『全唐詩』九百巻、その五万首近い詩の冒頭に置かれるのは、太宗李《り》世民《せいみん》による「帝京篇《ていけいへん》」である。

秦川雄帝宅　函谷壮皇居
綺殿千尋起　離宮百雉餘
連甍遥接漢　飛観迴凌虚
雲日隠層闕　風煙出綺疏

秦川《しんせん》雄《ゆう》たる帝宅《ていたく》、函谷《かんこく》壮《そう》たる皇居《こうきょ》。綺殿《きでん》千尋《せんじん》に起《お》こり、離宮《りきゅう》百雉《ひゃくち》に餘《あま》る。連甍《れんぼう》遥《はる》かに漢《かん》に接《せつ》し、飛観《ひかん》迴《はる》かに虚《きょ》を凌《しの》ぐ。雲日《うんじつ》層闕《そうけつ》を隠《かく》し、風煙《ふうえん》綺疏《きそ》を出《い》だす。

十首連作の其一《その》。秦川は、黄河の支流である渭水《いすい》流域の平原、すなわち関中。函谷は、その平原の東に位置する函谷関、ただしここでは秦川と同様、関中を指す。千尋は建物の高さ、百雉は城壁の面積を示し、これまでにないほど高くそびえる宮殿、これまでにないほど広大な離宮ということ。『礼記《らいき》』坊記に「都城不過百雉（都城《とじょう》は百雉《ひゃくち》を過《す》ぎず）」とある。連甍は、連なる屋根、漢は、天漢すなわち天の川。飛観は、そびえる高楼、虚は、天空。層闕は、宮城の高い門、綺疏は、模様をうがって飾った窓。

詩の描写は、梁の簡文帝蕭綱《しょうこう》の作「仰和衛尉新渝侯巡城口号（仰《あお》いで衛尉《えいい》新渝《しんゆ》侯《こう》の巡城《じゅんじょう》の口号《こうごう》に和《わ》す）」に「帝京風雨中、層闕煙霞浮（帝京《ていけい》 風雨《ふうう》の中《うち》、層闕《そうけつ》 煙霞《えんか》に浮《う》かぶ）」とあるのを思わせるが、蕭綱が詠じたのは江南の建康、李世民が雄壮にうたいあげる帝京は、大唐の都、長安である。

## 新しき都

唐の長安は、漢の長安城の南に隋の文帝楊堅《ようけん》が築いた大興城を継承したものだ。漢の長安城の面積が三六平方キロメートルだったのに対し、大興城は八三・一平方キロメートルと倍以上、城郭の東西は約九・七キロメートル、南北は約八・六キロメートル、世界史的に見ても最大規模の巨大な王都であった。北周に禅譲を強いて隋を建てた文帝は、北周も都としていた長安城を不足として、建国の翌年、すなわち開皇二年（五八二）をもって新都の建設に着手した。都城の設計を行ったのは宇文愷《うぶんがい》、これまでにないほど整った坊牆《ぼうしょう》制の都市がそのプランによって誕生したのである。（一）

新しい王都は、皇帝のいる大興宮を北の中央に据え、その東西を皇太子の居所である東宮、女官の住む掖庭《えきてい》宮で挟み、それら宮城の南側に、通りを挟んで官庁街、すなわち皇城が置かれた。

〈唐〉長安城

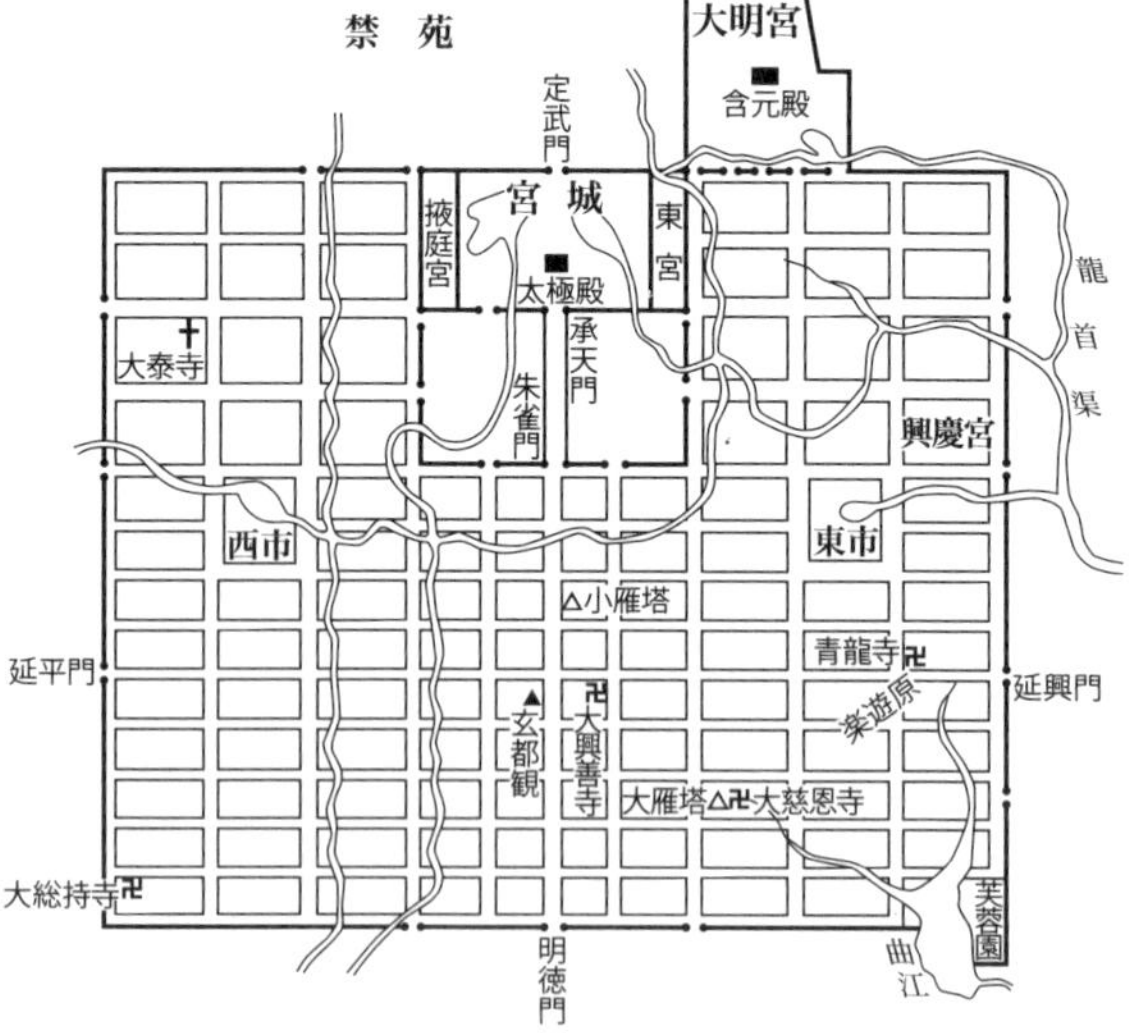


宮城と皇城をとりまく外郭は一般の居住区であり、東西に市場が設けられている。

居住区は、土と煉瓦でできた壁に囲まれたブロックに区分けされ、出入りには制限がある。宮城からまっすぐ南に下りる大通りは、左右対称に構成された都市の中軸にふさわしく、その幅は一五〇メートルもある。そして、宮城・皇城・居住区からなる城郭の北側に、皇帝の狩り場でもある禁苑が、旧長安城をその範囲に含みつつ広がっている。

このように記述するだけでも、宇文愷の構想した都市の秩序がいかに整斉たるものであったかが知られるが、さらに驚くべきことに、計画から九か月で基本的な部分の建設は終わり、文帝は居を新都に移したのだった。

短命の王朝であった隋に代わった唐は、都の名を大興から長安に、大興宮を太極宮に改めるなどしつつも、全体としてはこの空前の王都をそのまま受け継いだ。太宗が唐の第二代皇帝として即位したのは武徳九年（六二六）。翌年には元号を貞観《じょうがん》に改め、後に貞観の治と呼ばれる善政を布《し》く。「帝京篇」はまさにその時期に、太宗の治政の態度を世に示すものとして作られた。貞観十九年（六四五）には、褚遂良《ちょすいりょう》の書によって石碑も建てられている（趙明誠『金石録』巻三）。

先に引いた其《その》一に続く其《その》二から其《その》九は、太宗自身の宮殿における生活、すなわち読書や遊覧や宴席のありさまが述べられる。それは、

玉匣啓龍図　金縄披鳳篆
玉匣《ぎょくこう》 龍図《りゅうず》を啓《ひら》き、金縄《きんじょう》 鳳篆《ほうてん》を披《ひら》く。（其二）

芳辰追逸趣　禁苑信多奇
芳辰《ほうしん》 逸趣《いつしゅ》を追《お》えば、禁苑《きんえん》 信《まこと》に奇《き》多《おお》し。（其五）

玉酒泛雲罍　蘭殽陳綺席
玉酒《ぎょくしゅ》 雲罍《うんらい》に泛《うか》べ、蘭殽《らんこう》 綺席《きせき》に陳《つら》ぬ。（其八）

のように、いかにも帝王の営みらしい印象を与えるが、其九《その》までの五言八句に倍する十六句からなる其十《その》は、それまでの行為を省みて自らを戒める。たとえばその中段。

奉天竭誠敬　臨民思恵養
納善察忠諫　明科慎刑賞

天《てん》を奉《ほう》じて誠敬《せいけい》を竭《つ》くし、民《たみ》に臨《のぞ》みて恵養《けいよう》を思《おも》う。善《ぜん》を納《い》れて忠諫《ちゅうかん》を察《さつ》し、科《か》を明《あき》らかにして刑賞《けいしょう》を慎《つつし》む。

太宗は「帝京篇」に自ら付した序においても、こうした姿勢を明らかにする。その一節には「忠良可接、何必海上神仙乎。豊鎬可遊、何必瑶池之上乎（忠良《ちゅうりょう》接《せっ》す可《べ》し、何《なん》ぞ海上《かいじょう》の神仙《しんせん》を必《ひっ》せんや。豊鎬《ほうこう》遊《あそ》ぶ可《べ》し、何《なん》ぞ瑶池《ようち》の上《ほとり》を必《ひっ》せんや）」、すなわち、忠良な臣下がいるのだから、始皇帝のように海上に神仙を求めに行く必要などなく、かつて周の豊邑《ほうゆう》や鎬京《こうけい》があったこの地こそ遊覧にふさわしいのだから、周の穆王《ぼくおう》のように西王母に逢いに瑶池まで行く必要などない、と言う。

治政をなおざりにして、どこか遠くへ不老長寿を求めることなどあってはならない。長安こそが、この地上を統べる皇帝が居るべき都であって、それにふさわしい規模と秩序を有している。

それが太宗の宣言であった。

皇帝を中心に据えて設計された巨大都市長安には、皇帝を支える官僚もしくはそれを目指す者が集う。宮城の南の皇城に出入りする身分であることは彼らの誇りであり、また羨望の対象であった。

## 相い望むも相い知らず

貞観十年（六三六）ごろの生まれである盧照鄰《ろしょうりん》は、早くから聡明で、十歳あまりで当時一流の学者であった曹憲や王義方に学んだ。二十歳ごろ高祖の子である李元裕に仕え、三十歳前後で蜀の地方官に赴任したが、その後は病気に苦しみ、官に就くこともなく、ついに潁水《えいすい》（河南省）に身を投げて自殺した。初唐の五言古詩の代表作として名高い「長安古意《ちょうあんこい》」は、彼の作である。

長安大道連狭斜　青牛白馬七香車
玉輦縦横過主第　金鞭絡繹向侯家

長安《ちょうあん》の大道《たいどう》　狭斜《きょうしゃ》に連《つら》なる、青牛白馬《せいぎゅうはくば》　七香車《しちこうしゃ》。玉輦《ぎょくれん》　縦横《じゅうおう》に主第《しゅだい》に過《よぎ》り、金鞭《きんべん》　絡繹《らくえき》として侯家《こうけ》に向《む》かう。

狭斜は、細い路地、七香車は、七種の香木で造った車、主第は、皇女の邸宅、絡繹は、絶え間なく続くさま。長安の街路を王侯貴族が往来する様子から詩は始まる。都市の繁華を描くのに、行き交う車の華やかさはうってつけだ。
むろん建造物のすばらしさも讃えねばならない。

複道交窓作合歓　双闕連甍垂鳳翼
梁家画閣天中起　漢帝金茎雲外直

複道《ふくどう》の交窓《こうそう》 合歓《ごうかん》を作《な》し、双闕《そうけつ》の連甍《れんぼう》 鳳翼《ほうよく》を垂《た》る。梁家《りょうか》の画閣《がかく》 天中《てんちゅう》に起《お》こり、漢帝《かんてい》の金茎《きんけい》 雲外《うんがい》に直《ちょく》たり。

複道は、廊下を二階建てにして、上を皇帝が通るようにしたもの。交窓は、格子が組み合わされた窓、合歓は、それが一対の紋様になっていることか。鳳翼は、門の高楼の瓦が鳳が翼を垂れたように見えること。鳳凰の飾りがあるということではないだろう。
梁家の画閣は、後漢の有力者梁冀《りょうき》が「雲気仙霊」（『後漢書』）を描いた豪壮な邸宅を洛陽に築いたことを指し、漢帝の金茎は、漢の武帝が天上の露を受ける承露盤《しょうろばん》を載せた銅柱を建てたことを言う。詩題に「長安古意」とあるように、この詩は眼前の長安を主題としながら、修辞を漢代に遡らせて行うという手法をとるが、これらはその見やすい例。目を引くのは、右の句の次に置かれた一聯である。

楼前相望不相知　陌上相逢詎相識

楼前《ろうぜん》 相《あ》い望《のぞ》むも相《あ》い知《し》らず、陌上《はくじょう》 相《あ》い逢《あ》うも詎《なん》ぞ相《あ》い識《し》らん。

陌は、道。互いがよく見知った郷村ではなく、全国から大勢の人が集まる王都であってみれば、高楼の前であれ、大路の傍らであれ、出会うは見知らぬ人ばかり。大都会の群衆の孤独などと形容するのはさすがに憚られるが、都市に集まった官人たちが、常に流動を余儀なくされる存在として、束の間この長安にいることへの意識をうかがうことは許されるだろう。孤独というよりも、浮遊の感覚と言ったほうが近いかもしれない。あるいは、高揚と悲哀がひらひらと裏表になるような感覚。

果たしてこの詩は、長安の妓女を艶やかに描き、さらに顕官たちが出入りする遊里の繁華を描き、つまり宮中を除けば長安で最も華やかな場所を描いた後で、次のように締めくくる。

節物風光不相待　桑田碧海須臾改

昔時金階白玉堂　即今唯見青松在
寂寂寥寥揚子居　年年歳歳一床書
独有南山桂花発　飛来飛去襲人裾

節物《せつぶつ》 風光《ふうこう》 相《あ》い待《ま》たず、桑田《そうでん》 碧海《へきかい》 須臾《しゅゆ》に改《あらた》む。昔時《せきじ》の金階《きんかい》 白玉《はくぎょく》の堂《どう》、即今《そっこん》 唯《た》だ見《み》る 青松《せいしょう》の在《あ》るを。寂寂《せきせき》寥寥《りょうりょう》 揚子《ようし》の居《きょ》、年年歳歳《ねんねんさいさい》 一床《いっしょう》の書《しょ》。独《ひと》り南山《なんざん》の桂花《けいか》の発《ひら》く有《あ》り、飛《と》び来《きた》り飛《と》び去《さ》りて人《ひと》の裾《もすそ》に襲《つ》く。

桑田碧海は、仙女の麻姑《まこ》が、東海が桑畑になるのを三度見たという話（葛洪《かっこう》『神仙伝』）から、世の転変を言う。揚子は、漢代の文人揚雄《ようゆう》。不遇の身であったが、世との交わりを絶って著述に専念し、後世に名を遺した。桂花は、木犀《もくせい》の花、香りが高く、しばしば高潔さの徴《しるし》となる。

唐の長安をうたいながら、修辞の基点を漢代に置くことは、たんなる言い換えではなかった。この長安の北に行けば、漢の故城を望むことができる。永遠に続くかに思われるこの都市も、おそらく永遠ではない。描画の焦点を前後に移動させ、そして重ね合わせるために、こうした技法は有効に働いている。

一般には、最後に揚雄を持ち出すのは盧照鄰の自意識の投影とされる。たしかに、そのように読めば、長安の繁華と盧照鄰の不遇が対照的にきわだつ。しかし一方で、この詩の制作を十代の終わり、前途に光のあったころとする説もある。使われている詩の技法は、六朝詩に倣ったものが多く、繁栄と滅亡の対比、世俗に背を向ける学者の姿などは、詩のモチーフとしてはすでに定型とも言える。必ずしも自身の艱難《かんなん》があって後に書かれなければならないわけではない。

「長安古意」と並び称される駱賓王《らくひんおう》「帝京篇」は、その名の通り、太宗の作を意識したと見られるが、七言を主に、三言と五言を交えて九十八句を連ねたその詩もまた、長安の繁華を述べつつ、後半では、栄華の虚しさや不遇の嘆きを強調する。この「帝京篇」は、駱賓王が長安城内の明堂《めいどう》主簿であった時に、吏部侍郎《りぶじろう》であった裴行倹《はいこうけん》の求めに応じて呈上されたもので、詩才による抜擢のための材料としての性格を有していることは否めない。すなわち、栄華の虚しさや不遇の嘆きは、駱賓王自身の現実として解しすぎないほうがよい。それでは詩がただの陳情になってしまいかねない。

絵画に光と影が必要であるように、詩もまた、ことに長篇ともなれば、光のみでは成り立たない。影があるからと言って、その詩が影のために書かれたわけではないのである。詩の修辞は、影を必要とする。長安という都市は、その受け皿たる資格を十分に具えていた。盧照鄰や駱賓王が描いた影は、類型として彼ら自身に重なりうるものであったが、それは詩を書くという行為にあらかじめ含まれているようなものであったのではないだろうか。

明君として名高い太宗が亡くなったのは貞観二十三年（六四九）、それから六十年あまりを経た先天元年（七一二）、第六代皇帝玄宗が即位した。翌年には元号を開元と改め、玄宗は貞観の治を手本として政務に励んだ。太宗の死後続いた政情の不安はここに終止符を打ち、唐は最盛期を迎える。開元の治である。

だが、楊貴妃の名とともに知られるように、この絶頂は四半世紀後には下り坂を迎える。そして天宝十四載（七五五）の十一月、安禄山《あんろくざん》が兵を挙げ、十二月には早くも洛陽を攻め落とした。翌年六月、玄宗は長安を脱出し、蜀に向け逃亡、皇太子であった粛宗《しゅくそう》が即位し、至徳と改元した。そのころ賊によって長安に留め置かれていた杜甫に、「哀王孫（王孫《おうそん》を哀《かな》しむ）」と題する七言古詩がある。

長安城頭頭白烏　夜飛延秋門上呼
又向人家啄大屋　屋底達官走避胡
金鞭断折九馬死　骨肉不得同馳駆
腰下宝玦青珊瑚　可憐王孫泣路隅

長安城頭《ちょうあんじょうとう》 頭白《とうはく》の烏《からす》、夜《よる》 延秋門上《えんしゅうもんじょう》に飛《と》びて呼《さけ》ぶ。又《ま》た人家《じんか》に向《む》かいて大屋《たいおく》を啄《ついば》み、屋《おく》底《てい》の達官《たつかん》 走《に》げて胡《こ》を避《さ》く。金鞭断折《きんべんだんせつ》して九馬《きゅうば》死《し》し、骨肉《こつにく》 同《とも》に馳駆《ちく》するを得《え》ず。腰下《ようか》の宝《ほう》玦《けつ》 青珊瑚《あおさんご》、憐《あわ》れむ可《べ》し 王孫《おうそん》 路隅《ろぐう》に泣《な》く。

かつて梁の侯景が反乱を起こした時、建康の朱雀門に頭の白い鳥が集ったと伝えられる。いまその鳥が長安に現れた。延秋門は、禁苑の西の門、玄宗たちはここから脱出した。達官は、高官、胡は、反乱軍。安禄山らは胡人であった。九馬は、御車の馬、骨肉は、王族。玦は、切れ目を入れた環状の佩玉《はいぎょく》。青珊瑚のそれを腰につけているのだから、王族と知れる。逃げ遅れて路傍に泣いている。

「長安古意」に「金鞭絡繹向侯家」とうたわれた栄華は、いまは「金鞭断折九馬死」という惨状に変わり、長安は不安と暴力の街となった。しかし杜甫は、自らをも励ますかのように、詩をこう結ぶ。

竊聞天子已伝位　聖徳北服南単于
花門剺面請雪恥　慎勿出口他人狙
哀哉王孫慎勿疎　五陵佳気無時無

窃《ひそ》かに聞《き》く 天子《てんし》已《すで》に位《くらい》を伝《つた》え、聖徳《せいとく》 北《きた》のかた南単于《なんぜんう》を服《ふく》せしめ、花門《かもん》は面《おもて》を剺《さ》きて恥《はじ》を雪《すす》がんことを請《こ》うと。慎《つつし》みて口《くち》より出《いだ》す勿《なか》れ 他人《たにん》に狙《ねら》われん。哀《かな》しい哉《かな》 王孫《おうそん》 慎《つつし》んで疎《そ》なる勿《なか》れ。五陵《ごりょう》の佳気《かき》 時《とき》として無《な》きは無《な》し。

玄宗に代わって粛宗が即位したことは、すでに杜甫の耳にも入っていた。南単于は、漢代に北方に威を振るった匈奴《きょうど》のこと、ここでは粛宗に従ったウイグル族に喩える。花門も、ウイグルの異称。誓いを立てる時に顔に傷を付ける風習があったとされ、面を剺くは、それを指す。情勢は好転しつつあるのだから、疎なる勿れ、軽はずみなことをなさらぬよう。五陵に守られたこの地は、よき気が絶えることはないのだから。

五陵は、詩語としては漢の皇帝の五つの御陵を指すが、唐の高祖から睿宗《えいそう》までの陵もちょうど五つであり、やはり漢を以て唐になぞらえる手法。むろんただの置き換えではなく、漢から唐に続く歴史の流れを含めての修辞である。王都の主人である天子が脱出しても、この地にはなお佳気がある。この都のもとに、秩序は回復される。「長安城頭頭白烏」とうたい始められ、「五陵佳気無時無」と締めくくられるように、「哀王孫」のことばを支えるのは、天子ではなく、王都長安である。

## 曲江のほとり

このころの杜甫には、「哀王孫」と対をなす作として、同じく七言歌行体の「哀江頭（江頭《こうとう》に哀《かな》しむ）」がある。いまその全二十句を掲げよう。

少陵野老呑声哭　春日潜行曲江曲
江頭宮殿鎖千門　細柳新蒲為誰緑
憶昔霓旌下南苑　苑中万物生顔色
昭陽殿裏第一人　同輦随君侍君側
輦前才人帯弓箭　白馬嚼齧黄金勒
翻身向天仰射雲　一箭正墜双飛翼
明眸皓歯今何在　血汚遊魂帰不得
清渭東流剣閣深　去住彼此無消息
人生有情涙霑臆　江水江花豈終極
黄昏胡騎塵満城　欲往城南忘南北

少陵《しょうりょう》の野老《やろう》 声《こえ》を呑《の》みて哭《こく》し、春日《しゅんじつ》 潜《ひそ》かに行《い》く 曲江《きょくこう》の曲《くま》。江頭《こうとう》の宮殿《きゅうでん》 千門《せんもん》を鎖《とざ》し、細《さい》柳《りゅう》 新蒲《しんぽ》 誰《た》が為《ため》に緑《みどり》なる。憶《おも》う昔《むかし》 霓旌《げいせい》は南苑《なんえん》に下《くだ》り、苑中《えんちゅう》の万物《ばんぶつ》 顔色《がんしょく》を生《しょう》ぜしを。昭《しょう》陽殿裏第一人《ようでんりだいいちにん》、輦《れん》を同《おな》じくして君《くん》に随《したが》い君側《くんそく》に侍《じ》す。輦前《れんぜん》の才人《さいじん》 弓箭《きゅうせん》を帯《お》び、白馬《はくば》 嚼齧《しゃくけつ》す黄金《おうごん》の勒《くつわ》。身《み》を翻《ひるがえ》して天《てん》に向《む》かい仰《あお》いで雲《くも》を射《い》る、一箭《いっせん》正《まさ》に墜《お》とす双飛《そうひ》の翼《つばさ》。明眸皓《めいぼうこう》歯《し》今何《いまいず》くにか在《あ》る、血汚《けつお》の遊魂《ゆうこん》帰《かえ》り得《え》ず。清渭《せいい》は東流《とうりゅう》して剣閣《けんかく》は深《ふか》く、去住彼此《きょじゅうひし》消息《しょうそく》無《な》し。人生《じんせい》情有《じょうあ》りて涙《なみだ》臆《むね》を霑《うるお》す、江水江花《こうすいこうか》豈《あ》に終極《しゅうきょく》あらんや。黄昏《こうこん》胡騎《こき》塵《ちり》は城《じょう》に満《み》ち、城南《じょうなん》に往《い》かんと欲《ほっ》して南北《なんぼく》を忘《わす》る。

江頭は、詩にも明らかなように、長安城東南隅の曲江池のほとり。芙蓉園《ふようえん》と名づけられた庭園があった。

曲江は、もともと天然の沼があったところで、秦の離宮が構えられた。漢の武帝によって曲江と名づけられ、隋代に城内の池として改めて水路が引かれ、開鑿《かいさく》された。開元年間にはさらに整備が進み、長安の人々にとって第一の行楽の地となった。三月三日や九月九日の節句ともなれば宴席が張られ、玄宗もしばしば行幸に及んだ。玄宗の居た興慶宮からは専用の道路がここまで通じていたのである。また科挙に合格した者たちも、この池のほとりで皇帝から祝宴を賜った。まさに、都の喜びを象徴する庭園である。

しかしこの春、少陵の田舎者たる私は、こっそり出かけたこの曲江のくまで忍び泣く。水辺の宮殿も門を閉ざし、柳も蒲もむなしく芽吹いて春の緑があざやかだ。少陵は、長安南郊の村、杜甫の出身地。

かつてこの芙蓉園には天子の御旗が下り、万物が喜び輝いた。後宮第一の美人が輦に同乗し、傍を離れなかった。昭陽殿は、漢の後宮の名であり、第一人は、成帝の寵愛を受けた趙飛燕《ちょうひえん》姉妹を指すが、言うまでもなく念頭にあるのは楊貴妃である。

輦の前には女官たちが弓矢を帯び、黄金のくつわをつけた白馬にまたがる。何かを見つけたのか雲に向かって矢を放てば、つがいの鳥が天から墜ちる。才人は、女官の階級。女官に軍装をさせる習いは、唐代以降、宮中でしばしば見られる。嚼齧は、かむこと。

栄華を極めたあの美人はいまどこに。血に汚れた魂は帰ることもできない。清らかな渭水は東に流れ、天子は剣閣の向こう、西南の蜀に隠れ、互いにたよりを交わすすべもない。楊貴妃が殺された馬嵬《ばかい》は、渭水の北岸に位置する。剣閣は、蜀に至る峠。去住は、去る者と止まる者、すなわち玄宗と楊貴妃。

人は情あるもの、涙で胸を濡らさずにはいられない。川の水、川辺の花は、果てることはない。日は暮れかかり、都は賊軍の馬塵に覆われている。私は城南の故居に帰ろうとするも、方角を見失う。「忘南北」は、「望城北」に作るテクストも多く、「忘城北」に作るものもある。それぞれに解釈は可能で、その違いも興味深いが、長安の混乱と杜甫の行き惑う姿が重ね合わされていることは変わらない。

曲江のほとりで玄宗と楊貴妃の栄華を追憶し、その悲劇を悲しむこの詩は、同じく二人の悲劇をうたう白居易「長恨歌」を想起させる。だが、「長恨歌」があくまで物語として、すべてが過ぎ去った後の物語として悲劇を語るのに対し、杜甫は、まだその帰趨《きすう》も定まらぬ中、二人の悲劇と長安の混乱とそして自らの行く末を結び合わせて詩にうたう。優劣を論じるようなものではないが、表現される世界は大きく異なっている。

## 王都の回復

至徳二載（七五七）、杜甫が曲江で嘆いたその年のうちに長安は奪還され、十月には粛宗が、十二月には玄宗が帰還した。杜甫はそれを遡る四月に長安を脱出し、城南ではなく粛宗の行在所《あんざいしょ》である鳳翔《ほうしょう》に赴いて、左拾遺の官を得ていた。長安に戻った杜甫にとって、都の安寧は自身の安寧でもあった。

花隠掖垣暮　啾啾棲鳥過
星臨万戸動　月傍九霄多
不寝聴金鑰　因風想玉珂
明朝有封事　数問夜如何

花隠《はなかく》れて掖垣《えきえん》暮《く》れ、啾啾《しゅうしゅう》として棲鳥《せいちょう》過《す》ぐ。星《ほし》は万戸《ばんこ》に臨《のぞ》みて動《うご》き、月《つき》は九霄《きゅうしょう》に傍《そ》いて多《おお》し。
寝《い》ねずに金鑰《きんやく》を聴《き》き、風《かぜ》に因《よ》りて玉珂《ぎょくか》を想《おも》う。明朝《みょうちょう》　封事《ふうじ》有《あ》り、数《しば》しば　夜如何《よるいかん》と問《と》う。

「春宿左省（春《はる》左省《さしょう》に宿《とのい》す）」、乾元元年（七五八）の作。左拾遺は皇帝に諫言を奉る職であり、左省すなわち門下省に属する。この詩はその役所に宿直した時のもの。当時の宮城は、唐初の太極宮ではなく、その北東に造営された大明宮であった。掖垣は、宮殿の垣根、棲鳥は、ねぐらに帰る鳥。九霄は、立ち並ぶ宮殿のこと、それが月光に照らされるのを「多」と言っている。

金鑰は、宮門にかけられた黄金の錠前、玉珂は、馬のくつわに下げられた玉の飾り。どちらも早朝に官吏たちが参内する様子を前もって耳に想う。職務のもたらす、ぴんと張った感情がうかがえよう。明日の朝は奉るべき上奏文がある、いまはどの時分かと何度も問う、と結ぶのも、その流れである。

たそがれに行き惑った姿はここにはなく、日暮れも、夜更けも、ただ光ある朝のために、静かに過ぎていく。

こうした喜びは杜甫ひとりだけのものではない。賈至《かし》「早朝大明宮呈両省僚友（早《つと》に大明宮《だいめいきゅう》に朝《ちょう》し両省《りょうしょう》の僚友《りょうゆう》に呈《てい》す）」は、両省すなわち中書省と門下省に勤めていた友人、王維、岑参《しんじん》、杜甫らに向けた詩であり、かれらは賈至に詩を返して唱和している。このときの詩のうち、賈・王・岑の作は『唐詩選』に収められる。

銀燭朝天紫陌長　禁城春色暁蒼蒼
千条弱柳垂青瑣　百囀流鶯繞建章

剣珮声随玉墀歩　衣冠身惹御炉香
共沐恩波鳳池上　朝朝染翰侍君王

銀燭《ぎんしょく》 天《てん》に朝《ちょう》して紫陌《しはく》長《なが》く、禁城春色《きんじょうしゅんしょく》 暁《あかつき》に蒼蒼《そうそう》たり。千条《せんじょう》の弱柳《じゃくりゅう》 青瑣《せいさ》に垂《た》れ、百囀《ひゃくてん》の流鶯《りゅうおう》 建章《けんしょう》を繞《めぐ》る。剣珮《けんはい》 声《こえ》は玉墀《ぎょくち》の歩《ほ》に随《したが》い、衣冠《いかん》 身《み》は御炉《ぎょろ》の香《こう》を惹《ひ》く。共《とも》に恩波《おんぱ》に沐《もく》す 鳳池《ほうち》の上《ほとり》、朝朝《ちょうちょう》 翰《ふで》を染《そ》めて君王《くんのう》に侍《じ》す。

青瑣は、青く塗られた宮門。建章は、宮殿の名、建章宮。前半は、夜が明けたばかりの大明宮の様子を美しく描き出す。

剣珮は、参内する官人たちが下げる剣や佩玉、玉墀は、殿に登ったところにある床《ゆか》で、玉を敷き詰めたもの。御炉は、皇帝の香炉。音と香りもまた、宮中ならではのものだ。結びは、文官としての彼らの幸福と自負とをそのままに示す。

この詩に和して、岑参は、

鶏鳴紫陌曙光寒　鶯囀皇州春色闌

鶏《とり》は紫陌《しはく》に鳴《な》きて曙光寒《しょこうさむ》く、鶯《うぐいす》は皇州《こうしゅう》に囀《さえず》りて春色《しゅんしょく》闌《たけなわ》なり。

とうたい始め、

独有鳳皇池上客　陽春一曲和皆難

独《ひと》り鳳皇池上《ほうおうちじょう》の客《かく》有《あ》り、陽春一曲《ようしゅんいっきょく》　和《わ》すること皆《み》な難《かた》し。

と結ぶ（「奉和中書舎人賈至早朝大明宮（中書舎人賈至《ちゅうしょしゃじんかし》の早《つと》に大明宮《だいめいきゅう》に朝《ちょう》すに和《わ》し奉《たてまつ》る）」）。陽春は、陽春白雪、すなわちすばらしい歌曲のことで、賈至の詩を岑参が称賛して、誰も唱和することができないほどの見事さだと言うのである。

杜甫の句に、

旌旗日暖龍蛇動　宮殿風微燕雀高

旌旗《せいき》　日《ひ》に暖《あたた》かにして龍蛇《りゅうだ》動《うご》き、宮殿《きゅうでん》　風《かぜ》微《かす》かにして燕雀《えんじゃく》高《たか》し。

とうたい（「奉和賈至舎人早朝大明宮（賈至舎人《かししゃじん》の早《つと》に大明宮《だいめいきゅう》に朝《ちょう》すに和《わ》し奉《たてまつ》る）」）、王維の句に、

九天閶闔開宮殿　万国衣冠拝冕旒

九天《きゅうてん》の閶闔《しょうこう》宮殿《きゅうでん》を開《ひら》き、万国《ばんこく》の衣冠《いかん》冕旒《べんりゅう》を拝《はい》す。

とうたうのは（「和賈舎人早朝大明宮之作（賈舎人《かしゃじん》の早《つと》に大明宮《だいめいきゅう》に朝《ちょう》するの作《さく》に和《わ》す）」）、かつての太平を取り戻した彼らにとって、誇張でも何でもない表現であった。閶闔は、天上の門、冕旒は、天子の冠と飾り玉。万国からやってきた使者が皇帝を仰ぐ。

## 詩人の憂い

だが、奇妙なことに、と言うべきか、あるいは詩人の常として、と言うべきか、太平を寿《ことほ》いだ同じ春に、杜甫は曲江で憂いを吐露する。

苑外江頭坐不帰　水精宮殿転霏微
桃花細逐楊花落　黄鳥時兼白鳥飛
縦飲久判人共棄　懶朝真与世相違
吏情更覚滄洲遠　老大徒傷未払衣

苑外《えんがい》の江頭《こうとう》 坐《ざ》して帰《かえ》らず、水精《すいせい》の宮殿《きゅうでん》 転《うた》た霏微《ひび》たり。桃花《とうか》は細《こま》やかに楊花《ようか》を逐《お》いて落《お》ち、黄鳥《こうちょう》は時《とき》に白鳥《はくちょう》と兼《とも》に飛《と》ぶ。飲《いん》を縦《ほしいまま》にして久《ひさ》しく判《まか》す 人《ひと》の共《とも》に棄《す》つるを、朝《ちょう》するに懶《ものう》くして真《しん》に世《よ》と相《あ》い違《たご》う。吏情《りじょう》 更《さら》に覚《おぼ》ゆ 滄洲《そうしゅう》の遠《とお》きを、老大《ろうだい》 徒《いたず》らに傷《いた》む 未《いま》だ衣《ころも》を払《はら》わざるを。

七言律詩「曲江対酒（曲江《きょくこう》にて酒《さけ》に対《たい》す）」。芙蓉園の外、曲江のほとりに腰を下ろしたまま帰らずにいる、水精すなわち水晶で飾られた宮殿は、ますますきらきらと光を放つ。桃の花が柳絮《りゅうじょ》を追いかけて落ち、黄色い鳥が白い鳥と連れ立って飛ぶ。心のままに飲むうちに、人が私に振り向きもしないことなどもはや気にしなくなったのだ、出仕するのも億劫で、まことに世とはそりが合わない。官に就いた身には、仙郷たる滄洲はなおさら遠く感じられる、俗世を捨てる決心がつきかねる自らを、老いぼれて悲しむばかり。

曲江で酒を飲む杜甫の姿は、同じく七律の「曲江」二首にも描かれている。其《その》二の前半。

朝回日日典春衣　毎日江頭尽酔帰
酒債尋常行処有　人生七十古来稀
穿花蛺蝶深深見　点水蜻蜓款款飛

伝語風光共流転　暫時相賞莫相違

朝《ちょう》より回《かえ》りて 日日《ひび》 春衣《しゅんい》を典《てん》す、毎日《まいじつ》 江頭《こうとう》に酔《よい》を尽《つく》して帰《かえ》る。酒債《しゅさい》 尋常《じんじょう》 行《い》く処《ところ》に有《あ》り、人生七十古来稀《じんせいしちじゅうこらいまれ》なり。花《はな》を穿《うが》つ蛺蝶《きょうちょう》 深深《しんしん》として見《み》え、水《みず》に点《てん》ずる蜻蜓《せいてい》 款款《かんかん》として飛《と》ぶ。語《ご》を風光《ふうこう》に伝《つた》う 共《とも》に流転《るてん》して、暫時《ざんじ》 相《あ》い賞《しょう》して相《あ》い違《たが》うこと莫《なか》らんと。

毎日、勤めから帰ってくると春の服を質に入れ、曲江のほとりでしたたか酔ってから家に帰る。酒代のつけはいつもどこにでもあるものだが、七十まで長生きする者はめったにない。花の間を飛ぶ蝶が茂みから姿を見せ、水に尾をつける蜻蜓《とんぼ》がゆるやかに飛ぶ。この風と光に私は伝えよう、ともに流転する者として、しばらくは互いに心を通わせ、受け入れ合おうではないか、と。

杜甫の描き出す自己は、盧照鄰や駱賓王が示した長安の影、栄達に身を背けた不遇の学者の系譜にありつつも、よくよく見れば、曲江の春光という、いまここの時空に、その目に映った自然物とともに自己を置くものであって、系譜の類型に収まらない引力を有している。「哀江頭」の結びで行き惑った心は、長安の秩序が回復されてなお、どこか根本的な不安として杜甫にとどまった。同時に、この曲江の春光に身を委ねようとする心もたしかにある。彼が人里離れた山中ではなく、人によって作られ、楽しまれ、寂れた園でただ酔いしれるという姿、世を捨てる隠者とはまったく異なるその姿は、不安ではなく、不安の奥底に見えるその心によって、人々の心にも響く。

### 只だ是れ黄昏近し

曲江の北には、楽遊原《らくゆうげん》と呼ばれる岡があり、そこもまた、曲江と並んで行楽の場所であった。高宗と則天武后の娘である太平公主はここに別荘を営み、しばしば宴を催した。西北には長安の街が一望のもとに広がり、西に大雁塔、南に曲江を従えた景勝地である。杜甫にも、天宝十載（七五二）の正月晦日、賀蘭楊《がらんよう》という人物の宴に列して作られた「楽遊園歌」があり、すぐれた眺望とはなやかな宴を讃えながら、最後に自らの不遇を点じている。もとよりこの不遇の訴えは宴の主人に向けられたもので、その意味では盧照鄰や駱賓王のそれをそのまま継ぐものだ。

むしろ、杜甫の曲江での憂いをこの楽遊の岡で継いだのは、杜甫が生まれたちょうど百年後に生まれた李商隠《りしょういん》であろう。

向晩意不適　駆車登古原
夕陽無限好　只是近黄昏

晩《くれ》に向《なん》なんとして　意《こころ》適《かな》わず、車《くるま》を駆《か》りて古原《こげん》に登《のぼ》る。夕陽《せきよう》無限《むげん》に好《よ》し、只《た》だ是《こ》れ黄昏近《こうこんちか》し。

「登楽遊原（楽遊原《らくゆうげん》に登《のぼ》る）」。平仄《ひょうそく》に整っていないところはあるものの、詩型は五言絶句、すなわち最小の形式であるから、ことばは最大限に切り詰められている。しかし、この岡に登れば長安が一望できること、すなわちこの詩が暮れ行く長安の街を前にしてうたわれていることを見落としてはならない。楽遊原に登るとは、長安を望むということだ。

李商隠の憂いが何に由来するかは明示されない。夕暮れに向かう時間そのものがもたらすものとしても、それによって呼び起こされるものとしても読みうるし、おそらくどちらでもよい。ともかくもこの岡に彼は登る。登れば、街の向こうに沈む夕陽が見える。

後半の二句は、古くからさまざまな解釈がある。夕陽はすばらしいが、たそがれが近い、なのか、夕陽がすばらしいのは、たそがれが近いからだ、なのか等々。唐朝の滅亡を暗示したものとの説も、それなりに根強い。長安の街も、唐末の戦乱の中で荒廃し、王都としての生命を終える。長安は、再び皇帝の住む都となることはなかった。

だが、この詩は長安の衰退を予感して作られているわけではない。夕陽と黄昏の関係も、単純に決められるようなものではないだろう。それは、杜甫の「曲江」のように、根柢的な不安と、その奥底になお在る、何かを求める心との交錯である。人は、夕陽のすばらしさに魅入られつつ、やがて夜が訪れることも承知する存在である。

その意味においては、この詩はやはり長安をうたったものだと繰り返しておきたい。前近代の中国の詩人たちは、皇帝を中心とする秩序において生を営んだ。詩を書くという行いもまた、その秩序を前提として為された。長安という都市は、詩の歴史が大きな発展を遂げた唐代において、秩序の象徴であった。秩序の興亡と、詩人たちの運命は、否応なく繋がっている。心に不安を覚え、王城の岡に登り、夕陽を望み、黄昏の時間に身を委ねる。

こうした詩は、どこかの山に登って夕陽を眺めれば作れるというようなものではない。おそらく、いや必ず、この長安の岡であってこそ、生まれ得たことばである。読むほどにそう感じられてならない。

## 注

### その一◉洛陽

（一）「斗酒」については、小稿「漢文ノート27　斗酒なお辞せず」（『UP』四四-七、二〇一五・七）に取り上げた。

### その二◉成都

（一）衣を川で洗ったところ花でいっぱいになったという説話があるが、杜甫以前には確認できず、杜甫もそれに触れることがない。

### その三◉金陵

（一）『文鏡秘府論』地巻「十四例」（皎然『詩議』）および南巻論文意（王昌齢『詩格』）に同じく「餘霞散成綺、澄江浄如練」と引く。

### その四◉洞庭

（一）張説には「水国生秋草」で始まる五言古詩「岳州作」が別に一首ある。

（二）『全唐詩』には「入朝別張燕公」として収められる。

**その五◉西湖**

（一）こうした二人組については、小稿「漢文ノート 23 二人組」（『UP』四三 - 一、二〇一三・一）に取り上げた。

（二）『白氏文集』の巻数は尊経閣所蔵天海旧蔵那波本による。以下、巻数のみを記す。

（三）岡村繁『白氏文集』四（新釈漢文大系、明治書院、一九九〇）も那波本にもとづき、「青山下」が正しいとする。

**その六◉廬山**

（一）曹著の話には、婉が琴を弾きながら歌をうたったり、風雲の出入りする大甕《おおがめ》が門前にあったりなどのヴァリエーションが『太平御覧』の引く祖台『志怪』の佚文などに見られる。

（二）慧遠の唱和詩については、橘英範「慧遠の唱和集——『廬山唱和詩』を中心として——」（『岡村貞雄博士古稀記念中国学論集』白帝社、一九九九）を参照。

（三）「風景」の詩の系譜については、小稿「「風景」——六朝から盛唐まで」（『興膳宏教授退官記念中国文学論集』汲古書院、二〇〇〇）に論じた。

（四）「見南山」ではなく「望南山」がよいことについては、小稿「「悠然」の時空——陶淵明にいたるまで」（『未名』二八号、二〇一〇）に述べた。

（五）この詩は諸本に字句の異同が少なくない。

**その七◉涼州**

（一）『事類賦注』によって字句を少しく改補した。

## その八◉嶺南

（一）柳宗元の詩については下定雅弘編訳『柳宗元詩選』（岩波文庫、二〇一一）、蘇軾の詩については小川環樹・山本和義選訳『蘇東坡詩選』（同、一九七五）が恰好の手引きとなる。

## その九◉江戸

（一）以下、永井荷風の文章の引用は、『荷風全集』（新版第二次刊行、岩波書店、二〇〇九）に拠る。

（二）「灈」の使用例等については、笹原宏之『国字の位相と展開』（三省堂、二〇〇七）第七章第一節第一項「「灈」字について」に詳しい。

（三）述斎の詩については、荷風の引用には「長流碧油瀉」句の脱落があり、そのために脚韻がずれ、「中略」として省略した箇所も聯をまたいでしまうという、詩の引用としてははなはだ不体裁なことになっているが、『荷風全集』にも、またこの詩を一句ごとに改行して訓読を添えている『荷風随筆集』上（岩波文庫、一九八六）にも、注記はない。なお、本稿では岩波文庫版の訓読には必ずしも従っていない。

（四）『江戸繁昌記』の訓読は原文の訓点に従う。平仮名のルビは新たに付したもの、片仮名のルビは原文の左訓である。

（五）『江頭百詠』の訓読は原文の訓点に従う。ルビは新たに付した。

## その十◉長安

（一）長安の都市建設については、妹尾達彦『長安の都市計画』（講談社選書メチエ、二〇〇一）に詳しい。

# あとがき

トポスという語には、おおまかに言って、ある輪郭をもった特定の場所という意味と、定型として用いられることばの集積という意味の二つがある。場所とことばのどちらもあらわしうることの二重性は、詩歌のもつ力について考える上で、示唆するところが大きい。隔月刊の『こころ』への連載の話をいただき、いくつかの土地に焦点を合わせながら詩がつむぎだす世界について書こうと決めたとき、タイトルを「詩のトポス」とするのにそれほど迷いはなかった。詩が生まれる場所、詩が共有することばを、詩のトポスとしたのである。

どの土地をめぐって書くかについては、多少の心づもりはあったものの、はっきりと決まっていたわけではない。できれば切りのよい十二回と思っていたが、結局、何回かの休載を挟みながら、十回を書き継ぐのが精いっぱいだった。それでも、洛陽・成都・金陵・洞庭・西湖・廬山・涼州・嶺南・江戸・長安とたどってみれば、詩の世界をかたちづくるトポスのうち、まず訪れておくべき土地はめぐりえたのではないかと思う。

ことばと場所が積み重なるところとしてのトポスを描くことと、その場所で詠まれた詩を満遍なく取り上げること、あるいは文学散歩のように名作を鑑賞することとの間には、やはり距離がある。ここでは、ある土地をめぐる一つの詩が次の詩を呼び、その土地の力となり、大きな主題を演奏していくようなさまを浮かび上がらせたいと考えた。

土地をトポスたらしめるのは、人である。人は、その土地にことばを与えることによって、自らと土地を結びつける。もちろん最初は、土地が人にことばをうながすのである。古来、「高きに登りて能《よ》く賦《ふ》す」と言うが、そこで求められている詩人の才とは、眼前に広がる土地の力を受けて、それを詩というかたちにして現出させる才能である。いったん詩が生まれれば、それは土地の姿の一つとして伝えられていく。

詩は、集団のものとして、あるいは統治者のものとして伝えられるのが古いかたちではあるにせよ、個々の人が自らの生をしるすために詩を用いてから、すでに歴史は長い。ことばは無からは生まれない。誰かが自らのためにつむいだトポスに最初は仮住まいしながら、いつしか何かを加え、また全体を編み直し、自らのことばの場所、トポスとする。そしてそれはまた誰かの場所となる。

詩には定型のリズムがある。漢字で書かれた詩、つまり漢詩は、音のリズムであると同時に、目のリズムとしても機能する。口頭言語を超えて広く共有されたゆえんである。定型があるからこそ、模倣しつつ、何かを組み換えて、わがものとすることができる。当然ながら巧拙はあり、また、現代のように、詩はただ読むだけということもある。そうだとしても、詩のリズムを味わうちに、混然とした日常に何かしら句読点のようなものが打たれたり、どこか別の時や場所に身をおくような感覚がもたらされたりもするだろう。トポスの生成は、そうした詩の機能が十全に発揮されたものでもある。

人は天に浮かんで生きることはできない。住むにしても旅をするにしても、どこかの土地、どこかの場所に在らねばならない。そこで得られた感覚、経験、記憶が、人の生をかたちづくる。詩人は、その一つ一つを詩によって伝える。もとより詩と生は同一ではなく、詩には詩の秩序がある。詩は生のあらわれというよりも、そこに生を委ねることでかたちを得ようとするものだと言ってよいかもしれない。それはまた、場所にかたちを与えるということについても同じである。ここに取り上げた土地がそうした歴史を有する場所であることを、連載原稿に手を入れながら、改めて思った。

『こころ』Vol.9に第一回「洛陽」が掲載されたのは、二〇一二年十月。最終回「長安」はVol.23、二〇一五年二月。場所をめぐる詩について書くことは愉しかったものの、その魅力を過不足なく述べることは難しく、原稿を仕上げるのに予想以上の時間がかかった。全体をまとめるにあたって、史実や解釈について大きな誤りのないよう注意したが、なお遺漏はあるにちがいない。それでも、これまで読みつがれてきた詩をさらに先に手わたすきっかけにこの本がなるのであれば、率直に嬉しい。

平凡社の山本明子さんには、『こころ』連載時から、さまざまにお力をいただいた。懇切で忍耐強いその励ましがなければ、連載を続けることも一冊にまとめることもできなかった。編集者は何よりも第一の読者なのだという思いも強くした。この場を借りて、心から感謝申し上げたい。そして、『こころ』という穏やかでふところの深い雑誌にも。

齋藤希史

二〇一六年の清明節の日に

## ま行



## ら行

## は行

## た行

# 索引

＊本文中に出てくる詩人と、名前の下に詩題を採った。
＊詩題は、部分的に引用されているものや、詩題のみのものも含む。

## あ行



## か行



## さ行

初出＝『こころ』Vol.9、10、11、12、14、15、17、19、21、23
（二〇一二年一〇月〜二〇一五年二月）

**齋藤希史**（さいとう・まれし）
一九六三年生まれ。京都大学大学院文学研究科博士課程中退、京都大学人文科学研究所助手、奈良女子大学助教授、国文学研究資料館助教授、東京大学大学院総合文化研究科教授を経て現在、東京大学大学院人文社会系研究科教授（中国文学）。『漢文脈の近代――清末＝明治の文学圏』（二〇〇五年、名古屋大学出版会）でサントリー学芸賞、『漢文スタイル』（二〇一〇年、羽鳥書店）でやまなし文学賞。他に『漢文脈と近代日本』（二〇〇七年、NHKブックス、現在角川ソフィア文庫）、『漢詩の扉』（二〇一三年、角川選書）、『漢字世界の地平――私たちにとって文字とは何か』（二〇一四年、新潮選書）などの著書がある。

詩のトポス　人と場所をむすぶ漢詩の力

二〇一六年五月二〇日　初版第一刷発行

著　者　齋藤希史
発行者　西田裕一
発行所　株式会社平凡社
〒一〇一-〇〇五一　東京都千代田区神田神保町三-二九
電話〇三-三二三〇-六五八三〔編集〕
〇三-三二三〇-六五七三〔営業〕
振替〇〇一八〇-〇-二九六三九
印　刷　株式会社東京印書館
製　本　大口製本印刷株式会社
DTP　平凡社制作


ISBN978-4-582-83727-8
NDC分類番号921　四六判（19.4cm）　総ページ288
平凡社ホームページ　http://www.heibonsha.co.jp/